愿所有的努力都不被辜负.

"你最近有什么想要的东西吗？或者缺什么？
我送你以啊。"
"我缺个女朋友。"
"这我就无能为力了。不过，周老师魅力这么大，
想找女朋友应该很容易。"
"要是容易的话，你现在应该已经是我女朋友了。"

魅丽文化　花火工作室

为你沦陷

北风未眠 著

天津出版传媒集团

天津人民出版社

图书在版编目（CIP）数据

为你沦陷 / 北风未眠著. — 天津：天津人民出版
社，2024.2
ISBN 978-7-201-19941-2

Ⅰ．①为… Ⅱ．①北… Ⅲ．①长篇小说—中国—当代
Ⅳ．① I247.5

中国国家版本馆 CIP 数据核字（2023）第 209496 号

为你沦陷
WEI NI LUNXIAN

出　　版	天津人民出版社
出 版 人	刘　庆
地　　址	天津市和平区西康路 35 号
邮政编码	300051
邮购电话	（022）23332469
电子信箱	reader@tjrmcbs.com

出版统筹	曾英姿
责任编辑	范　园
特约编辑	丐小亥　八　柚
封面设计	殷　舍
封面绘制	KEHAO

印　　刷	长沙金鹰印务有限公司
经　　销	新华书店
开　　本	880 毫米 ×1230 毫米 1/32
印　　张	9.5
插　　页	1
字　　数	247 千字
版次印次	2024 年 2 月第 1 版 2024 年 2 月第 1 次印刷
定　　价	46.80 元

目录

WEINI
LUNXIAN

C
O
N
T
E
N
T
S

目录
WEINI
LUNXIAN

C O N T E N T S

第一章
初恋骑士

　　当天边最后一丝落日余晖消散后，街道两旁的路灯依次亮起，整座城市都笼罩在温暖的光晕之中。

　　昨天，姜寻彩排到半夜三点，今天又接受了好几个媒体的采访，这会儿她好不容易才有时间在车上补个觉，却迷迷糊糊地听见助理压低声音在和谁通电话。

　　"这么大的事情，你们为什么没有提前告诉我们？这么突然，也太……"

　　"的确有点突然，不过，你放心，他们不会发任何通告，只是来领个奖，领完奖就走，全程保持低调，保证今晚整个活动现场你们热度最高。"

　　"这根本不是热度的问题，谁在乎这个了？我……"

　　城市的霓虹灯光透过车窗映在姜寻的脸上。

　　姜寻抬起手挡了挡光线，眼睛睁开一条缝，眼神十分迷茫。

　　见她被吵醒了，吱吱和电话那头匆匆说了几句，便连忙挂断了电话。

　　姜寻拉上车窗帘，闭上眼睛，问道："还有多久能到？"

　　"快了，还有十五分钟。"

姜寻应了一声，打了个哈欠，她拉了拉盖在身上的薄毯："那我再睡一会儿，你提前两分钟喊我。"

吱吱小声地开口："寻寻……"

可能是因为没睡好，她的声音略带鼻音："嗯？"

"刚才活动的主办方打电话告诉我，今晚的活动……"话说到一半，吱吱顿了一下，似乎是在给姜寻缓冲的时间。

姜寻等了半天都没等到吱吱的后半句，于是睁开眼睛问道："怎么了，出什么问题了吗？"

吱吱吞了吞口水，眼神怯怯地望着她，小心地说道："没有，他们说……今晚的颁奖环节，周途也会去。"

吱吱话音刚落，姜寻猛地坐直了身子，顿时睡意全无，她难以置信地开口："什么？！你说谁会去？！"

"前年的最佳男主角。"

"如今的当红演员。"

吱吱尽职尽责地回答着，又默默地补了一句："你的前男友。"

姜寻："嗯……"

姜寻揉了揉太阳穴，试图做最后的挣扎："你问问主办方，可不可以不邀请我……"

"绝对不可以，我刚才和主办方沟通过了，节目单早就发出去了，现场一大半都是你的粉丝。"

姜寻一时没了话，窝在角落里，整个人都蔫儿了。

吱吱安慰道："寻寻，没事的，他们说周途只是去领个奖，领完奖就走。他们不会发任何通告，而且他的粉丝都不知道他会去领奖。再说了，你的演出是作为压轴节目最后才上，等你上台时，他早就领完奖走了，你们肯定遇不上。"

姜寻闭上眼睛，长长地呼了口气。

该来的终究还是来了，无法逃避。

说话间，车已经停在了活动现场。

活动现场外的红毯两旁站满了拿着灯牌和拉着横幅的热情粉丝。

既然已经到了这里，还能做什么呢？只能硬着头皮上了。

姜寻调整好表情，脸上挂着微笑，拉开车门走了下来。

随着姜寻的出现，现场瞬间爆发出热烈的呼喊声："姜寻！寻寻！啊——"

姜寻笑容满面，眉眼弯弯的，在聚光灯下显得明媚又动人。她挥着手向粉丝们打招呼，从容地走过红毯。

粉丝们热情高涨，大声地呼喊："姜寻！姜寻！姜寻！"

姜寻十八岁进入娱乐圈，火了小半年之后，便消失了近两年。之后，姜寻凭借自身实力，用了三年时间一举成为唱跳俱佳的当红歌手。

自从进入娱乐圈，她从未和其他男明星传过绯闻。

姜寻的漂亮是具有侵略性的。按理来说，她应该非常不讨女孩子喜欢，可偏偏她长着一双明亮璀璨的眼睛，似乎天上的星星都落在了她的眼睛里。她扬起笑容时，眼睛便会弯成一道月牙，看起来非常甜美可爱。因此，她迅速收获了一大批女粉丝。

走完红毯后，工作人员带着姜寻来到了专属的化妆间。

在更衣室换衣服的时候，姜寻在镜子里瞥见自己左边胯骨处的文身，虽然已经洗了，但还有一些淡淡的痕迹。她望着那处文身，一时有些出神。

她从娱乐圈消失的那两年，其实是和周途谈了一场没有结果的恋爱。那时候，周途还不是什么当红演员，只是一个冷淡又严谨的文物修复师。

和周途分手后，姜寻消沉了一段时间，然后重新进入娱乐圈打拼事业。经过一年多的努力，她终于获得了成功。与此同时，她也得到了一个消息：周途凭借一部他主演的文艺片成为了当红实力派演员，并且还拿到了大奖。

最开始，她还以为只是同名同姓，直到看了照片，她才哑口无言。

她不知道周途那种眼里容不得一点瑕疵、性格冷淡又沉默的人为什么会选择进入复杂的娱乐圈。不过，他们似乎达成了一个共识，无论是线上活动还是线下活动，只要有对方参与的活动，他们都会避开。

三年过去了，她也一直默默地遵循着这个共识。今天来之前，她还再三向主办方确认，周途是否会参加活动。

谁知道……

"寻寻，好了吗？快轮到你做造型了。"吱吱的声音把她从回忆里拉回到现实中。

姜寻换好衣服，拉开更衣室的门："周途领完奖了吗？"

"领完了。你是没看到那阵仗，虽然他们没有提前告诉粉丝，可他上台的时候，全场都在尖叫。重点是，今天到场的有一大半都是你的粉丝，我严重怀疑，你的百万雄兵里混入了周途的卧底。"

姜寻是唱跳歌手，周途是演员，他俩不存在竞争关系，所以粉丝有重叠也是很正常的事。

"不过，寻寻……"

吱吱刚刚开口，化妆师就进来了："寻寻，可以做造型了吗？"

姜寻朝化妆师轻轻点头。听吱吱说周途已经领完了奖，姜寻的一颗心终于放了下去，却没有注意到吱吱的欲言又止。

十分钟后，姜寻上场了。

舞台灯光暗了下去，几秒钟后又瞬间亮起，充满了节奏感的音乐声和交织的灯光扩散开来。

随着姜寻的出现，粉丝们的尖叫声不绝于耳。

她上身穿着一件黑色小外套，下身穿着黑色紧身短裤和黑色马丁靴。烫成微卷的头发随着音乐的节拍轻轻地甩动，她带着观众进入了这场狂欢的盛宴。

姜寻不仅在舞台上又唱又跳，还能精准地捕捉到每个镜头，笑容甜美又动人。

一首歌结束，姜寻微微喘着气，她转过身脱下外套，身上只剩一件抹胸吊带衣，吊带下露出不盈一握的腰肢。

很快，音乐再次响起，第二场表演开始了。

这首歌和刚才那首歌风格不同，带了一丝暧昧和性感，她的眼神也随之变化。她踩着每个音符跳动着，像是暗夜中的魅惑精灵。

台下灯光昏暗，一个男人坐在座位上，五官隐匿在半明半暗的光线中。他有着挺直的鼻梁、削薄的唇和清晰的下颌线，灯光里的每一寸肌肤仿佛都被镀上了一层凉薄。

无论灯光多么炫目，音乐多么震耳，他的神情始终淡淡的。他目光沉静，没有任何温度地看着舞台中间那个活跃的身影，右手轻轻地转动着左手食指上的那枚戒指。

姜寻跳完了最后一个动作，回头的时候，视线不经意间和台下的男人对上了。

这时隔三年的对视让她差点摔倒在舞台上。

男人的眸子漆黑深沉，如同寒潭一般，波澜不惊的表面下藏着汹涌的暗流。

只是一瞬间，她便收回了视线，神色如常地重新面对镜头。

姜寻下台后，舞台上的灯光重新亮起。

男人收回视线，起身道："走吧。"

一到后台，姜寻便拿起一瓶水往嘴里灌，她试图以此掩饰内心的慌乱，却怎么都无法将黑暗中周途那双冷淡又深沉的眸子从脑海里挥去。

"寻寻！"吱吱急急地跑了过来，"我刚刚没来得及跟你说，虽然周途领完奖了，但是他没走。不过你放心，他现在已经走了！"

姜寻放下水瓶，忍不住要骂人。

领完奖了还不走，她一表演完他就走，他是故意的吧！

吱吱把衣服给姜寻披上，说："没事，反正已经结束了，以后你们也没机会再遇见了。"

虽然分手三年了，姜寻还是不能释怀。之所以她这么不愿意见到周途，是因为当初两人分开得不是很体面，也不太甘心。今天一见到他，过去她觍着脸将自尊踩在脚下、追着他跑的画面又全部出现在她的脑海里。

这简直是对她极大的侮辱。

再说，最好的前任不就应该老死不相往来吗？

活动结束后还有庆祝晚宴。

姜寻很少参加酒局，可这次不同，她参加这次活动就是来替老板还主办方人情的。如果她现在走了，就是不给两方面子，老板知道后肯定不会轻饶了她。

饭还没吃到一半，姜寻已经有些醉了。

她找了个借口跑出包间，想要呼吸一些新鲜空气。

刚走没两步，她就被迎面而来的服务生撞了一下，对方连忙道歉："对不起，对不起……"

姜寻摆了摆手，说："没事，请问洗手间怎么走？"

服务生给她指了路，姜寻道了谢，晕晕乎乎地便往那边走。

洗手时，她看见镜子里自己的右耳朵上空荡荡的——耳钉丢了。

应该是刚才服务生撞到她的时候弄丢的。

姜寻折回之前的地方，打开手机里的手电筒，弯着腰、眯着眼睛在黑色的大理石地砖上寻找着丢失的那个耳钉。

她找得太专注，丝毫没有注意到身上的裙子因为她的动作上移了不少，露出一双又白又长的美腿，而身后不知什么时候已经有了围观的人。

围观的人群里有人拿出手机准备拍照，就在这时，姜寻的身体突然被一件带着淡淡香味的男士外套罩住了。姜寻下意识地抬头，黑色的鸭舌帽和口罩几乎挡住了男人的整张脸，只露出一双沉静的黑眸。

她脑子一抽，委屈巴巴地说道："周途，你是来接我回家的吗？"

男人顿了一下，视线移到她微红的小脸上，轻轻地"嗯"了一声。

周途的助理过来小声提醒道："途哥，围观的人越来越多了。"

周途收回视线，转身走了两步，却发现姜寻依旧垂着头，杵在原地没动。他用骨节分明的手指握住她的手腕，嗓音低沉，极富磁性："走。"

姜寻几乎是被周途硬拉走的，她还不忘回头嘟囔道："我的耳钉还没找到呢……"

走到人少又安静的地方，周途松开了她，问："喝酒了？"

姜寻闷闷地点点头，没说话。

她的脑袋很晕，思绪混乱，她起初以为此时是三年前，她喝醉酒，周途去接她，后来，她开始分不清眼前站着的人到底是她想象出来的，还是他们真的又遇见了。

这时，姜寻的手机响了，是吱吱打来的电话。

"寻寻，你在哪里啊，要我来接你吗？"

姜寻抬起头，迷茫地看了看四周陌生的环境，沉默了一会儿："我可能是被妖怪抓走了。"

吱吱："嗯？"

"我需要一个英俊勇敢的骑士来救我。"

吱吱捂着额头，心想，完了。

正当吱吱绝望之际，手机里传来一阵细微的响动。很快，姜寻的手机被人接过去，一道低哑的男声传来，告诉了她姜寻所在的位置。

吱吱来不及想太多，她连忙道谢后就赶了过去。

当她到了目的地，看到站在姜寻旁边的男人是周途时，她差点当场昏厥过去。

周途薄唇微动，似乎想说什么，偏偏他的手机在这个时候响了。

电话那边的人似乎是在询问周途到哪里了，周途只冷冷地说道："楼下。"

见周途挂了电话，吱吱大着胆子问道："周……周老师，你也是来参加晚宴的吗？"

"不是。"周途的声音很轻，"来找朋友。"

吱吱下意识地想问是男朋友还是女朋友，但作为姜寻的私人生活助理，秉持着自身的职业道德，她还是把这份求知欲死死地压了下去。

周途的视线重新落在蹲在角落里思想放空的姜寻身上："她喝醉了，送她回家吧。"

"好的好的，我保证把她安全送到家。"

周途朝吱吱微微颔首，转身离开了。

吱吱看着周途的背影，拼命地掐着自己的手臂，心想，如果不是姜寻就在她旁边，她肯定会兴奋得原地跳起来。

有些人表面是姜寻的私人生活助理，内心却是一个货真价实的"小米粥"（周途粉丝的昵称）。天知道这些年，她为了照顾姜寻的心情，每次谈及周途时表现出云淡风轻的样子是多么艰难。

姜寻靠了过来，看着吱吱一下一下地掐着自己，疑惑道："吱吱，你也被妖怪抓来了吗？"

吱吱瞬间恢复了理智，她四处看了看，迅速把姜寻带出了会所。

把姜寻关进车里后，吱吱回到包间，向主办方道了个歉，说姜寻喝醉了，得先走了。

姜寻代表星耀娱乐，今晚，她已经给足了主办方面子，主办方很高兴，关心了两句后便让她们路上小心。

回去的路上，姜寻一直靠着车窗，漫无目的地看着外边迅速后退的街景，不知道在想些什么。

吱吱给姜寻买来了醒酒药，拍了拍她的背，关心地问道："寻寻，是不是很难受啊？早知道，我应该多拦着一点的，你……"

"我的耳钉弄丢了。"姜寻突然开口，惋惜道，"那是今年的最新款，限量款的。"

"那我……再去给你找找？"

姜寻闭上眼睛，说道："算了，既然丢了，说明它不属于我，不用强求。"

耳钉如此，人也如此。

当晚，"姜寻舞台炸裂""姜寻小腰精"分别登上了微博热门话题榜。

这两条都和她以往表演后出现的微博热门内容差不多，评论里都是姜寻的粉丝。

"姜寻的台风真是太棒了，她是怎么做到每次表演时都能带来不同的视觉感受的？姜寻姐姐，看看我！"

"呜呜呜呜，我哭了，我们家寻寻真是太厉害了，两支不同风格的舞蹈，跳得我全身热血沸腾！我什么时候才能去现场看她跳舞啊？"

"'性感小腰精'果然名不虚传！"

"姐姐的腰是真实存在的吗？我掐了掐自己的小肚腩，哭了。"

除此之外，出乎大家意料的，"姜寻表情管理"这一词条登上了微博热门话题榜第一。

姜寻业务能力很强，永远都以最佳状态呈现在观众面前。

据说，有一次演唱会前，她在练习时摔伤了腿，但上台时依然气场全开，全程精准地捕捉到镜头，完美地完成了表演。

直到演出结束，粉丝们才从经纪人那里得知她受伤了，但她没有表现出一点不舒服的样子。

可这次，在最后时刻，姜寻居然没有捕捉到镜头，出现了片刻的失神。

尽管她的表情十分微妙，而且迅速恢复了状态，但还是被细心的粉丝发现了。

粉丝们在原微博下展开了热烈的讨论，纷纷探讨姜寻到底是因为看到了什么才会这样。

第二天，姜寻醒来时头痛欲裂。她强忍住想吐的冲动，恹恹地从床上爬起来。刚准备去卫生间，便看见卧室沙发的扶手上搭着一件男士外套。

那是今年巴黎时装秀的秋季新款，显然不是她的司机或保镖的。

姜寻拿起手机给吱吱打电话，问她自己家里出现的男士外套是谁的。

吱吱小心翼翼地开口："那应该是……周途的。昨天你出了包间后，不知怎么就和他走到一起去了。"

姜寻脑海里的画面断断续续，她依稀记得一双沉静无波的眼睛，其他都记不起来了。

她本以为，即便她和周途再见面，她也会潇洒利落地从他面前骄傲地走过，留给他一个冷漠的背影。只是没想到，她喝醉了酒，甚至在他面前出了丑，而她竟然都不记得了。

姜寻一头栽在床上，死死地盯住那件男士外套，脑海里浮出了一个想法。

半个小时后，她十分认真地发了一条朋友圈："喝醉酒后遇见初恋，结果他把他的外套给了我，他是不是还对我有意思？"

要说周途贪图她的美貌，这也不是没有可能的事。否则，她当年也不可能追到他，毕竟那时候，她除了一副好皮囊，别无其他。

等她洗漱回来，朋友圈的回复已经有几十个了。

吱吱回复："如果你们和好，我就是见证人！"

朋友一号回复："寻寻那么漂亮，他肯定是后悔了，不要理他，我们独自美丽！"

朋友二号回复："说不定那个男人看你火了，想蹭你的热度，千万不要给他机会！"

朋友三号回复："寻寻什么时候谈的恋爱啊？你这么漂亮，初恋也差不到哪儿去吧？"

星耀老板回复："你是不是有病？赶紧删了。"

姜寻立即连滚带爬地删除了这条朋友圈。

看来是自己草率了。

她肯定是酒还没醒。

姜寻重新倒在床上，打算睡个回笼觉。

还没闭上眼睛，尤闪闪的电话便打了过来，话里带着些许八卦的意味："我看到你的朋友圈了，你遇到周途啦？"

姜寻把脑袋闷进枕头里："遇到了，可我不记得发生了什么。"

"他都把外套给你了，肯定是发生了什么成年人才该发生的事吧？"

"……让你失望了，什么也没有发生。"

尤闪闪叹了一口气，说道："真可惜，不过，我始终想象不出来，周途那么冷淡的人谈恋爱是什么样子，求求你了，快给我描述一下吧。"

姜寻面无表情地挂了电话。

她和周途谈过恋爱这件事，只有尤闪闪和吱吱知道。

其实，这些陈年旧事，她一直都不愿意提起。

尤闪闪知道这件事，是因为当时周途去接姜寻下课时被她撞见了。

关于周途进入娱乐圈这件事，也是尤闪闪拿着一张照片激动地跑来问姜寻："寻寻，你看，这是不是你男朋友啊？！"

姜寻严谨地纠正道："前男友。"

而吱吱之所以知道这件事，是因为姜寻实在不希望和周途有任何交集，但总需要给吱吱一个理由，所以只能和吱吱摊牌了。

姜寻一觉睡到中午，手机再次响了起来，是吱吱打来的电话。

"寻寻，你还在睡觉吗？我们还有十分钟到你家，你快收拾一下，等会儿要去公司。"

姜寻回应了一声，从床上爬了起来。

外面的天气不冷不热，她穿上了一条黑裙子和一双马丁靴。

出门前，姜寻看了一眼搭在沙发上的外套，又倒回来把衣服装进了纸袋里带上。

她想，到时候就以公司的名义还回去好了，再加上几句客套又冠冕堂皇的感谢词，便能撇清他们的关系了。

到了公司，姜寻直接去了老板的办公室。

乔晏："我看了你昨天的表演，还不错，但你的表情管理是怎么回事？都上微博热门话题榜了，是不是最近没休息好？"

姜寻顺着台阶下，点了点头。

"你最近行程满，前天又彩排到半夜三点，这次就不追究了。"

"谢谢老板。"

乔晏把桌上的东西递给她："这是你之后的行程单，你看一下，好有个准备。"

姜寻翻了翻，疑惑地问道："怎么都是综艺节目？还有……还有网剧？"

面对她的疑惑，乔晏解释道："你也知道，现在单做唱跳歌手很难，我这不是想让你多栖发展吗？以后，你主攻影视方面，这部网剧下个月开机，所以，我给你接了两部综艺节目，先过渡一下。"

"可是，我……"

从进入娱乐圈开始，姜寻的目标一直都是舞台表演，她从来没有想过要去演戏，更何况她这种蹩脚的演技，到时候肯定会被观众骂的。

"其他的你不用担心，我都安排好了，会有专门的表演老师教你怎么演戏。"

"没有商量的余地了吗？"

"没有。"乔晏冷冷地回答道，"姜寻，我把你挖过来的时候就和你说过，你想跳舞，可以，我给你资源，让你红，但一切都要迎合市场需求。现在不断有新的唱跳歌手出现，说不定哪天，你就被那些新人取代了，要想保持热度，你就只能多栖发展。"

姜寻："知道了。"

姜寻正要离开时，乔晏又把她叫住了，神情凝重地试探道："你那个什么初恋，不会复合吧？"

姜寻吓得头皮一麻："怎么可能？！"

乔晏松了一口气："那就好，你要时刻牢记，你是不能谈恋爱的。"

姜寻有些不服气地问道："公司里有个男明星才被拍到和女朋友出去吃饭。"

"那是因为他的新戏马上要上了，那是我给他安排的绯闻。你看看现在那些明星，有几个敢谈恋爱的？谈恋爱等于自毁前途。哦，倒是有一个例外。"

姜寻下意识地问道："谁？"

"周途，人家是大奖得主，更何况，不干这个，他还可以回家继承家产。你呢？回家继承你的一亩三分地吗？"

姜寻："嗯……"

乔晏又自言自语道："不过，他那种人谈起恋爱来……不说别人了，反正，你记住我说的话就行了。"

从乔晏办公室出来后，姜寻把装了周途外套的纸袋递给工作人员，让她帮忙寄到山和影视。工作人员一听是周途的外套，立即义正词严地说道："现在有很多粉丝经常会往公司寄礼物，我怕他们搞错了，我还是亲自跑一趟吧。"

"不用那么麻烦的……"

"用的用的，我现在就去！"

姜寻看着她的背影，叹了一口气。

整个星耀有百分之九十的女生都是周途的粉丝，她已经被"敌军"重重包围了。

吱吱跑过来，说："寻寻，三点整有一个杂志封面的拍摄工作，我们走吧。"

姜寻到了摄影棚，杂志社的工作人员立即过来道歉，说是因为摄影师临时出了一点状况，前面的拍摄延迟了，所以她得再等等。

姜寻笑道："没事，我坐一会儿就好。"

"真的抱歉，最多一个小时！我让化妆师先给你化妆吧。"

"好。"

可等姜寻化完妆出来，里面的拍摄还没有结束。

吱吱忍不住道："都已经一个半小时了，里面到底什么情况啊？"

姜寻倒是没什么意见，她正好可以补会儿觉。

没过多久，之前和她们沟通的小姑娘又跑了出来，她应该也没遇到过今天这种情况，生怕姜寻投诉她，眼睛都红了："真的对不起，里面已经在收尾了，请再等十分钟就好！"

"没事，反正我后面也没有行程了，你别着急。"

"呜呜呜，寻寻，你真是人美心善！我们今天是走了什么运啊，遇到了周老师和你，换成其他艺人，早就把我们骂得狗血淋头了！"

等等，哪个周老师？

姜寻不可思议地开口："里面的是周途？"

小姑娘点了点头："对啊，他是我们这期男刊的封面人物。他真的太适合黑白风格了！"

姜寻一时说不出话来。

她这是走了什么狗屎运？不到一天的时间，她竟然又和他遇上了。

她万万没想到，周途和她竟然分别是这期杂志男刊和女刊的封面人物。

很快，从摄影棚里走出一群人。

小姑娘回过头一看，立即激动道："他们出来了！拍完了，终于拍完了！"

摄影师怕他们不认识，便给两人互相介绍了一下。

两人之间瞬间弥漫着一种尴尬的气氛。

周途的助理小甘率先挥手打了个招呼。

姜寻被吱吱轻轻推了一下才回过神来，她僵硬地举起手："你……你好……"

吱吱按捺住内心的激动，也向周途问了一声好。

周途微微点头回应。

然而，两个当事人连视线都没碰一下。

工作人员没看出隐藏在平静湖面下的汹涌暗流，只说："寻寻，那我们进去拍摄吧。"

这句话及时将姜寻解救于水火之中，她忙不迭地点头："好的。"

说完，她脚步匆匆地进了摄影棚，吱吱也连忙跟了进去。

周途长腿一顿，只是轻轻侧眸，却没回头。

小甘挠了挠头，疑惑道："昨天我们不是才和姜寻老师见过吗？她怎么一副不认识我们的样子？"

周途顿了几秒，才说："走吧。"

短暂的插曲过后，姜寻迅速调整好状态，进入了工作模式。

杂志社可能是想把这期杂志做成情侣刊，所以男女刊封面整体风格是遥相呼应的。

如果说周途是人间理想，那姜寻就像是被禁锢在暗夜里的精灵，根本不属于人间。

拍完已经晚上八点了，姜寻累得筋疲力尽，饥肠辘辘。

杂志社的小姑娘跑到姜寻旁边问道："姜寻老师，今天真是辛苦您了，晚上一起去吃饭吧。"

虽然姜寻不参加酒局，但这种工作后的小聚餐，她偶尔还是会参加的。姜寻说："好啊，你们想去哪里吃？"

"周老师定了附近的一家私房菜馆，我们直接过去就行啦。"

姜寻："呃……"

小姑娘还在开心地解释："今晚是周老师请客，说是为今天下午拍摄的事道歉。"

"不是……摄影师的问题吗？他为什么要道歉？"

"对啊，本来应该是杂志社请客的，但周老师说，不管怎么样，今天下午都因为他的拍摄耽误了你的宝贵时间，所以，这顿饭由他们请客。"说着，小姑娘又感叹道，"这也是他会被那么多人喜欢的原因啊，他值得！"

姜寻扯了扯嘴角，干笑了两声："我突然想起我晚上好像还有事，就不和你们一起吃饭了。今天辛苦各位了，再见。"

小姑娘可怜巴巴地望着她："姜老师，你要是不去，我没办法和主编交差，他交代我，让我一定要把你带到。"

吱吱在一旁叹气："小姑娘肯定是刚毕业，才出来工作吧，要是被开除了怎么办？为了不让父母担心，她只能咬着牙，每顿都吃方便面，在这个大城市里流离失所……"

在两人的连番卖惨下，姜寻妥协了。

她想了想，当初分手又不是她的错，她为什么要躲躲藏藏的？

等姜寻到了包间，她才发现自己一路上的担忧都是多余的。因为包间里大多数是杂志社的工作人员，她和周途之间也隔着一段距离，这样就避免了尴尬。

可她还没来得及高兴，杂志社的主编见她来了，连忙招呼她过去坐，先是为今天让她久等的事道歉，又隆重地给她和周途再次互相介绍。

在那么多双眼睛的注视下，姜寻只好露出标准的微笑，客气地开口："周老师的影视作品，我都看过，您的演技实在是太好了！"

这完全就是客套话。

在姜寻的想象中，在她夸赞周途之后，就算礼尚往来，他也该点点头，出于礼貌说声谢谢。然而，她听到他低沉的声音响起："真的看过？"

"嗯……"

这话题简直聊不下去了。

姜寻脸上保持着笑容："当然啦，周老师去年那部获得'最佳男主角'称号的电影，我看了十几遍呢。"

坐在旁边的主编咳了一声，小声提醒道："是前年的电影。"

姜寻握着杯子的手一抖，心想，没关系，明星的自我修养就是随时随地做好表情管理。

好在，周途没有继续问她电影讲了什么。

说实话，她根本就没看过那部电影，她怕周途再问下去的话，可能真会让她尴尬地想找个地缝钻进去。

主编适时挑起了其他话题，缓解了现场的尴尬。

饭桌上，她和周途没再有任何交谈，仿佛他俩只是凑在一起吃饭的陌生人。

姜寻没忍住，喝了一杯酒，想起了刚认识周途时的场景。

几年前，姜寻所在的亮晶晶娱乐公司拉了四个年纪相仿的女孩子，没培训两天就赶鸭子上架，让她们组成团队。可因为公司只管赚钱，不注重培训，加上团队里的成员不和，没多久就解散了。

姜寻满怀期待地进入娱乐圈，想要闯出一番天地，没想到立马遭到了现实的毒打。

后来，姜寻索性回学校念书。

她选了最好拿分的课——文物鉴赏。

那是一位老先生的课，他从来不点名，讲起课来滔滔不绝，即使所有学生都睡到打鼾，也不会影响他讲课的兴致。

期末考试前，姜寻去了一趟公司，因而错过了老师发的资料。

她回学校后去老师那儿拿资料，却遇见了同样来找老师拿文物资料的周途。

命运就是这样，无巧不成书。他们拿错了对方的资料，而后便开始了一段爱情故事。

那时，周途二十五岁，已经是一名文物修复师，他性格冷淡，却细致认真，工作的时候不准任何人打扰。

姜寻追周途的时候可谓使出了浑身解数。她四下打听到他在某家博物馆工作之后，便开始坚持不懈、雷打不动地去给周途送爱心晚餐。

但她人生中第一次追男人就遇到了一块硬骨头，追了三个月都没追到。

正当她打算放弃的时候，那块"硬骨头"却奇迹般地让她"啃"了。

姜寻在心里叹了一口气，感叹命运弄人。

她正要伸手去拿面前的酒杯，手腕却被一只修长的大手握住了，随即，男人低沉的声音传来："别喝了，这酒度数高。"

姜寻转过头看他，怔了片刻。

周途是什么时候坐到她旁边的？！

姜寻这才发现，主编和周途旁边的一个人聊得火热，索性和他换了位置。

姜寻冷静地收回手："哦，谢谢。"

周途轻轻"嗯"了一声，没再多话。

过了一会儿，姜寻才用官方的语气说："昨天我喝醉了，给周老师添麻烦了。我已经让人将你的衣服送到你的公司了，再次表示感谢。"

她本以为周途不会回答，却没想到他轻声回应："你下次可以打一串文字，再转换成语音消息，机器都比你的语气有诚意。"

姜寻："嗯……"

看来，进入娱乐圈这三年，他身边终于不再只有文物和数据了，他竟然学会嘲弄人了。

饭局结束，姜寻跟主编道别后就匆匆离开了。

回去的路上，吱吱试探着开口："寻寻，你别生气，我今天之所以让你去和周途见面，是为了让你提前有个心理准备……"

"我没生气。"姜寻顿了一下，又说，"等等，准备？什么准备？"

"你过几天要录的那个综艺节目，周途也在拟邀名单之中。"

姜寻猛地抓住了座椅的扶手，一口气差点上不来。

她这是造了什么孽啊？！

吱吱又安慰道："不过，你别着急，只是拟邀，还没最终确定呢。再说了，周途一般是不会参加综艺节目的。视频平台正在联系他，我就是怕到时候，万一……所以提前和你说一声。"

姜寻打开车窗，吹了一会儿冷风，她算是想明白了。之前，她是因为只出现在唱跳舞台上，连其他的颁奖活动也主动和周途错开，所以才能躲他那么久。

可现在不同了，公司让她多栖发展，主攻综艺节目和影视方面。

综艺节目就不说了，影视方面可是周途的主战场。

之后两人的相遇恐怕无可避免了。

姜寻用了一晚上的时间来消化这个消息，内心从一开始的挣扎到心如止水、波澜不惊，再到最后被迫接受。

娱乐圈里感情破裂还要继续装样子的明星夫妻大有人在，而她和周途只是谈了一个没什么人知道的恋爱，有什么大不了的？就算工作上有交集，见面也可以假意客套一番。

第二天，乔晏给姜寻找的表演老师到了。

这个老师在圈内很有名，许多明星大腕都是她的学生，其中不乏多次获奖的优秀演员。

看来乔晏这次下了血本，他是铁了心要把姜寻往影视这条路上推了。

上了一周的课，姜寻觉得比练一个月的舞还累。

姜寻深深地觉得自己不是演戏的那块料。

上完表演课回去的路上，吱吱拿着平板电脑，问道："寻寻，你要参加的那档综艺节目的嘉宾名单下来了，你要看看吗？"

姜寻心如死灰地开口："你就直接告诉我，有没有周途吧。"

吱吱翻了翻："没有啊。"语气里夹杂着三分喜悦，三分落寞，四分失望。

姜寻这下来精神了，她接过平板电脑确认了一下，果然没有在嘉宾名单上看到"周途"两个字——老天爷总算是开眼了。

姜寻要参加的这档综艺节目叫作《职业挑战》，是国内最大的视频平台最新策划的一档职业方面的综艺节目。

节目组事先会选好几个热门职业，让艺人自己抽签决定。艺人在拿到自己的入职推荐信后，通过培训，融入到职场当中，去了解和学习这个职业的基本技能。

每个艺人都会有相应的职场精英带领，艺人需要在一个月内学会这个职业的基本技能。

等到节目结束的时候，职场精英将会根据艺人这一个月的表现及所学到的技能给他们打分。得分最高的艺人，视频平台将会为他量身打造一部影视剧。

一同录制节目的嘉宾一共有六位，除了姜寻，还有一个演技派男演员，一个去年火起来的人气男明星，一个今年凭借网剧火起来的女演员，一个喜剧演员，一个负责带动气氛、增加节目效果的综艺明星。

在录制节目的这一个月里，六个人需要住在同一栋别墅里，每天晚上一同聚餐，分享当天在职场上遇到的事。

到了节目录制现场，首先有一个采访环节。

姜寻坐在高凳上，戴好麦克风后，主持人开始提问："在节目正式开始之前，我想问一下寻寻，如果不当艺人，你心目中最理想的职业是什么？"

姜寻想了想，回答道："应该是做舞蹈老师吧，我从小就挺喜欢跳舞的。"

主持人夸了几句姜寻的唱跳实力后，才进入正题："这次，我们给艺人提供的职业有律师、医生、设计师、销售。如果让你选，你最想选哪个呢？"

姜寻笑着说："让我选的话，我可能会比较想选律师吧。万一之后要跟公司解约，说不定自己打官司，还能省下一笔律师费呢。"

主持人愣了一下，意识到她是在开玩笑后也跟着打趣："这个想法不错，到时候，乔总肯定会后悔让你来参加我们的节目了。"

之后，姜寻从节目组准备好的箱子里抽出了一张卡片，上面写着她这次要挑战的职业。

采访结束，姜寻拉着行李箱住进了别墅。

已经有人先到别墅了，是除姜寻之外的另一位女明星——季瑶。

季瑶本来正坐在客厅里喝水，见姜寻来了，她立刻放下杯子，上前打招呼。短暂地寒暄过后，季瑶说："我们女生的房间在二楼，我带你上去吧。"

说完，她便热情地想帮姜寻提行李箱，却被姜寻婉拒了："谢谢，我自己来就可以。"

"没事，别客气，我们之后要在一起生活一个月呢，互相帮助是应该的。"

两人一起把行李箱抬到姜寻的房间后，季瑶说道："我就住在你隔壁，你有什么事可以叫我。那我就不打扰你啦，你先收拾行李吧，我在楼下等你。"

姜寻笑着道了谢。

等姜寻收拾完行李下楼的时候，嘉宾们已经陆续来了。

这些人里面，姜寻只认识人气男明星陈忱，不过说不上多熟，两人只是在一些活动上遇见过几次，虽然有彼此的微信，却从来没有聊过天。

等人来齐之后，节目组准备好了晚饭，让他们宣布自己抽到的职业。

季瑶第一个开口："我抽到的是律师。"

喜剧演员："我抽到的是医生。"

演技派男演员："我抽到的也是律师。"

综艺明星："我抽到的是销售。"

姜寻："我抽到的是设计师。"

陈忱："我抽到的也是设计师。"

姜寻没想到，那么巧，她居然和陈忱分在了同一组。

季瑶看向演技派男演员："裴老师演过律师题材的剧，肯定对这个行业很了解，以后还请裴老师多多指教啦。"

裴思泽笑："指教倒谈不上，我就是个半吊子。"

喜剧演员："思泽厉害啊，当初演那部剧的时候，把半部刑法都背下来了，就差没去考个律师证了。"

季瑶十分捧场地开口："哇，裴老师也太敬业了吧。"

裴思泽谦虚道："不敢当，不敢当，这都是我应该做的，算不上敬业。"

综艺明星调侃道："那这次，咱们的第一名肯定非老裴莫属了。"

陈忱偶尔会和他们聊上两句，可姜寻一直都以唱跳为主，私下也基本不参加圈内的聚会，因此和他们都不熟，也插不上话，只能配合着笑。

陈忱看出姜寻的尴尬，给她的杯子里添了点水，小声说："他们都很好相处的，也没架子，不用紧张。"

姜寻握着杯子，笑着点了点头。

这是她第一次参加真人秀综艺节目，几乎不认识参与录制的嘉宾们，不适应也是情有可原的。

这时候，综艺明星注意到这边，也察觉到自己刚才忙着聊天，冷落了姜寻，便开始将话题引向她，活跃起气氛来。

一番说笑下来，姜寻算是融入了这个临时组成的为期一个月的大家庭。

就在这场聚餐快到尾声的时候，节目组导演过来说："几位老师，有一件事要告诉你们。晚一点会再来一位嘉宾，不过他是飞行嘉宾，只来录制一两期节目。他刚下飞机，正在过来的路上，一会儿，大家一起和他打个招呼，再去休息吧。"

姜寻喝水的动作僵住了，莫名有种不好的预感。

综艺明星问道："我们认识吗？"

导演摇了摇头："你们都没和他合作过，应该不认识。"

季瑶兴奋地问："是谁呀？"

"周途。"

姜寻没敢说话。

虽然没有合作过，但屋子里的几位对周途都不陌生。

裴思泽："我看过他的作品，听说他不是科班出身的，才进娱乐圈三年，有现在的成绩，实属厉害。"

喜剧演员："这个年轻人真的很不错，圈内人对他的评价都挺好的。"

综艺明星："我早就想和周途合作了，看来终于等到这个机会了。"

季瑶激动地说："周老师居然来做我们节目的飞行嘉宾？我这趟来得太值得了！"

陈忱问道："那周老师也跟我们一样，抽签选择职业吗？"

导演卖了一个关子："到时候你们就知道了。"

在等待周途的这段时间里，大家都异常激动，唯独姜寻显得格外沉默。

她觉得自己离当场去世就差那么一口气了。

隔了一会儿，她在心中叹了一口气。

算了，可能这就是她的命吧。

陈忱察觉到姜寻有些闷闷不乐，低声问道："怎么了？"

姜寻连忙扬起笑容："没事，可能是吃撑了，胃有点不太舒服。"

季瑶听到他们的谈话，当即说道："我带了胃药，你吃一颗吧，不然会很难受的。"

季瑶一出声，其余几个人都望了过来，关心地说："姜寻，你不舒服啊，要不你先上楼休息吧？明天我们再介绍周途给你认识也是一样的。"

姜寻本来只是想为自己的出神找一个借口，没想到引起了大家的注意，这时候再拒绝大家的好意也不好，于是她只能硬着头皮答应："那我就先上楼了，各位老师，明天见。"

"明天见，吃了药就好好休息，明天正式录制节目，应该很累。"

陈忱本来想送她上楼的，但季瑶率先起身说："我跟你一起上去吧，顺便把胃药给你。"

姜寻向季瑶道了谢。

从季瑶那里拿了胃药回房间后，跟着姜寻的摄像人员说道："那我就走了，姜寻老师早点休息。"

"辛苦了。"

姜寻关上门，又用衣服把房间里的摄像头挡住，这才倒在床上。她在床上抓狂地翻滚了两圈，以此来发泄心里的懊恼。

即便之前，她已经说服了自己这只是工作而已，可等到真正要和周途见面的时候，她还是觉得命运对她如此残酷。

在周途心里，他可能确实没把那段感情当回事，毕竟，当初在一起时，他也没把她当回事，所以现在，就算要和她见面，对他来说也无关紧要。

但当初是她追的他啊，不堪的是她，没尊严的是她，死乞白赖的也是她。

真是太丢脸了。

姜寻把脑袋埋进枕头里，试图逃离现实。

第二章
怕打雷的小猫

　　姜寻不知道自己是什么时候睡着的，周途到的时候，她没有听到一点声音。

　　因为前一天睡得早，一大早，姜寻就起床了。她想着今天要和周途见面，本着输人不输气势的原则，化了一个看起来日常，实际上藏了小心机的妆容才出门。

　　楼下，最先起床的是裴思泽和陈忱。

　　裴思泽已经结婚好几年了，在小家庭的熏陶下，他的厨艺日益进步，这会儿正在负责给大家做早饭。见姜寻起床后，他就跟她打了个招呼，问道："你的胃好点了吗？"

　　姜寻："已经好多了，谢谢裴老师。"

　　"别客气，你跟他们一样，叫我思泽哥就行。"

　　说话间，陈忱端了一杯蜂蜜水过来："喝点蜂蜜水吧，养胃。"

　　姜寻接过杯子，道了谢，刚喝了一口，便看见裴思泽朝她身后打招呼："周途也起床啦，昨晚睡得好吗？"

　　姜寻端着杯子，身形有一瞬的僵硬。

　　身后，男人轻轻"嗯"了一声。

　　裴思泽说："坐会儿吧，早饭快做好了。"说着，他又开口："姜寻，你和周途还不认识吧？"

姜寻舔了舔嘴角的蜂蜜水，缓缓出声："我和周老师前几天拍杂志时见过面，算是认识。"

裴思泽有些意外："哦？"这时候，锅里的水正好开了，他一边转身，一边说道："你们之前就认识了啊？"

周途越过她，走到厨房的吧台前倒了一杯水："嗯，认识。"

姜寻没再说话，抱着水杯小口小口地喝着蜂蜜水。

季瑶这时也从楼上下来了，她蹦蹦跳跳地走近，向大家打招呼："你们都起床了呀，思泽哥在做什么呢？"

"番茄煎蛋面，复杂的我也不会。"

这时候，另外两个人也都起床了，打着哈欠跟众人打了招呼。

综艺明星和喜剧演员都是圈内的前辈，没有陈忱那么拘束，更没有季瑶那么不好意思，两人直接走过去和周途交谈起来。

但周途性格冷淡，话也少，基本上都是另外两个人在聊，偶尔问到他，他出于礼貌也会回答两句。

姜寻喝完了蜂蜜水，正愁没有掩饰尴尬的道具时，季瑶按捺不住内心的激动，对着这边叫道："周途真的好帅啊，真人比屏幕上还帅！"

陈忱笑着问："我不帅啊？"

"哎呀，你们是不一样的类型啦，我比较不出来。"说着，她又把求救的目光投向姜寻，"姜寻，你觉得呢？周途和陈忱，你选谁？"

姜寻握着空杯子，思考了几秒，才说："我选陈忱吧。"

"啊？为什么？"季瑶大大的眼睛里充满了疑惑。虽然陈忱现在也正当红，但跟周途比起来完全不是一个级别的，颜值更是被周途无情碾压。

姜寻："周途不论是性格还是长相，又或是气质，都太冷淡了，即便站在你面前也仿佛是站在云端，可望而不可即。陈忱有趣又绅士，跟他聊天，心情都会变好。"

姜寻说完才发现那边的谈话不知什么时候停止了，整个客厅里只有她的声音在回响。

而此刻话题中心人物正无声地看着她，目光沉静又平淡。

姜寻觉得无比尴尬。

她虽然有吐槽周途的想法，但绝对没有当众踩他一脚的意思！

"各位，都过来吃早饭吧。"

裴思泽适时打破了这诡异的沉默，招呼大家吃早饭。

大家迅速反应过来，综艺明星第一个开口："哎呀，老裴辛苦了，来来来，大家快来尝尝老裴的手艺。"

姜寻有些无地自容，脸红了红。

陈忱拍了拍姜寻的肩膀，笑着说："我就当你是在夸我了，哈哈，吃饭吧。"

季瑶凑过来，满脸带着歉意："不好意思啊，我没想到会这样，要不，我去找周途解释一下吧？"

姜寻摇头，脸上露出笑容："没关系，不用解释，反正说也就说了。如果他不高兴，只能说明他小心眼。"

季瑶深以为然："也对，他肯定不会生气的。"

吃完早饭，所有人都拿到了各自的入职推荐信，即将启程去工作的地方。

最先来的车是接裴思泽和季瑶的，走之前，他们挥手向众人告别："第一天入职，大家要加油啊，晚上见。"

第二辆车来接的是喜剧演员。

第三辆车来接的是综艺明星。

很快，客厅里就剩下陈忱、姜寻和周途三个人还没有车来接。

陈忱翻了翻背包："我的墨镜忘拿了，你们等我一下。"说完就往房间跑。

而导演似乎是要和摄像人员交代什么事，觉得这两个不爱说话的人也没什么好拍的，便把摄像人员叫了出去。

很快，客厅里只剩下周途和姜寻两个人了。

这是什么人间地狱？

姜寻起身准备去门口等陈忱，可谁知，她才刚走了一步，就听见男人低沉的声音响起："下午会降温。"

姜寻的脚步微顿，嘴角冷漠地勾了勾，头也不回地离开了。

时隔三年，她终于把这个嘲讽又不屑的笑容送给了他。

降不降温的，跟他半毛钱关系都没有。

姜寻出去的时候，她和陈忱的车正好停在门口，摄像人员已经在里面了。

她率先坐上去，让司机师傅等一下。

没过两分钟，陈忱便跑了出来："不好意思，让你们久等了。"

姜寻浅笑道："没事，我们走吧。"

节目组给他们安排的工作地点是国内某知名设计公司的总部。

刚下车，带他们的职业老师李霄就走了过来。

一番自我介绍后，李霄说："今天我主要是带你们办理简单的入职手续，然后认识一下公司的同事们，最后再带你们熟悉一下公司的环境和各项规章制度。"

姜寻："谢谢老师。"

陈忱："辛苦老师了。"

"不用客气，这一个月都由我来带你们，你们在工作上有任何问题，都可以来问我。"

尽管提前知道会有两个明星来公司录制综艺节目，可真正看到真人的时候，工作人员还是忍不住围观起来，一路上水泄不通。

"我的天哪！姜寻真人也太瘦太美了吧！"

"姜寻的身材真好！求求了，让她和我做同事吧，我保证每天都会打起十二分精神。"

"呜呜呜，陈忱也好帅啊，帅哥美女组合也太棒了，我能目不转睛地看他们一整天。"

李霄带他们办完入职手续后，就把他们安排在不同的小组，并且分别介绍了组内的同事给他们认识。

整个过程结束，已经到了吃午饭的时间。

李霄告诉他们，这里的人要么自己带午饭，要么点外卖。

姜寻和陈忱都没有带午饭，只能选择点外卖。

各自点完外卖后，李霄让他们吃完饭先午休半个小时，他半个小时后再来找他们。

李霄一走，周围的同事瞬间拥上来，找他们签名、合照。

陈忱和姜寻两个人都很配合，等和所有的同事合照完，外卖也送来了，其他同事见状纷纷回到工位，开始认真工作了。

在茶水间吃饭时，陈忱见摄像人员走开了，小声问道："你是不是和周途不和啊？"

姜寻顿了一下，脸上保持着笑容："没有啊，怎么了？"

"我看你都没跟他说过话，而且，我总感觉你们两个之间有种说不出来的生疏感。"陈忱又道，"不过，也可能是因为他本来就给人一种距离感，我跟他都说不上什么话。"

姜寻笑了笑，低头吃饭，没说话。

过了会儿，陈忱又说："不过，你得小心一点季瑶。"

姜寻愣了一下，问道："你是说，她早上是故意的？"

"这个我说不准，可不管她是不是故意的，谁会问那种让人尴尬的问题？而且，大家又不熟，怎么回答都会得罪人。总之，你还是注意点吧，娱乐圈没有单纯的人，而且，她昨天一直黏着你，说不定是想蹭你的热度。"

而在姜寻看来，这次的节目只有她和季瑶两个女生，走得近一点很正常。

早上那个话题，如果不是她对周途有意见，完全可以回答两个人都很好，各有各的长处，把话说得滴水不漏。

但陈忱总归是一番好意，姜寻便没有反驳，轻轻点了点头，说道："我会注意的。"

吃完饭，姜寻趴在桌子上休息时，却觉得脚底有一股凉意传来，并迅速蔓延到了全身。

她下意识地打了个寒战，旁边有人道："外面下雨了。"

"这雨好大啊，估计得下到晚上吧。"

"我就知道今天会降温，幸好我带了外套，哈哈。"

姜寻看了看自己裸露在外的腿和胳膊，有些无奈。

早知道早上就不怄那口气了，回房间换一套衣服或者带一件外套，总比现在好。

一整个下午，李霄都在向他们介绍平面设计专业的基本知识和公司的企业文化。为了增加节目的趣味性和观赏性，他还增加了一个与公司同事互动答题的游戏环节。

途中，有个小姑娘看见姜寻冻得嘴唇发紫，便拿了自己的小薄毯给她，让她搭在腿上。

姜寻感激地接过毛毯，觉得自己又重新活过来了。她刚坐好，陈忱便倒了一杯热水递过来，还细心地叮嘱了一句"小心烫"，绅士又体贴。

录制结束后，姜寻把毯子带回了别墅，她准备洗完再还给小姑娘。

最先回到别墅的是裴思泽和季瑶，接着是抽到了医生职业的喜剧演员，而后是姜寻和陈忱，最后回来的是抽到了销售职业的综艺明星。

相比其他几个职业，销售这个职业是最累的，遇到的奇葩事和客户也多，经常一站就是大半天。

其余几组都比较轻松，今天学习的大多是基本知识，唯独综艺明星忙碌了一整天，回来的时候四肢酸痛，完全没有了早上出门时的意气风发。

人到齐后，节目组将准备好的晚餐一一端上餐桌。

裴思泽问道："周途还没回来呢，不等他吗？"

导演回答："周途老师那边还没忙完，估计会很晚回来，他说不用等他，大家先吃饭休息就好。"

闻言，几人瞬间来了兴趣。

喜剧演员："周途到底是什么职业啊？昨晚你就卖了个关子，现在总该说了吧？"

季瑶也接话："对对对，导演就别卖关子了，快点告诉我们吧。"

导演神秘一笑，等吊足了所有人的胃口后才缓缓开口："文物修复。"

姜寻拿着筷子的手顿了一下，神色微怔。

裴思泽听完，脸上露出了几丝不解的表情："文物修复？他这个职业在节目组的职业选项中吗？"

季瑶："这个职业一听就很酷，神秘又令人向往。"

综艺明星调侃道："你们节目组是不是有些为难周途啊？竟然让他一个年轻人去挑战这么复杂又枯燥的职业。我以为我是最惨的，没想到他比我还惨。"

"各位老师可能不知道，周途老师在进入娱乐圈之前就是一个文物修复师，这次的职业是他自己选的。"导演没说的是，周途答应来录制这次节目，提出的唯一要求就是这个。

之前，为了保护文物，博物馆不允许那么多人进去拍摄。正在节目组急得焦头烂额之际，周途的助理打来电话说，录制的地点已经联系好了，录制的时候会有博物馆的工作人员全程跟随，到时会告诉节目组哪里能拍，哪里不能拍。

除了姜寻，其余人的脸上都写满了震惊和佩服。

喜剧演员："这么厉害吗？！"

综艺明星："妈呀，他的演技这么好，我还以为他是科班出身呢，他之前居然是文物修复师？"

裴思泽："真是自愧不如啊。"

季瑶："周途老师不仅长得帅，还有才华，我现在加入他的粉丝团还来得及吗？"

陈忱摇头感叹道："不得不佩服。"

一桌人都发表了自己的感想，随即把目光投向了唯一安静着的姜寻。

见所有人都看向自己，姜寻勉强说了句："……哇，好棒啊。"

吃完饭，众人不知怎么就聊起想去周途录制节目的地方探班，而且越聊越兴奋，仿佛今天不实施这个探班计划连觉都睡不好了。

原本满脸疲惫的综艺明星这时候头也不疼了，腿也不酸了，随后，几人回房间拿了外套便准备去探班。

出门前，季瑶问姜寻："你不去吗？"

姜寻笑了一下："你们去吧，我好像有点感冒了，不太舒服。"

"哦，我这里有感冒药，你要吗？"

"谢谢，不用了，我自己有带。"

"那行，我们先走啦。"

等他们离开，楼下的摄像机也都关掉了，节目组的工作人员正在收拾饭桌上的餐具，姜寻便走过去一起帮忙。

工作人员："寻寻，你去休息吧，我们来就行了。"

"没事，我闲着也是闲着。"

姜寻拿着碗进了厨房，熟练地打开水龙头冲洗起来。

虽然煮饭她不在行，但她的洗碗能力还是不错的。

和周途在一起的那大半年，他一直很迁就她，只要他在家，就绝对不会让她进厨房。

姜寻后来想想，也可能是因为他实在接受不了她做的饭。

她之所以有这个觉悟，是因为她以为自己是凭借那三个月的爱心便当把周途追到手的，可当她给尤闪闪做爱心便当炫耀的时候，尤闪闪吃完直接进了医院。

　　因此，姜寻格外心虚，生怕周途嫌弃她，也怕煮熟的鸭子飞了，所以每次吃完饭，她都会抢着洗碗。

　　工作人员端着剩下的碗筷进来，见姜寻已经在洗碗了，连忙上前抢过碗："寻寻，我来吧，你快去休息。"

　　见工作人员态度坚决，姜寻也没再坚持。

　　姜寻刚回到房间，吱吱就发了消息过来，问她节目录制得怎么样。

　　这次录制节目十分严格，不许嘉宾带助理和其他随行人员，姜寻便爽快地给团队放了一个假，此时，团队的工作人员都在马尔代夫度假。

　　姜寻："周途是两期节目的飞行嘉宾，因为他，我已经和整个团队显得格格不入了。"

　　昨晚她早早就睡了，今晚，她也没有跟着大家一起去探周途的班，她都能想象到节目播出后，网友们会怎样批判她了，无非就是骂她矫情、做作、耍大牌。

　　吱吱："这……不过，还好他只是飞行嘉宾，很快就走了。在镜头前，你偶尔还是和他交流一下吧，不然节目播出后，万一有人说你们不和，双方粉丝闹起来那就麻烦了。"

　　想着之前的那几幕，姜寻麻木地打着字："已经迟了。"

　　吱吱："什么程度？"

　　姜寻："已经到了他的粉丝能把我抽筋扒皮的程度。"

　　吱吱："呃……"

　　姜寻放下手机，把脑袋埋进了枕头里。

　　躺了一会儿后，姜寻爬起来进浴室洗澡了。

　　窗外的雨还在下个不停，甚至比下午时密集了许多，整个城市都降了温。

姜寻正在护肤时，楼下传来谈话声。

这么快就回来了？

正在姜寻疑惑时，她的房门突然被人敲响，来人是季瑶。

季瑶问："你怎么样了，感冒好一些了吗？"

姜寻点了点头，回答道："洗了个热水澡，好多了，你们……探完班了？"

季瑶一脸失望地抱怨道："探什么呀！那边的工作人员说今天新送来了一件文物，周途正在修复，我们连他的面都没有见到。"说着，她又嘟囔了一句："你没去真是太明智了，早知道我也不去了。"

姜寻下意识地出声："他是那样的，工作起来，谁找他都没用。"

姜寻不知道他现在拍戏时的工作标准，但至少，之前他修复文物的时候，她作为他的女朋友，也常常联系不上他。

季瑶抓住了重点，问道："你和他一起工作过啊？"

姜寻快速回过神来："没有，但他很火嘛，我听过他的一些传闻。"

季瑶更加意外了："我也听说过，但圈内人对他的评价都挺好的呀，没人说他工作起来找不到人。节目组也真是的，明明只是录制节目，居然真让他修复起文物来了。节目组的人就不能跟博物馆沟通沟通吗？"

姜寻这才明白，原来她吐槽的是博物馆和节目组，她笑了笑没说话。

"那我就先回房间洗澡了，你早点睡吧，晚安。"

"晚安。"

楼下渐渐没了声音，大家都陆续睡下了。

姜寻坐在床上，跟着表演老师发来的视频练习了一个多小时后，睡意袭来，她打了个哈欠，放下手机睡了。

博物馆里，整个摄制组的人都回去了，只剩下周途和博物馆的工作人员。

这次要修复的文物是西晋时期出土的青瓷碗。虽然这类文物修复的难度不算高，可问题出在保存性上。

这东西碎得四分五裂，想要完整地修复这件青瓷碗，需要耗费极长的时间和耐心。

此时，窗外响起一道刺耳的雷声，打破了屋里的安静。

周途缓缓抬起头，眉头不着痕迹地蹙了一下，问道："外面还在下雨？"

身旁的职业导师说："对，一直在下，就没停过。"

导师看着修复了三分之一的青瓷碗，满脸都是钦佩之情："真是太厉害了，要是我，至少得花三天才能修复到这种程度……"

轰隆一声，雷声再次响起。

周途摘下口罩和手套，起身说："今天就先到这里了，我先走了，明天再来。"

导师这才反应过来他是在录节目，他拍了拍额头："行，你快回去吧，时间挺晚了。"

周途略微点头，出门后，等待在外的博物馆工作人员上前说："周老师，我们在附近的酒店给你开了一间房，现在雨挺大的，要不，你就住那儿吧。"

"不用了。"

随后，导师也出了门，打了个哈欠，伸着懒腰说："今天大家都辛苦了，回去休息吧。"

工作人员惊奇地说："周老师竟然回去了。"

导师不明所以地问道："他不应该回去吗？什么意思？"

"聂教授，你可能不知道，周老师以前在我们博物馆工作的时候，每次修复文物，他几乎都会住在博物馆了，在文物没修好之前，他是绝对不会离开半步的。"

导师拍了拍工作人员的肩膀，说："你小子，你都说了是以前了，他现在不是在录节目吗，能帮我们修复成那样已经不错了。"

工作人员顿了一下，又突然开口："哦，我突然想起，以前，周老师也有修复文物到一半，突然回去的时候。"

"什么时候？"

"也是这样的天气，下着暴雨，电闪雷鸣的。"

导师笑道："怎么，他家里有怕打雷的小猫啊？"

姜寻不知道是被第几道雷声惊醒的，她睁开眼睛的时候便感觉头昏昏沉沉的，喉咙也痒——好像真的感冒了。

她撑起身子，摸索着打开了床头的灯。下床后，她从行李箱里找出感冒药，想要去烧水时才发现她房间的烧水壶坏了。

姜寻拿了一件外套披在身上，拿着感冒药和杯子下了楼。

所有人都睡下了，客厅里只亮着一盏暖橘色的小壁灯，散发着淡淡的光辉。

四周安静得只能听见窗外的雨声和偶尔传来的雷声。

姜寻吸了吸鼻子，走到厨房烧了水，冲了感冒冲剂，然后坐在饭桌旁等水晾凉。

很快，外边又响起一道雷声。

姜寻拢紧外套，整个人缩在椅子上。

她从小就害怕打雷，尽管这两年因为工作原因不得不逼自己克服，可在这种夜深人静的时候，恐惧还是一层层蔓延开来。

姜寻小口小口地吹着杯子里的感冒冲剂，想要尽快喝完药回房间。

过了几分钟，她昏昏沉沉地抠开锡箔纸，拿了两粒胶囊放在掌心。

姜寻把两粒胶囊扔进嘴里，拿起水杯，捏着鼻子，正准备一口吞下去的时候，别墅大门突然被人打开了，她下意识地转过头。

此时，又一道闷雷响起，闪电的光照亮了整个屋子。

周途站在门口看着她，黑眸沉寂，波澜不惊。

姜寻有些哑然。

不用想都知道她现在有多滑稽。

四目相对后，姜寻快速地转过头，却被嘴里的胶囊呛到，她急忙喝了一口感冒冲剂，没想到自己没判断好水温，喝到嘴里的那一刻，烫得她差点将药吐出去。

因为周途在看着她，她只能咬着牙将药吞下。

姜寻甚至忘了把这烫手的杯子放下，只低垂着眸子，希望周途可以当作没有看见她，或者直接忽视她，回他的房间去。双方就这样保持着"我们只是因为工作而不得不碰面，实际上并不再想和对方有半点交集"的默契就好。

可姜寻并没有如愿。

当她听到越来越近的脚步声时，她觉得不是天要亡她，而是周途不愿意放过她。

姜寻正打算起身离开，却听到身后冰箱门被打开了。

原来只是喝水，她自作多情了。

感冒果然使人丧失理智。

然而，还没等姜寻松口气，握在手里的杯子突然被人抽走了，紧接着，被卫生纸包裹着的一罐冰镇啤酒出现在她的手中。

冰凉的温度瞬间在掌心里蔓延开来，驱散了原本灼灼的痛感。

还没等姜寻反应过来，周途已经拿着她的感冒冲剂进了厨房。

一阵冲水声后，杯子递到她的面前，这次水温正好。

姜寻眨了一下眼睛，似乎还没回过神来。

周途嗓音低沉地说："再不喝就凉了。"

姜寻指尖微动，慢慢将那罐啤酒放下，刚要离开，男人的声音再次响起，语气里没什么波动，平静地说："感冒加重，会耽误节目录制。"

姜寻的脚步顿住了。

居然拿这个威胁她！可恶！

很快，姜寻转过身，脸上已经扬起了最标准的公式化笑容："没想到又给周老师添麻烦了，实在是太感谢了！"

周途单手揣进裤兜，静静地看着她，过了几秒才开口："这里没有其他人。"

"哦。"

姜寻的笑容迅速消失，然后拿起桌上的杯子一口气喝完了感冒冲剂。

等她喝完，她才发现周途已经离开了，桌上的啤酒罐也消失了。

姜寻觉得脑袋里有一根筋抽痛着，让人忍不住咬牙。

她把杯子拿到厨房冲洗了一下，又把饭桌收拾了一下，正打算回房间，却看见桌角处放了一颗薄荷味的糖。

姜寻愣了足足十秒，才走过去拿起那颗薄荷糖。

别人眼里的姜寻漂亮、幸运，有名气又有实力，在舞台上魅力四射，可几乎没有人知道，她怕黑、怕苦、怕疼、怕打雷……

唯独周途知道她的一切，她的脆弱、委屈、不甘，他通通都知道。

很多东西她都怕，但和几年前不同，现在，她会把这些害怕与恐惧藏在心底，默默消化。

回到房间后，姜寻彻底清醒了。

她给尤闪闪发了一条消息："你说，感冒药有提神的功效吗？"

尤闪闪立即回复："感冒药的副作用不都是安神吗？"

姜寻："那我怎么睡不着呢？"

尤闪闪一针见血地说："你是不是又见到周途了？"

姜寻心想，尤闪闪怎么猜得那么准？

姜寻："你为什么还没睡觉？"

尤闪闪："你别岔开话题，我要听详细经过！"

"其实也没什么……"姜寻说完后，看着放在床头柜上的那颗薄荷味的糖微微出神。

和周途在一起之后的第三个月，她感冒了。因为怕苦，她死活不肯吃药。

周途并没有像别人的男朋友哄女朋友那样哄她，而是冷静地告诉她，如果她不吃药，他就送她去医院打针输液。

在苦和疼之间权衡了一下，姜寻选择了前者。

当她梨花带雨地吃完药，准备和他冷战的时候，他却喂了一颗糖到她嘴里。

她当然选择了当场原谅他。

从此以后，只要她一吃药，他都会给她准备一颗糖。

手机上，尤闪闪的消息接连发了进来。

尤闪闪："随身带糖？这也太暖，太甜了吧！"

尤闪闪："不对，他为什么要给你糖？他该不会还喜欢你吧？"

尤闪闪："宝贝，答应我，一定不能沦陷在他的温柔陷阱里。"

尤闪闪："虽然他曾经是你的男朋友，但现在，他是他那七千九百九十五万女粉丝的男朋友。你一定要坚守阵地，不为所动，给我们广大女性粉丝留出一些造梦的空间。"

姜寻："你明天早上起来看看，你说的这是人话吗？"

经过这么一出，姜寻更加睡不着了。

窗外，雨滴不停地打在树枝上。

姜寻抱膝坐在床上，漫无目的地看着某处发呆。过了一会儿，她突然想起上楼的时候好像没有关厨房的灯，她呼了一口气，穿上拖鞋再次下楼。

当她走到客厅时，果然，厨房里的灯明晃晃的。

她正要走过去，突然轰隆一声，外面雷声响起，仿佛连地都在颤动。

雷声响起的同时，别墅里所有的灯都熄灭了。

姜寻愣愣地站在原地，觉得连空气都变得稀薄了，她扭头看看四周，黑漆漆的一片，什么都看不见。她试探性地挪动着步子，想要扶着什么东西。

雷声接连而来，一声比一声响，在黑暗中炸开。

姜寻觉得自己的脑袋嗡嗡作响，因为紧张和恐惧，她的思想和行动变得杂乱无章。

没走几步，她就觉得自己撞到了什么东西，慌乱之余伸手去摸，却什么都摸不到。

再往前走，环住她的是带着木质冷香的怀抱，还夹杂着一股淡淡的酒味。

姜寻下意识地拽住他的衣角，声音有些涩，问道："周途？"

"嗯。"

姜寻的第一反应是推开他，可不论她怎么说服自己，身体的记忆和恐惧时寻求安全感的本能还是打败了她，她不由得将他的衣服抓得更紧了一些，好半天才哽咽道："停电了。"

男人动作轻缓地拍了拍她的后背，嗓音低沉："嗯，我知道。"

姜寻冷静了一会儿，轻颤着声音，试图做最后的狡辩："你别误会，我不是故意要赖着你的。这种情况下，换成任何人出现在这里，我都会抓着他不放手。"

不知道是不是姜寻的错觉，她好像听见男人在黑暗中轻轻地笑了。

他低声说："我没误会。"

姜寻不知道该说些什么。

她就是客气客气，他怎么还当真了？

黑灯瞎火，四下无人，他又贪图她的美色，怎么可能坐怀不乱？

还没等姜寻据理力争，周途的声音便在她耳边响起："是我抱着你不放。"

姜寻："嗯……"

周途有一下没一下地轻抚着她的后背，直到她的情绪逐渐稳定下来，才低沉着嗓音道："我送你回房间？"

不知道是不是因为他的怀抱太温暖，让人心安，姜寻接连打了几个哈欠，脑袋里一团糨糊。

听到他的话后，她迷迷糊糊地应了一声。

随后，周途抱起她往楼上走。

姜寻几乎在他怀里快睡着了，可当她被放在床上时，她却条件反射地搂住周途的脖子，委屈巴巴地撒娇："你别去博物馆了，就在家陪我，好不好？"

过了许久，他才开口："好。"

听到他的回答，姜寻终于心满意足地睡着了。

周途轻轻将被子往上拉了拉，盖住她的手臂。

回到房间后，周途掏出一直在振动的手机，接通了来人的电话。

电话是山和影视的老板打来的："我听说你接了《职业挑战》，我不是给你推了吗？"

周途："只是飞行嘉宾而已。"

"你不是不喜欢参加综艺节目吗？费那个劲干什么？"

"有想做的事和想见的人。"

电话那头顿了一下："你见到她了？"

"嗯。"

"那随便你吧。不过，你别忘了，后天是姨妈的生日。她说你这次再不回去，她就要把我的公司收购了，让你没戏可拍。"

周途捏了捏鼻子："我知道，明晚就结束录制了。"

挂了电话，周途拿起桌上的剩余啤酒，仰头喝光了。

他看着屏幕上的照片，垂眸沉思。

半晌，他扭头看着窗外浓重的雨幕，将易拉罐扔进了垃圾桶。

第二天，姜寻醒来后，除了头有点晕，感冒明显好了不少。

等她收拾好下楼时，裴思泽正将早餐端上桌，他抬头和她打了个招呼："感冒好点了吗？"

姜寻点头道："好多了。"

季瑶也说："我正想着要不要去叫你呢，我还担心你今天起不来了。"

综艺明星招呼大家："来来来，人都到齐了，吃饭吧，吃完饭又要开始一天的工作了。"

姜寻坐在桌前，接过陈忱递来的餐具后说了声谢谢，可当她看清碗里的东西时却愣住了。

季瑶率先尝了一口，接着竖起大拇指，夸赞道："思泽哥的手艺真是太棒了，好好吃！"

喜剧演员也尝了一口，惊叹道："老裴的手艺见长啊。"

裴思泽笑了笑，说："你们夸错人了，今天的早饭不是我做的。"

"是节目组买的吗？"

"不是，是周途做的。"

季瑶震惊道："真的吗？！"

综艺明星："周途呢，怎么没见到他？"

裴思泽："我起床的时候他已经把早饭做好了，他说博物馆还有事，就先走了。"

喜剧演员感慨道："还是周途对这份工作上心啊，不行，我也得加把劲！"

季瑶："没想到周途不仅长得帅，还会修文物，更没想到他做饭还这么好吃，到底有什么是他不会的啊？"

大家都在热烈地讨论着周途，唯独姜寻看着面前香气腾腾的食物，心里五味杂陈。

只要她一感冒，胃口就不好，唯一吃得下的就只有蟹黄豆花，每次吃完都会精神焕发。

姜寻觉得今天的早饭就像昨晚的薄荷糖，令她想起了很多不愉快的回忆，女人的第六感告诉她，周途可能是在向她宣战。

他这一连串的举动无一不在向她透露着同一个信息：她根本离不开他。

回想起这几次的见面场景，姜寻几乎已经确定了这是来自前男友的赤裸裸的报复。

她正出神时，一旁的陈忱问道："你怎么不吃啊？快凉了。"

姜寻收回思绪，扯了一下嘴角，笑着说："我对螃蟹过敏，早上也没什么胃口。"

"那不吃饭也不行啊，多吃一点吧。"

季瑶闻声转过头来，说道："还是别勉强她了，感冒了没胃口很正常。不过，周途做的这个蟹黄豆花真的很好吃，你不能吃真是太遗憾了。"

裴思泽听说姜寻没胃口，正打算去给她做点清淡的食物，却被姜寻拦住了："真的不用了，我回房间喝点蜂蜜水就行了，一会儿饿了，我再随便吃点饼干。"

裴思泽见姜寻态度坚决，也没有再坚持，只是说："那你今天记得吃药啊，晚上有周途的送别宴，我听说剧组准备了不少美食呢，如果到时候还是没胃口就太可惜了。"

姜寻的嘴角抽了抽："送……送别宴？"

喜剧演员吃完了一碗蟹黄豆花，一边盛第二碗一边说："对啊，周途不是飞行嘉宾吗，今天，他的录制就结束了。我们几个是常驻嘉宾，也算是东道主了，怎么也得给他送个行。而且，这两天也一直没机会好好和他吃顿饭。"

季瑶皱眉道："啊？那周途今晚就走了？"

"听说好像是送别宴结束后就走。"

姜寻沉默着，却开心不起来。

尽管还在感冒中，但正式开始录制时，姜寻还是迅速调整好了状态。到公司后，她亲自把毯子还给了那个小姑娘。

今天，李霄开始教他们基础的入门技能。

李霄对他们的要求是，在录制节目的最后一天，每个人需要呈现一个独立的设计作品。所以他教的东西都是真材实料，并不是为了节目效果敷衍了事。

　　结束了一天的录制后，在回去的路上，陈忱打了个哈欠，感慨道："我现在才知道跨行业工作居然这么难。说起来，我还挺佩服周途的，从文物修复师转行进娱乐圈，只用了三年时间就成了当红明星，还拿了那么多奖，真是让人羡慕。"陈忱又说道："不过，我真的很好奇他为什么转行，两个行业完全不沾边，这跨度也太大了吧？"

　　最开始得知周途进入娱乐圈时，姜寻也和陈忱抱有同样的疑问，不过后来，她想明白了，不说其他，就单凭周途那张脸，他也可以在娱乐圈闯出一片天。或许他是觉得不用努力就能获得成功，玩玩也无所谓，更何况，如果失败了，他还可以回家继承家产。

　　两人回去的时候，节目组已经在别墅外的泳池旁架好了桌子，摆上了各种各样的美食。

　　除了他们，喜剧演员、裴思泽和季瑶都已经回来了，三人正坐在餐桌旁聊天。见姜寻和陈忱走近，裴思泽问道："姜寻，你感冒怎么样了？"

　　"差不多已经好了，谢谢裴老师关心。"

　　"那就好，今晚有这么多好吃的，我还怕你没胃口呢。"说着，他又倒了两杯饮料，招呼两人过去坐。

　　几人聊了一会儿，综艺明星也回来了，和他一起回来的还有周途。

　　在他们过来前，姜寻趁机起身去帮裴思泽打下手，避免了和周途打招呼。

　　裴思泽见状，连忙说："你过去和他们聊天吧，我来就行。"

　　姜寻笑了笑，说道："没关系，我帮你吧。"

　　"我非常能理解你，你可能觉得和他们不太熟，不知道聊什么？

其实主要还是平时接触的人不同，很难有共同话题。不过，我最近听说你好像要准备拍戏了？"

姜寻点头道："我已经在学习表演了。"

"那挺好的，我也建议你主攻影视方面。唱跳歌手这一行业这几年不景气，但你能有现在的成绩已经很厉害了。你的公司也很有远见，没有让你吃老本，他们给你规划的发展路线还是很不错的。"

"我老板也是这么说的，但我毕竟不是科班出身，虽然有表演老师在教我，可是我下个月就要进组了，我怕自己的演技不过关。"

"这有什么啊，谁不是被导演骂过来的？而且，周途也不是科班出身，可你看，他这么成功。所以说，只要努力肯定会有回报。"说着，裴思泽朝姜寻旁边看了一眼，"是这个道理吧？"

一道男声响起："是。"

姜寻愣住了。

她不想回过头去看，忙将面前的土豆翻了个面。

裴思泽又对姜寻说："我还挺期待跟你合作的，下次我演戏时要是有适合你的角色，我一定向剧组推荐你。"

姜寻："谢谢裴老师。"

"别客气，娱乐圈说大不大，说小也不小，认识就是一种缘分。"裴思泽看向一旁不知道在看什么的男人，"周途，你说呢？"

周途收回视线："我也很期待。"

姜寻："哈哈……"

周途自然地接过姜寻手里已经快烤焦了的土豆片："去旁边坐吧。"

姜寻觉得周途的意思是，她是个连烤串都烤不好的废物，她赌气般地将他手里的东西夺了回来，硬声说道："想吃的话自己去烤，这是我自己吃的。"

"焦了。"

"我就爱吃焦的。"

天色渐渐暗下来，泳池周围亮起了暖色的灯光。

所有人坐在餐桌前，一边喝酒，一边聊天，气氛轻松了许多。

席间，话题一个接着一个地换，后来，不知道怎么就聊到了感情上。

录制节目的嘉宾中只有裴思泽是已经结婚生子的，自然成了大家讨论的对象。

当被问到是否和老婆分过手时，裴思泽真诚地说道："她是圈外人，因为工作，我们已经分分合合好几次了。其实，事业和爱情之间很难平衡，想要长久地走下去，难免要有一方做出牺牲，这也是我最对不起她的地方。"

喜剧演员说："老裴说得对。不过，这种事是要相互付出的。自从结婚后，你已经减少了不少工作量了。"

裴思泽笑了笑："毕竟要照顾家里嘛。"

季瑶歪着脑袋问："那谈恋爱的话，找圈内的是不是比较好？大家的工作性质都是一样的，肯定能相互理解。"

综艺明星说："这点是不错，但你也知道，干我们这行的忙起来脚不着地，我知道好多圈内的情侣都是因为聚少离多而分手的。"

陈忱若有所思地开口："所以，还是得有一方愿意做出牺牲才行吧。"

喜剧演员听后看过来，打趣道："陈忱谈恋爱了吗？"

陈忱被问得有些不好意思："没有没有，我现在还在事业上升期，没有时间谈恋爱。"

综艺明星说："陈忱应该谈过恋爱吧，小伙子长得这么帅，怎么可能没有交过女朋友？"

陈忱摸了摸后脑勺，俊俏的脸上露出一丝腼腆："大学时谈过两个。"

喜剧演员："大学时期的恋爱是很美好的啊。"

几人调侃了陈忱一阵后，裴思泽问："周途呢，周途应该也谈过恋爱吧？"

姜寻嘴角的笑意僵住了，她下意识地握紧啤酒罐，心跳快得仿佛要跳出胸腔。

在所有人的注视下，周途轻轻"嗯"了一声。

季瑶好奇地问："那你们是为什么分手啊，性格不合，还是工作原因？"

姜寻把啤酒罐捏扁了，随后，她起身小声说道："我去趟卫生间。"

季瑶没有等到周途的回答，也跟着站了起来，说道："我也想去，我们一起吧。"

卫生间没有摄像头，季瑶忍不住和姜寻讨论起来："真没想到周途竟然谈过恋爱，他长得那么帅，什么样的仙女才能配得上他？"

姜寻扯了扯嘴角，不知道该如何回答。

然而，季瑶正沉浸在好奇周途的恋爱对象长什么样之中，并没有注意到姜寻的异常，她一边洗手，一边又说道："不过，周途现在这么火，他的女朋友肯定后悔和他分手了。"

姜寻垂眸道："也不一定吧。"

季瑶回过头问："啊？什么意思？"

"我想，人无完人，周途也不例外。当初他们之所以分手，肯定是因为有矛盾存在，我……而且，他的前女友也不一定就比他差，可能分手后反倒比跟他在一起的时候更开心呢？"

季瑶微顿，眨了眨眼，才说道："也是，毕竟是别人的事，我们不清楚，也不好随意点评。"

姜寻轻轻点头，没再说其他。

出了卫生间，季瑶说道："我的手机快没电了，我回房间去拿充电宝，你先过去吧。"

"好。"

季瑶离开后，姜寻却没有回到泳池那边，而是走进了花园。

她坐在秋千架上，抬头望着悬挂在半空中的月亮。

当初选择和周途分手的最主要原因是，姜寻觉得周途根本不喜欢自己。

他喜欢文物胜过一切，在他眼里，没有什么比那些文物更重要，甚至连她也一样。

她那时年少无知，所以能不顾一切，以为喜欢就是一辈子的事。

姜寻满怀期待地进入娱乐圈，经历了社会的鞭挞后，她对恋爱美好的向往也被现实泼了冷水。

姜寻叹了口气，见时间差不多了，正准备回去，转过头却见周途站在不远处。

清冷的月光下，男人的身形修长挺拔，五官被月色笼罩着，显得更加冷峻。

他为什么单独来找她？

这个男人果然还对她抱有不可告人的想法。

正当她犹豫着要不要往前走时，裴思泽的声音突然传来："找到姜……"话说到一半，他刚好看见姜寻，便解释道："姜寻，你在这里啊。周途要走了，见你这么久都没回来，就说来找找你，和你打个招呼。"

姜寻迅速调整好表情，说道："我头有点晕，来这里吹吹风，正准备回去呢。"

话毕，她又看向周途，脸上露出恰到好处的微笑，说道："这两天辛苦周老师啦，这次能有机会和你合作，实在是太开心了。"

周途轻轻"嗯"了一声，说道："既然这么开心，不如送送我？"

姜寻脸上的笑容僵住了，她下意识地把求救的目光投向裴思泽，他却笑道："他们几个都喝多了，我得回去看看。姜寻，那就麻烦你送送周途吧。"

姜寻无法拒绝裴思泽，只能咬着牙点头。

从花园到大门口只有几分钟的路程，没有摄像人员跟着，只有他们两个人。

姜寻始终走在周途身后和他保持着一米远的距离，脸上的神情不像是在送他，反倒像是迫不及待地想要赶他走。

别墅外，接周途的车已经等在那里了。

见状，姜寻终于松了一口气。

她停下脚步，说道："那我就送到这里了，祝周老师一路顺风。"

周途回过身看她，嗓音偏冷："姜寻。"

姜寻立即笑着接话："周老师还有什么事吗？"

他盯着她，隔了几秒，才说道："没事，回去吧。"

姜寻等的就是这句话，她利落地转身，同时迅速收起了脸上的笑意。

周途看着她逐渐欢快起来的背影，嘴角勾了勾。

此时，助理从车里下来，好奇地问道："那是姜寻老师吧？她来送你？你们的关系已经变得这么好了吗？"

周途收回视线，转头看向助理，助理立马闭嘴了。

姜寻回去的时候，其他人都已经回各自的房间了。裴思泽刚好送喜剧演员出来，见状便问道："周途已经走了吗？"

姜寻轻轻点头道："上车了。"

"行，时间不早了，你也快回房间休息吧。"裴思泽又道，"对了，你座位上有一份礼物，是周途送的，我们每个人都有一份。"

姜寻顺着他的视线看了过去，一个包装精美的礼品盒静静地待在那里。

裴思泽："那我先回房间了，明天见。"

姜寻笑了笑："明天见。"

裴思泽离开后，客厅里只剩下姜寻一个人。

她活动了一下脖子，再次看向那个礼品盒。

周途真是给她出了一个大难题。这东西不能就这样放在这里，也不能直接扔进垃圾桶，万一被人发现，她和周途不和的消息就被彻底坐实了。

姜寻叹了一口气，只能将礼物带上楼。

回到房间放下礼物后，她拿着睡衣去了浴室。冲掉了满身的酒味后，她用干发帽将头发裹好，然后坐在床上，拿出手机看起表演视频来。

没看一会儿，她的目光便不自觉地被桌上的礼品盒吸引了。

几秒后，姜寻将礼品盒拿到了床上。

打开看看应该没什么吧？

姜寻深吸了一口气，慢慢拆开了礼品盒上的丝带。

礼品盒里装着一条精致又漂亮的锁骨链。

周途不是没送过她礼物，她一看就知道，这东西不符合他的审美标准，肯定是他身边的工作人员准备的。

姜寻没了兴趣，将盒子盖上，扔到一边，开始专心上表演课。

没有了周途，姜寻终于可以心无旁骛地录制节目了。她白天在公司学习设计，晚上回来不仅要练习画图，还要上表演课，一天只能睡五六个小时。

生活就这么忙碌而又充实地继续着。

可就在节目结束的倒数第三天，姜寻突然上了微博热门话题榜，和她名字紧挨着的，是周途。

看到这个词条的时候，姜寻心里一凉，心想，该不会是她之前在节目里踩周途一脚的两句话被工作人员提前走漏出去了吧？

姜寻胆战心惊地点开话题，做好了迎接血雨腥风的准备。

可内心预想的情况并没有出现。

"寻寻太美了，把杂志买起来！"

"我家寻寻果然什么风格都能驾驭，不愧是'性感小腰精'！"

"寻寻实在是太适合这种风格了，我爱杂志，冲啊！"

姜寻松了一口气，原来是之前拍的杂志发布了预告。

前面的这几个都是姜寻的老粉丝，她经常看见她们。

可是，她为什么会和周途一起上微博热门话题榜？

正在姜寻疑惑时，工作人员给她打了一个电话，说是杂志发布了预告，让她转发一下官方微博配合宣传，姜寻回答了一声好。

她挂断电话，正要退出微博，却看到了一条被五十多万人点赞的微博："有人喜欢这对吗？没人的话我先来。"

姜寻愣住了。

十分钟前，姜寻所拍摄的女刊和男刊同时发布了微博预告，分别发布了她和周途的杂志照片。随后，两家粉丝按照惯例在官方微博评论区点赞和评论。

就在这时，突然有人发现，两人这次拍摄的杂志风格是一样的。

又有人将姜寻和周途的单人照片合成到了一起，一组情侣大片瞬间成型。

原本的单人照中，周途清心寡欲，超凡脱俗，姜寻则像个令人心动的精灵，美得令人惊叹。但在合成的照片中，周途原本冷淡的眼神却多了几分温柔，而姜寻的美貌也被稍稍压制了一些，脸上多了几丝说不清道不明的情感。

这样颜值高的组合，没有人不喜欢。

姜寻和周途，一个是当红的唱跳歌手，一个是当红的男演员，双方在此之前没有合作过，也没有过绯闻，双方没有任何交集。加上粉丝重合度高，一旦双人话题出现，立刻冲到了微博热门话题榜的第一名。

"妈呀，我没看错吧？我最爱的男人和最爱的女人居然一起上微博热门话题榜了！我爱了！"

"寻寻太美，周途太帅，这是什么甜蜜小情侣！"

"这两人也太般配了吧，有杂志愿意邀请他们去拍一组双人封面吗？"

"姜寻和周途的颜值也太高了吧？！我不允许这么好看的两个人没有同框机会！请各位老板看看，不管是杂志、综艺节目、广告、电影，还是颁奖典礼，力求两位同框！"

下面还有很多评论，姜寻却已经不想再看下去了。

她绝望地倒在床上，觉得命运是如此残酷。

躺了两分钟后，姜寻坚强地爬起来，打开了一盒偷偷塞进行李箱的自热火锅。

成年人的世界需要美食来治愈。

吃到一半的时候，房间门突然被敲响，姜寻抱着自热火锅，警惕地开口："谁？"

季瑶的声音传来："是我，季瑶。"

姜寻松了一口气，起身去给她开门。

如果来的是摄像人员，说不定就把她偷吃的画面拍进去了，到时候，乔晏又得追在她后面唠叨个没完。

季瑶站在门口，手里拿了两罐啤酒，眨了眨眼："节目录制都快结束了，我们还没有好好聊过天呢。你现在方便吗？"

姜寻点了点头："进来吧。"

季瑶一进房间就闻到了火锅的味道，感叹道："哇，你在吃火锅吗？好香啊。"

姜寻不好意思地摸了摸鼻子，说道："抱歉啊，没想到你会来，我都快吃完了。"

"没事啦，要是我录制节目时胖了，我经纪人得骂死我。"说完，她又感慨道，"你的身材真的好好，我要是有你这样的身材都不用节食。"

姜寻将自热火锅的盖子盖上，坐在季瑶对面，说道："我也要控制饮食，只是平时要练舞，实在太累就会多吃一点。这段时间，我没怎么练习，也不敢多吃。"

季瑶的脸上写满了羡慕，说道："你都不知道，我们公司就差放个你的人形立牌来约束我们了。"

姜寻知道，现在很多娱乐公司对女艺人的形象要求都很严格，尤其是像季瑶这样的新人，公司在她身上花了大价钱，各方面肯定更加苛刻。

乔晏刚把姜寻从亮晶晶娱乐挖过来的时候就像一个大魔头，严格控制她的碳水，甚至连她吃的米饭都要按粒数好。

季瑶又说道："我刚刚看到你和周途上微博热门话题榜了，你们真的很配。不过，我才发现你们之前竟然没有同框过，那么多场大型活动，你们居然都完美错过了。不过现在好了，你们上了同一档综艺节目，节目播出后，你俩的粉丝一定很开心。"

姜寻收回思绪，嘴角扯了扯，说道："都是闹着玩的，等这件事的热度下去，话题度自然就没了。"

季瑶闻言有些意外："啊？你难道不是打算利用这件事……"

季瑶话说到一半，似乎觉得不妥，便没再往下说。

姜寻知道季瑶是什么意思，她肯定觉得今天的事情是她的团队一手策划的，是为了她进军影视行业做一个铺垫。

姜寻没打算继续这个话题，也不想做无谓的解释，只是打开了一罐季瑶带来的啤酒，又把另一罐递了过去，笑了笑，说道："喝酒吧。"

季瑶顺势接过了啤酒。

两个女生一边喝着酒，一边聊着女生之间的话题，又聊了一会儿圈内的八卦后，季瑶见时间不早了，便起身说道："那我就先回去啦，你快休息吧。"

姜寻起身打算送送她，并说道："你也是，晚安。"

走了几步后，季瑶突然停下，看向姜寻化妆台上的礼品盒，问道："那是周途送的吧？你还没打开吗？"

姜寻回过头看了一眼，说道："打开过。"

"他真的很用心，礼物都是按照我们的喜好准备的。"

"是吗？"

姜寻倒是没想到这点，她以为是周途的工作人员随便准备的。毕竟，他只来录了两期节目，实在没有必要花那么多工夫去打听每个人的喜好，这也不是他的风格。

季瑶点了点头："对啊，他送思泽哥的礼物是一张绝版黑胶唱片，送陈忧的礼物是他最喜欢的球星的签名球衣，送我的礼物是……"

说完送给大家的礼物后，季瑶好奇地问道："对了，他送你的礼物是什么呀？"

姜寻："好像是条项链吧。"

季瑶离开后，姜寻把房间简单收拾了一下，又忍不住将视线落在了礼品盒上。

既然周途送的礼物是根据每个人的喜好准备的，那他送她这条项链的理由是什么？难道是，他觉得她骨子里就是一个肤浅的人，喜欢好看的东西？

虽然是这样没错，但他也不用这么刻意地看不起她吧。

姜寻想了想，再次打开了礼品盒，把项链拿了出来。

她在网上搜了一圈，都没搜到同款的项链，随后，她趴在床上，在项链后面的吊坠上找到了一行法语：Vivre par amour。

姜寻觉得这个品牌的名字有些眼熟，但她确信，她没有买过这个牌子的任何东西。

搜索这个品牌后，她很快得到了答案。

这是法国的一个奢侈品牌，只卖项链。

这一串字母是法语，翻译成中文是"为爱而生"。

这个品牌在国内没有专柜，也没有官网，网上关于这个品牌的信息很少。

姜寻找了一个喜欢买奢侈品的朋友问了问，很快那边就回复了一条语音消息："你居然知道这个品牌？我真的好喜欢他们家的东西。他们家的东西实在是太难买了，因为所有的项链都是设计师纯手工制作的。同一款项链，即便再多人想买，他们也只设计一条，用设计师的话来说就是——每条项链都有它独特的意义，每个爱人都是独一无二的存在。"

姜寻听完后，翻了个身。

她想起来了。

有一次，她躺在沙发上拿着一本时尚杂志在看，刚好翻到介绍这个品牌的那一页。

那时候，姜寻年少不知愁滋味，满脑子都是和周途谈恋爱，对于设计师的解释深信不疑。

她觉得，如果她能拥有一条这个品牌的项链，就相当于拥有了世界上最美好的爱情。

好不容易等到周途从博物馆回来，她拿着杂志兴致勃勃地给他灌输这个牌子的设计理念，暗示自己也想拥有一条。

然而，周途只说："这些都是品牌方的营销方案，世界上真正独一无二的，只有从地底下挖掘出来的文物。"

姜寻脸上的笑容慢慢消失了，神色落寞地说道："哦。"

周途看向她，抿了抿嘴，说道："你感兴趣的话，我明天可以带你去博物馆参观。"

"不用了，我一点都不感兴趣。"

随后，姜寻把那本杂志随手扔在一边，回房间了。

正当姜寻陷入沉思时，朋友发来了语音消息："寻寻，你是怎么买到的啊？我真的很想要，能不能帮我也买一条？"

谁知道他是怎么买到的？

姜寻打字回复："一个朋友送的，你喜欢的话，我找他看看能不能帮你代买一条。"

"太好啦，谢谢宝贝！"

姜寻叹了一口气，把项链重新放回盒子里。

最近，周途一系列的举动让她回想起了以前的那些事，不管他是有心还是无意，她真的一点都不想再见到他了。

第三章
有一点点动心

很快，节目迎来了收官。

这次邀请来的嘉宾们表现得都很不错，大家都交出了令人满意的答卷，职业导师对他们的评价也都很高。

综合评分第一的自然是众望所归的裴思泽。

在节目正式播出结束后，节目组将会打造属于裴思泽的职场剧，而参与录制的其他几位嘉宾届时也会以客串的形式出现在剧中。

恭喜完裴思泽，一行人互相道别，上了自己的车，各回各自的公司。

到了公司，姜寻第一时间去了乔晏的办公室。

汇报完工作后，姜寻谨慎地问："前几天我上微博热门话题榜的事，该不会是你策划的吧？"

"你是说和周途的话题？"乔晏笑道，"想什么呢，你又不在宣传期。再说了，传绯闻也得找个有迹可循的，你和周途，八竿子都打不着。"

姜寻："呃……"

也是这个道理。

乔晏又说："行了，你就别瞎琢磨这些了，那都是粉丝们的自娱自乐罢了。之前，你一直在录综艺，现在马上要进组拍戏了，有话题度也是好事。"

"哦，知道了。"

乔晏把新戏的剧本递给她，说："回去好好看吧，做好准备，下星期进组。"

这部戏是星耀娱乐和一个视频网站联合打造的，由人气小说改编的网剧。小说原文字数不多，因此拍摄周期不长。而且，这部网剧是一部小甜剧，对演员的演技方面没有太严格的要求。加上姜寻一直在上表演课，表演老师也会跟着进组，所以，乔晏对她并不担心。

其实说白了，这部网剧就是姜寻正式进军影视行业的一块敲门砖。她能不能成功转型，适不适合走这条路，从这部剧就能判断出来。

回家后，姜寻抱着枕头趴在床上，一动也不想动。

吱吱一边给她整理行李箱，一边说道："寻寻，你好好休息，周末就要围读剧本了。"

"知道了。"姜寻翻了个身，"你扔在那儿吧，晚点我自己收拾。"

"我先把行李箱给你腾出来，免得你……"吱吱说到一半，从行李箱里拿出了一个礼品盒，"这是什么？"

姜寻："周途送的。"

吱吱眼睛一亮："什么？！"

她最近看了微博热门话题，正觉得周途和姜寻很配。虽然知道他们已经分手了，但靠着视频剪辑，她每天都能抱着手机笑到脸酸。

万一他们复合了，她就追到真的了！

姜寻："也不知道他在想什么，我得找个时间退回去。"

吱吱一脸遗憾地说道："送都送了，退回去多尴尬啊，不然还是留着吧？"

如果是其他没什么意义的礼物，姜寻倒也不会想着退回去，可能下了节目就给扔了，但这条项链……姜寻把脸埋在枕头里，嘟囔道："再看吧，不想说他了。"

"那好吧……我先回去了，你有什么事就给我打电话。"

"好，拜拜。"

吱吱离开后，姜寻一觉睡到了晚上，把这段时间缺的觉全部补了回来。

之后，姜寻打着哈欠下床，从冰箱里拿了一盒酸奶出来，坐在餐桌前，看着灯火通明的窗外出神。

发了十多分钟的呆后，姜寻逐渐清醒过来，她拿起手机开始上网。

随后，她看到季瑶在半个小时前发了一条朋友圈，配图是他们六个人的合照，配文是："感谢这次的工作，我认识了很多新朋友，嘻嘻。"

姜寻顺手给她点了一个赞，然后退出微信，开始看剧本。

吱吱来找姜寻时，看见她满脸憔悴，双眼无神，吓了一跳："你这是怎么了？"

姜寻抓了抓头发，一头扎进了沙发里，无精打采地说道："别提了，我这两天把剧本和原著小说都看完了，我现在觉得全世界都在眼前转。"

"你这也太拼了。"

姜寻从沙发缝里摸出手机，眯着眼睛看了一下，跟吱吱说道："今天不是周末吗，有其他通告？"

吱吱在她旁边坐下来，解释道："就是《职业挑战》节目开始宣传了，我来跟你说一声。"

《职业挑战》节目下午两点后在官方微博陆续公开了单人海报，并提到了每位嘉宾。节目组第一个提到的是裴思泽，第二个提到的是姜寻，第三个提到的是陈忱……

这次节目集结了演技派男演员、当红唱跳歌手、人气明星，深受观众喜爱的综艺明星和喜剧演员，以及正处于热潮中的女明星。所以，节目一经宣传，便登上了微博热门话题榜。

姜寻找到了官方宣传微博，配上文案转发后，刚要退出，就看到《职业挑战》的官方微博在一分钟前又更新了一条消息："六位常驻嘉宾已经集结完成啦！还有一位飞行嘉宾，大家猜猜他是谁？"

这次，官方微博没有提到用户，只配了一张男人的剪影照片。

《职业挑战》节目本来就挂在微博热门话题榜上，这条微博发出后，各家粉丝纷纷到达现场，评论数瞬间飞涨。

"我的天，是周途吗？不会吧？他从来不参加综艺节目的啊！"

"是我老公本人了，剪影的原照片就是我的手机壁纸，绝对不会认错的！"

"我男朋友居然参加综艺节目了？追起来！"

"呜呜呜，没想到有生之年能看到周途参加综艺节目！"

就在周途的粉丝沉浸在意外的惊喜中时，一条评论悄无声息地被顶上了前三："姜寻是这个节目的常驻嘉宾啊！如果飞行嘉宾是周途的话，那他们……"

——"姐妹一语惊醒梦中人！他们终于同框了！"

——"终于不用再靠剪辑视频找'糖'吃了，我爱节目组！"

——"要有新素材了，我的精神粮库补仓了！"

姜寻把手机一扔，垂头丧气地窝到沙发里。

她不知道周途的粉丝看了这些回复会是什么心情，但她是挺想去死的。

吱吱也看到了那些评论，内心狂喜的同时，表面却云淡风轻地安慰着姜寻："没事啦，反正周途录制节目的时间不多，他们找不出什么糖……素材的。"

姜寻自我安慰了一会儿，赞同地点头道："也是，等节目播出后，周途的粉丝肯定得手撕了我。我们的关系恶劣成那样，喜欢我们的粉丝自然而然就会消失。"

想到这里，姜寻瞬间振作起来，大声说道："我去洗澡，一会儿出去吃饭庆祝一下！"

吱吱："呃……"

这有什么好值得庆祝的？

姜寻从卧室里拿了衣服，哼着歌往浴室里走，浑身上下都透着一股掩藏不住的喜悦。

吱吱见状，突然不忍心告诉她已经有杂志方和影视剧制片人看上了她和周途，正打算促进他们两个的合作事宜。

可能是觉得光两个人庆祝不够隆重，姜寻又把尤闪闪喊了出来。

吃饭的时候，尤闪闪看着异常兴奋的姜寻，忍不住小声问吱吱："她在高兴什么？"

吱吱叹了一口气，委婉地开口："苦中作乐而已。"

尤闪闪同情道："瞧你们这行的工作，都快把人逼疯了。"

姜寻点完菜，抬头问："你们聊什么呢？"

尤闪闪正色道："你今年想要什么生日礼物？不如，我送你防秃洗发水吧？"

姜寻："嗯？"

"我是认真的。你看看，你一个貌美如花的当红女星，工作压力这么大，头秃了怎么办？你的粉丝肯定会很伤心的。"

姜寻不想理尤闪闪，起身道："我去趟洗手间。"

姜寻进卫生间的时候见到有个女生在补妆，她下意识地看了一眼，可这一眼让她愣住了，她觉得好像有哪里不对劲，脚步便不自觉地停住了。

她再次回过头时，补妆的女生刚好转过头来，对上了她的目光。

女生一点也不意外，而是笑眯眯地开口："原来是姜寻老师啊，没想到能在这里遇到你。"

姜寻扯了扯嘴角，隔了几秒才出声："你好。"

"姜寻老师在这里有饭局吗？"

"没有……我和朋友聚餐。"

"这样啊，那我就不打扰你了，再见。"

女生走后，姜寻才呼了一口气，将目光落在侧方的镜子上。

她终于知道那股不对劲是从哪里来的了。

刚才那个女生和她长得好像，不仅是左边眼尾那颗位置一样的痣，就连穿衣风格和妆容都很相似。

如果两个人站在一起，对姜寻不熟悉的人一时间应该很难分辨出来。

从洗手间出来，姜寻刚想去跟尤闪闪和吱吱分享这个世界上居然真有如同一个模子里刻出来的两个人时，却看到不远处的包厢外，在洗手间遇见的那个女生正垂着头挨训。

训她的人正是姜寻之前在亮晶晶娱乐公司的经纪人。

好歹在娱乐圈摸爬打滚了几年，她深知这个经纪人没有道德底线，做过无数恶劣的事，姜寻瞬间意识到，她和那个女生绝对不是长得像又撞风格那么简单。

那边，经纪人还在骂："你别以为你现在拍了两部网剧翘膀就硬了，我告诉你，我在你身上花了这么多钱，不是让你来这里拆我的台的！"

"我没有，我只是不太舒服……"

"你别跟我扯那些，我清楚你们每个人的生理期！麻烦你明白一点，如果不是我花钱把你整容成姜寻的样子，你哪儿来参加这种饭局的机会？"说着，他又酸道，"你没有红的命，最好不要和她一样故作清高！"

姜寻听不下去了，正要上前，手腕却突然被人握住。

下一秒，她落入了一个带着木质冷香的怀抱。

与此同时，经纪人刚好朝姜寻刚才站的地方看了过来，却只看到空无一人的走廊。

如同怕人听见一般，经纪人压低声音道："快点进去，别在这里耽误时间了！"

走廊里寂静无声，只有壁灯投射下的暖光无声地洒在大理石地砖上。

姜寻在周途怀里怔了几秒，恍惚间有种时光倒流的错觉。

很快，她便反应过来，迅速推开了他，凶巴巴地开口："你想干吗？！"

此刻的姜寻像是一头被激怒了的小狮子，浑身上下都在炸毛。

周途的眉梢不着痕迹地扬了一下，将手插进口袋里，解释道："附近有记者。"

姜寻想那正好可以曝光那个无良公司和道德败坏的经纪人，她浅浅吸了一口气，露出职业式的假笑："原来是这样啊，那真是感谢周老师提醒了。"

周途平静地看着她，隔了几秒才说："不客气。"

姜寻微微一笑，越过他正要往前走时，手腕再次被人握住。

姜寻忍住脾气，回过头问道："周老师还有什么指教吗？"

"别管这件事。"

姜寻觉得好笑，说的话也不自觉地带上了几分情绪："你视而不见是你的事，我管不管这件事和周老师没什么关系吧？"

周途的声音冷了几分："姜寻。"

"我和周老师只是一起录过两天综艺节目而已，"姜寻垂头，看着他握住她手腕的手，语气凉凉的，"应该没熟到这种程度。"

说完后，姜寻用力甩开周途的手，正要上前时，却见包间的门被人打开了。

姜寻看到了好几张熟悉的面孔，有某视频网站的高管，也有某娱乐公司的老板，还有某电视台的领导……都是在星耀娱乐的年会上，乔晏带她认识的一些上层人士。

姜寻突然明白周途为什么不让她管这件事了——这些人里，没有一个是她能得罪得起的。

那个被经纪人训斥的女生走在最后，依偎在某个老板的怀里，两人有说有笑地离开了，脸上没有半点的不情愿。

等这群人陆续离开后，走廊上再次恢复了安静，安静得诡异。

周途看向姜寻，声音里听不出什么情绪："你以为她为什么同意照你的样子整容？"

姜寻垂在身侧的手慢慢收拢，紧握成拳。

半晌，姜寻才说道："是我武断了，差点辜负了周老师的好意。那我就先走啦，周老师再见。"

等她走了几步，周途才缓缓出声："记者就在楼下。"

姜寻有些疑惑，记者在楼下跟她有什么关系？她是见不得人还是怎么了？

见她迟疑着，周途说道："是跟着我来的。"

姜寻瞬间就明白了周途的意思。

最近，他们一起出现在微博热门话题榜上，记者跟着他们来到这家餐厅，又见到她出去，再加上他们添油加醋的报道，明天微博就要崩了。

相比急得像热锅上的蚂蚁的姜寻，周途站在那里，显得从容又沉静，似乎丝毫不为此担心。

自从意识到这个问题，姜寻就总觉得附近有一双眼睛在紧紧地盯着他们，她觉得自己连一秒钟都不能再待下去了。跑之前，她还狠狠地瞪了周途一眼，以此来表达内心强烈的不满。

周途看着姜寻落荒而逃的背影，薄唇微勾。

这时候，纪明舒走了过来，问道："你在这儿干吗呢？我找你半天了。"

周途收回视线，神色平静："我要走了。"

"别着急嘛，咱们不是还没聊完吗？"

纪明舒是圈内炙手可热的新人导演，前两年，他凭借一部文艺电影爆火，获奖无数。当时他刚留学回来，那部电影就是奔着拿奖去的。

因为这部电影涉及很多与文物相关的知识，为此，他还特地请教了和自己一样不好好努力就要回家继承家产的发小周途。

在一次取景时，摄像意外地把正在修复文物的周途拍了进去。后来，纪明舒和工作人员一起看资料时，刚好看到了这个片段。一瞬间，几乎所有的工作人员都以为周途是电影的男主角，还问纪明舒是从哪儿找到这种帅哥新人演员的。

纪明舒闻言，心里有了想法。

他找到周途，委婉地问他有没有拍电影的想法，当时，他已经做好了被拒之门外的准备，可没想到，周途沉默了几秒，只说了一个"好"字。

可以说纪明舒和周途是互相成就。

最近，纪明舒在筹备一部新电影，他已经跟周途聊了很多次了，可他好说歹说，嘴皮子都磨起泡了，周途就是不答应出演。

纪明舒又软磨硬泡道："你再考虑一下嘛，反正这电影还有几个月才开拍。"

周途迈着长腿，一边离开一边道："没时间。"

纪明舒立即跟上，说道："我问过你表哥了，你的行程没那么忙。"

"和工作无关。"

"那你……"纪明舒顿了一下，像是明白了什么，"找到她了？"

周途压低声音"嗯"了一声。

纪明舒"啧"了一声，感叹道："爱情使人堕落。"

在周途答应拍电影时，纪明舒以为是他们之间二十多年坚不可摧的友情感化了这块远古化石。

庆功宴上，纪明舒感慨万千地说道："真是想不到，有朝一日，你会为了我做自己不愿意做的事。我实在太感动了，就冲你这么讲义气，我敬你三杯。为我们的友谊干杯。"

周途看了他一眼，冷淡地说道："但凡你的酒里掺了水，都说不出这样的话。"

"……那你干吗答应我？"

周途沉默了一下，才说道："追回我女朋友。"

姜寻跑回包厢后，拉起吱吱和尤闪闪，催促道："快快快，别吃了，赶紧撤。"

尤闪闪的嘴里还咬着一块排骨，见状，她以为发生了什么不得了的大事，紧张地问道："怎么了，怎么了？"

"周途在这里，有记者跟着他来了，要是被拍到我也在这里，那就完蛋了。"

尤闪闪的脚步顿住了，眼睛一亮道："周途也在？！"

吱吱紧紧握住她的手臂，脸上有隐藏不住的激动。

姜寻：这两个叛徒！

吱吱安慰道："寻寻，你别着急，你想啊，你现在出去不是正好和记者撞见吗？"

尤闪闪连连点头："对，不如我们在记者发现之前，去找周途要个签名和合影照……"

听了吱吱的话，姜寻冷静了不少，开口说道："你又不是没见过他。"

"那时候他还没进娱乐圈嘛，而且，我跟他每次见面都是你喝醉了，他来接你回家，他一来，你就像八爪鱼一样缠着他，我怎么好意思看？"

姜寻有点无语，她什么时候……那样过？

吱吱用手肘碰了碰尤闪闪，用眼神暗示：多说点！这种在线发"糖"的机会，她绝对不能错过！

然而，还没等尤闪闪开口，包厢的门就被人敲响了，从外面探了一个脑袋进来。

是周途的助理。

他小声问："姜寻老师，有些粉丝不知怎么打听到了途哥的行程，现在，粉丝和记者都等在楼下呢。门口被堵得水泄不通，出去可能会有一点困难，途哥问你需不需要帮忙。"

姜寻跌坐在椅子上，用力揉着太阳穴："不……"

吱吱却抢在她前面，连声道："好呀好呀，谢谢了。"

周途的助理松了一口气，点了点头："好的，那我先回去沟通一下，等商量出解决办法了再来找你们。"

吱吱连忙上前，掏出手机："要不先加个微信好友吧，免得你来回跑。"

"那真是太好了。"

姜寻望向窗外，目光逐渐绝望。

等周途的助理走后，吱吱解释道："寻寻，我们没带司机和保镖来，这么下去肯定走不掉的。"

她想说，她之所以答应周途助理的提议，完全是站在工作的角度，没有任何私心！

姜寻十分无语，过了一会儿才说道："我懂，可能这就是我的命吧。"

她就不该出来吃这顿庆祝餐，这下好了，乐极生悲了！

尤闪闪拍了拍姜寻的肩膀，鼓励道："振作点，你要知道，你可是唯一和周途谈过恋爱的女人！"

与此同时，包厢的门被人推开，两秒之后，又被人关上了。

姜寻转动着僵硬的脖子，看着那扇紧闭的包厢门，木着一张脸问："刚刚进来的，是不是周途？"

尤闪闪停顿了几秒，抱着三分侥幸开口道："哈哈，不可能啦，我又不是乌鸦嘴，怎么可能……"

吱吱的手机振动了一下，是周途的助理发来的消息："途哥去找你们了，我先去联系司机。"

姜寻一头栽在桌上。

她这是造了什么孽啊！

周途再次出现在包厢时，姜寻已经整理好了情绪，安静地坐在那里，仿佛什么都没发生过一样。

吱吱率先打招呼："周途老师。"

周途微微颔首，只淡淡看了姜寻一眼，便收回了视线。

仿佛每次对上她的目光，她都能立即扬起敷衍又标准的笑容，再官方地说声"谢谢周老师，又给周老师添麻烦了"。

周途："等一会儿我先出去，你们过半个小时再离开，司机在负二楼电梯口等你们。"

吱吱连连点头："好的好的。"

"记者不一定会走，出去的时候小心一点，戴好帽子和口罩。"这句话是对姜寻说的。

吱吱继续点头应道："我们会注意的。"

周途看向姜寻，似乎想说什么，但最终只是抿了抿嘴角，没开口。

他刚转过身，尤闪闪便不知从哪儿拿了一张照片出来，一脸兴奋道："周途，我是你的粉丝，可以给我签个名吗？"

周途接过照片和笔："可以。"

尤闪闪得寸进尺道："我想要一个'To签'，我叫……"

周途垂着头，普通的签字笔在他骨节分明的手中莫名添上了几分艺术品气息。

他边写边问："尤闪闪，是吗？"

尤闪闪激动到忘形，她浑身上下充满了被偶像认出来的喜悦："对对对！你怎么知道的？"

周途握着笔的手顿了一下，声音里听不出情绪："我们见过。"

在哪里见过，不言而喻。

坐在一旁努力装作不在意的姜寻攥紧了拳头。

尤闪闪也反应了过来，觉得这个话题有点尴尬，便干笑着补了一句："对，哈哈哈，还不止一次呢。"

包厢内登时更安静了，只剩下笔尖划过纸面的沙沙声。

周途签完名，把笔和照片还给了尤闪闪："我先走了。"

"再……见。"

周途走后，尤闪闪笑眯眯地收回视线，低头看着手里的签名照，才猛地意识到自己刚才做了什么——她居然在姜寻面前告诉姜寻的前男友，自己是他的粉丝，还要了他的签名照！

尤闪闪转过头，一边把签名照塞进包里，一边慌不择路，准备逃跑，她说："我可以解释的……"

姜寻平静地看着尤闪闪，慢慢开口说道："今天，能活着走出这个房间的只有一个人。"

尤闪闪已经拉住了包厢的门把手，全然当作没听到："既然你还要过半个小时才能走，那我就先走了啊。非常感谢你今天的盛情款待，爱你哟！"

临走之前，她还朝姜寻飞吻了一下。

姜寻叹了一口气，想说什么，却又觉得无话可说。

吱吱犹豫了半天，也不知道该说什么才能缓解尴尬，试探着问："要不……吃点菜？"

过了一会儿，姜寻才说："你说，周途是不是故意的？"

吱吱没明白："啊？"

"你不觉得他这段时间在我身边出现得过于频繁了吗？"

"这……"

其实，都在一个圈子，见面次数也说不上多频繁。如果非要细想，很可能只是过去三年来彼此心照不宣地避开对方的平衡被打破了，而刻意打破这个局面的人，就是周途。

姜寻趴在桌上，幽幽地说道："都怪我，如果我只是一个空有其表的花瓶就好了，偏偏我兼具美貌与实力，让他念念不忘那么久。"

姜寻自顾自地感伤完，抬头却对上了一双漆黑的眼睛。

这次，周途足足隔了十秒才缓缓开口："抱歉。"

在姜寻凌乱的神情中，周途再次出声，像是在继续刚才没说完的话："是我肤浅了。"

姜寻想，就让她自生自灭吧。

周途看向呆立在一旁的吱吱，说了一遍车牌号，又对姜寻说："别上错车了。"

吱吱发现，周途离开的时候，黑眸里隐隐含了些笑意。

她好像追到真的了！

之后，姜寻都跟霜打的茄子似的，毫无精神。

吱吱一度担心姜寻的这个状态会影响到之后的戏，可等到了剧本围读的那天，吱吱去姜寻家的时候，见到的却是一个活力满满、热情洋溢的姜寻。

吱吱觉得有些奇怪。

姜寻一边往更衣间跑，一边说道："等我一下，我换件衣服就好了。"

吱吱跟着她过去，趴在门边探出脑袋，小声问道："寻寻，你没事吧？"

"没事啊，"姜寻拿起衣服，"我穿哪件？"

姜寻的审美很好，私服都是自己搭配的，每一件很好看。

吱吱想了想，指了指她右手边的："这件吧，这件看起来更有活力一些，也符合人物角色。"

"好，那就这件了。"

姜寻迅速换了衣服出发。

该颓丧时颓丧，该工作时工作，随时随地调整情绪，这才是明星的基本修养。

到了地点，姜寻跟导演组和已经到达的演员一一打完招呼，男主角才姗姗来迟。

"不好意思各位，飞机晚点了，实在抱歉。"

听到熟悉的声音，姜寻诧异地转过头说："陈忱？"

陈忱笑着跟她打招呼："是我，我们又见面了。"

姜寻有些意外："可是，我记得……"

吱吱在她旁边小声解释说："合约问题，临时换人了。"

陈忱说："我之前一直说想要和你合作，没想到机会这么快就来了。"

这是姜寻第一次拍戏，本来有点紧张，现在见是熟人，她微微松了一口气，笑了笑："对啊，这也太巧了。"

其实姜寻想错了，这不是一个巧合。

之前谈好的那个男演员团队一直因为番位（演员出现在宣传物料和剧作中的排位次序）问题和剧组讲条件，他们觉得姜寻虽然是当红明星，但是没有拍过影视作品，所以一番（排在第一位的演员）的位置应该给他们。

但是剧组明确表示这是一部以女主角视角展开的剧，而且，这部剧本来就是星耀娱乐用来捧姜寻的，怎么也不会把一番的位置给男演员。

就在双方僵持不下的时候，陈忱刚好打听到这部戏的女主是姜寻，便顺手截和了。

陈忱在娱乐圈属于二三线明星，有人气，又是科班出身，演技也不错，加上这两年正火，粉丝活跃度高，自然比之前那个男演员好太多。而且，他不在乎番位，也没有趁机抬价，剧组当即就签下了他。

围读剧本之后的流程是定妆、宣传、开机仪式。等到正式宣传演员阵容已经是一个多月后的事了，两边团队也跟着网剧的官方微博宣传、造势。

由于之前有不少记者爆料姜寻会出演这部网剧，团队也一直没有公布姜寻的行程，大部分粉丝心里已经有了数。

《明月几时有》这部剧本身就带一定热度，加上女主角是姜寻，男主角是陈忱，一经宣传，讨论度便不断攀升。

"你好，《明月几时有》。你好，演员姜寻。"

"妈呀，这张定妆照也太符合宋明月了吧！"

"天边的明月挂在枝头，宋家的明月在我心里。期待姜寻，期待宋明月。"

"这是我最爱的一部小说，呜呜呜，用姜寻的脸代入宋明月，我瞬间满足！"

当然，也有不少质疑的言论。

"不是吧？又有一个唱跳歌手要开始拍戏了？"

"有一说一，姜寻漂亮归漂亮，但她能演好戏吗？"

"真想不到《明月几时有》也惨遭影视化的毒手，宋明月是我最爱的女主，没有之一，如果姜寻演砸了，就等着被骂吧。"

面对这些质疑，姜寻的粉丝始终和和气气的，没有去和他们发生冲突。

团队也紧跟着发文，表示姜寻这段时间一直在上表演课，一定会尽最大努力把书里的宋明月完美地呈现在观众面前。

从唱跳歌手转型为演员的，姜寻不是第一个。而且，她进入娱乐圈的这几年，口碑不错，粉丝多，观众缘也好，大部分人都觉得可以期待一下这部剧。

姜寻在拍戏的空隙看了一下微博，见问题不大，心也安了下来。

她已经进组一个多星期了，每天都紧绷着神经，生怕自己毁了读者心目中的宋明月。

所以，她下戏后也没闲着，不是在背台词，就是在琢磨人物的情绪，力求还原这个小说人物，不让喜欢她和喜欢这部小说的人失望。

《明月几时有》的拍摄周期暂时定为三个月，姜寻的公寓虽然离剧组不是很远，但为了节省时间，她还是跟着剧组人员一起住酒店。

这天快要收工时，陈忱走过来说道："还剩最后一个镜头就收工了，今晚一起去吃火锅吧？"

姜寻摇了摇头："还是算了吧，我得回去上表演课。"

表演老师是跟她一起进组的。白天，老师在她旁边指导表演；晚上，两人还得回酒店继续上课。

陈忱："一顿饭而已，不会耽误多长时间的。而且，今天不是正式宣传了吗？一起去庆祝一下吧。"

这时，一个工作人员走了过来，说道："姜寻老师，晚上一起吃饭啊。"

剧组组织聚餐，姜寻不好扫了大家的兴，便点头答应了。

等拍完最后一个镜头，姜寻刚准备回车里换衣服，就听见街对面的音乐广场传来喧闹的声音。

她顺着声音看了过去，见人头攒动，问吱吱："那边怎么了？"

吱吱也不是很清楚，只说："好像是有个主播在那儿开见面会还是什么。"

近两年，新媒体行业飞速发展，各类主播层出不穷，但姜寻平时忙着练习，没怎么关注过，对这个行业也不熟悉。

她点了点头，收回视线，上了房车。

几乎整个剧组人员都参加了这次聚餐，姜寻和陈忱作为男女主角，免不了被轮番敬酒。

尽管陈忱帮姜寻挡了大部分酒，可等到聚餐快结束时，她还是喝得醉醺醺的。

吱吱在一旁想，幸好等一下就直接回酒店了，不会再发生上次那种尴尬的事。

就在大家酒足饭饱，准备走人时，却发现开见面会的主播就在隔壁吃饭。

那个主播听说有剧组在这里聚餐，就找过来想要认识一下。

余水是某个大平台的当红主播，算是小有名气，剧组里也有认识她的人，便没拒绝。

她先是到导演那里做了自我介绍，然后又向剧组的演员和工作人员打了招呼。

到了姜寻那儿，两人面面相觑，都愣了一下。

姜寻静静地看了余水几秒钟，转过头问吱吱："这是谁啊，怎么长得这么丑？"

余水瞬间气得嘴角抽搐，却还竭力保持着笑容："原来是姜寻呀，我们得有三四年没见面了吧。"

姜寻："不记得了。"

见众人脸上写满了疑惑，余水笑着解释道："各位可能不知道，我以前和姜寻是一个团队的，后来团队解散了，现在就数她发展得最好。"

余水这番阴阳怪气下来，大家心里也都有数了。

看今天姜寻和余水这两人的态度，估计当年团队不和的传言假不了。

吱吱也没想到这个女主播是姜寻的前队友。

剧组人多口杂，但凡对话被传出去都会被人无限放大，搞不好还会说姜寻耍大牌、看不起前队友、公然羞辱对方等。

她连忙上前解释道："余小姐，不好意思啊，寻寻喝醉了，你别当真。"

余水也不可能真当着这么多人的面和姜寻吵架，加上有人递了一个台阶过来，她便顺势下来了，笑呵呵地说道："哎呀，我好歹还和姜寻同吃同住了大半年呢，我知道她是什么脾气，不会放在心上的。"

当时的四个人中，数姜寻最傻，最不知道妥协。公司安排她们去参加酒局，其他三个都不吭声，只有她梗着脖子拒绝，还拦在门口不让经纪人把她们带走。当时，她还口出狂言，说除非从她的尸体上踩过去。经纪人当时气得头发都竖起来了，怒气冲冲地一连取消了团队好几个活动。

姜寻知道是自己连累了她们，后来她的性子有所收敛，不过那时候，她们已经赚不到钱了，公司也不再管她们了。

除了吱吱，剧组的其他人也听出来余水明里暗里在说自己大度，却不知道该怎么去调节女人之间没有硝烟的战争。

这时候，陈忱站出来说："明天还要拍戏呢，要不，今天就到这里吧？"

众人纷纷附和道："时间差不多了，大家都回去休息吧。"

余水回过头，看向陈忱，故作惊讶道："呀，陈忱也在这里，我可喜欢你了，我能和你合个照吗？"

陈忱如同被刀架着脖子，不情不愿地答应了，刚要拍照时，姜寻突然幽幽地出现在他们中间："我也一起照一张吧。"说着，不等余水拒绝，姜寻便挽上了她的一只胳膊，对着镜头展开笑容，开开心心地比了个剪刀手。

这下，轮到余水的笑容变得僵硬了。

她这辈子最不愿意的就是和姜寻合照。

拍完照后，余水拿着手机，气得咬着牙离开了，剧组的工作人员也各自散去。

陈忱和姜寻并肩走着，他说："刚刚谢谢你替我解围。"

姜寻过了几秒才反应过来，笑道："没事啊，是我该谢谢你才对，如果不是你帮我说话，她也不会为难你。"

陈忱的好奇心被激发了，小声问："你们之前的那个团队，关系真的那么不好吗？"

姜寻回忆了一下，才笑道："都是被公司临时拉来绑在一起的，之前谁也不认识谁，关系能好到哪里去？"

"也是，那时你们才十八九岁吧，说起来，你还挺厉害的，居然自己闯出了一条路来。"

"任何一个女人的成功，都离不开一个前男友的助攻。"

她的这句话声音有点小，陈忱没有听清楚，就在他想问她刚才说了什么的时候，剧组的其他工作人员走了过来，他只得作罢。

吱吱怕姜寻再说出什么惊人的话来，架着姜寻跟大家道别，而后上了房车。

酒店的电梯里，姜寻静静地站着，看吱吱垂着头不说话，劝道："你不用担心，不就是几年前团队不和的事吗？又不是什么新鲜话题了，传出去也没事。"

吱吱的眼睛里闪烁着八卦的光芒，激动地说道："不是……进酒店的时候，你有注意到门口多了很多粉丝吗？"

姜寻有些茫然："啊？那不都是陈忱的粉丝吗？"

"陈忱比我们先到酒店，他的粉丝已经走了。"吱吱咽了咽口水，给姜寻一些缓冲的时间，"门口的那些粉丝……手里拿的灯牌，好像是周途的……"

姜寻："呃……"

回到房间后，姜寻一头栽在了床上。

不知道过了多久，她迷迷糊糊地听到门铃声，才慢吞吞地爬了起来。

姜寻拉开门，见陈忱站在外面，她揉了揉眼睛，问道："怎么了？"

陈忱把手里的袋子递给她，关心地说道："这是我让助理去买的醒酒药和一些水果，你吃一点吧。"

姜寻："我这里都有……"

"拿着吧。"陈忱把袋子塞进她的怀里，又挠了挠头，"反正都买了，我也用不上。"

姜寻精神不好，自然没有注意到他微微泛红的耳朵，只想着别人都送上门了，也不好再拒绝，便说："那我就收下了，谢谢啊。"

"不客气，那什么，我就先回去了，你早点休息吧。"

"好的，晚安。"

陈忱扬了扬嘴角："晚安。"

从姜寻门口离开后，陈忱笑了，可没等他走几步，就看到了站在不远处的男人。

周途的目光很淡，陈忱却莫名感觉到了一股寒意。

他愣了一秒，而后上前打招呼："周老师也在这儿啊。"

周途"嗯"了一声："挺巧。"

不知道为什么，从周途嘴里轻描淡写地说出"巧"字，陈忱莫名有一种秘密被人拆穿的感觉，瞬间有些心虚："哈哈，是挺巧的。对了，我现在和姜寻在一个剧组拍戏呢，她也在这里……"

周途没有任何反应，连眼神都没有波动。

陈忱观察着他的神色，顿了一下，才继续说道："周老师在这里待多久啊？不然，我叫上姜寻，明晚一起吃个饭？"

"不用，不熟。"

陈忱似乎并不意外他的回答，笑道："也是，你们录节目的时候都没怎么说过话。不过，我看网上说你们拍的杂志挺火的，还以为你们……"

周途抬头看他，嗓音冷冰冰的，不带丝毫感情："和你不熟。"

陈忱："呃……"

周途转身迈着长腿离开了。

看着他的背影，陈忱的眉头逐渐皱了起来。

之前录节目的时候，他就隐隐觉得周途和姜寻之间不对劲。姜寻对谁都有说有笑，唯独在面对周途时如同竖起了一道防御城墙。

如果说之前都是他的怀疑，那网友给周途和姜寻的配对更是证实了他的猜测。

想和周途传绯闻的女星大有人在，哪怕只是共同参加了一个活动，都能蹭上点热度，但他的团队每次都处理得很快。放在以前，周途的团队绝对不会让这种事情持续发酵。

周途对姜寻的态度让陈忱感觉到了威胁。

不过他想了想，还好，借着拍戏的机会，他和姜寻有三个月的相处时间，这样可以近水楼台先得月。

姜寻吃了醒酒药，洗去了一身酒气后换了身运动装出门了。

由于这段时间舞蹈练习的机会少，姜寻又忍不住偷吃，为了不长胖，她每晚都要去酒店旁边的公园里夜跑四十分钟。

跑着跑着，她突然看到路灯下站着一个熟悉的身影。

姜寻猛地刹住。

不是吧，这都能遇见？

正当姜寻想悄悄开溜的时候，一个遛狗的女生认出了她，随即跑了过来，激动地喊道："是姜寻吗？我超喜欢你的！"

姜寻已经迈出的脚步只能收了回来，笑了一下："你好呀。"

"呜呜呜，我今天居然见到真人了，太激动了！可以和你合个照吗？！"

姜寻轻轻点头："当然可以。"

女生连忙拿出手机想要找人帮她拍照，找了一圈，却发现周围只有十米开外的路灯下站着一个男人，于是她小跑着过去问道："你好，可以麻烦你帮我们拍张照吗？"

男人的轮廓藏匿在路灯的阴影下，他的嗓音十分低沉："可以。"

"谢谢。"

看着两人走过来，姜寻恨不得原地消失。

合照的时候，姜寻浑身僵硬地站着，靠着多年来的修养努力挤出了笑容。

拍完照，女生拿回手机，接连道了几声谢后，满脸不舍地看向姜寻，说道："寻寻，那我就不打扰你跑步啦，再见。"

姜寻笑着回道："再见，路上小心。"

"你也是，早点回去休息！"

女生抱着狗狗心满意足地离开了，走了好远之后，她终于找回了一丝理智。

刚刚那个声音，那个身形，好熟悉……

思考两秒后，她猛地停住脚步——周途！

女生连忙跑回家，打开手机给某博主投稿："呜呜呜，我要投稿！姜寻最近不是在拍戏吗，周途来探班了！我刚刚在家附近的公园里遛狗，遇到了姜寻，周途就在她的旁边，他还帮我们合照了！"

另一边，姜寻站在原地摸着鼻尖，飞快地思考着是装作没有认出他来还是和之前那样虚情假意地打两声招呼就走。

仿佛猜到了她的想法，在她行动之前，周途已经走到她面前。

姜寻本着敌不动我不动的原则，沉默地站在原地。

可她失算了，"敌人"还是动了。

姜寻还没反应过来，脸上就被戴上了一个口罩。

她忍了忍，还是没忍住，低声骂道："你好恶心，竟然把你用过的口罩给我戴。"

周途笑了一声，小声说道："没用过，干净的。"

姜寻刚想把口罩扯下来，周途却抬手把她运动服上的帽子套在了她的脑袋上，嗓音低沉："有粉丝在酒店附近徘徊，夜跑不安全。"

姜寻想说：你比他们也安全不到哪里去。

她抬起头，在路灯的微光下看到了男人挺直的鼻梁和冷硬的下颌线。

莫名地，她觉得自己那颗如同被冷水泼过的心动了一下。

周途微微垂头，沉静无波的黑眸对上她的视线。他抓住她帽子上的抽绳，似乎没有松开的意思，然后一点点拉紧，直到将她的大半张脸都藏在里面，只露出一双黑漆漆的眼睛。

路边有人经过，以为他们是躲在阴影里谈恋爱的小情侣。

隔了几秒，姜寻突然开口："周途，你想干吗？"

周途反问："不叫周老师了？"

"你又没教过我什么，谁规定我非得这么叫？"

"什么都没教过？"

姜寻想了想，脸噌地一下红了。

她不满地去扒他的手："放开，我要回去了，我没时间陪你在这儿说莫名其妙的话。"

"姜寻，"周途问道，"你就这么讨厌我？"

"你见过哪对情侣分手后还能笑着祝福对方的？我没到处散播你死了的谣言那都是我大度。我们就不能像之前那样老死不相往来，或者装作不熟各走各的吗？"说着，她又咬牙补了一句，"周老师。"

姜寻本来以为自己都把话说得这么决绝了，周途肯定会气得掉头就走，可他只是慢慢地收回手，放进裤子口袋里，用一种听不出什么情绪的声音说："回去吧。"

已经半夜了，姜寻翻来覆去怎么都睡不着。

她呼了一口气，坐起身来，打开床头的小壁灯，看了一眼时间：深夜两点。

姜寻拿起瓶子里的红酒，倒了一杯，然后一口一口地喝着。

很快，一瓶红酒见底了，姜寻窝在沙发上，用手机发了一条仅部分好友可见的朋友圈："最近，前男友总在我面前晃来晃去，有一点点动心，怎么办？"

在姜寻发呆的时候，那条朋友圈下迅速有了好几条评论。

尤闪闪："展开说说！"

好友一号："宝贝，不可以！坚守阵地，不能让男人得逞！"

好友二号："前男友这种生物就不该在这个世界上存在，让他有多远滚多远。"

好友三号："长得帅吗？长得帅就先复合，等你腻了再一脚踹了他！"

老板乔晏："你是怎么跟我保证的？"

姜寻的酒瞬间醒了一半——她怎么又忘记屏蔽老板了？！

她用最快的速度把那条朋友圈删了，返回聊天界面时，尤闪闪已经发来了消息。

尤闪闪："快快快！又发生了什么？给我讲讲！"

姜寻打了几个字，觉得太麻烦，索性删掉后重新发了一条语音消息，把今晚发生的事说了一遍。

尤闪闪听完，立即打电话过来，感慨道："这也不能怪你，毕竟，周途那种程度的大帅哥，没人能抵抗得住他的诱惑，动心也是很正常的。"

姜寻惆怅道："好烦啊，我现在该怎么办？"

虽然当初分手分得并不愉快，可她毕竟喜欢了他大半年。这三年来，她每天都让自己沉浸在工作之中，不去想那些乱七八糟的事，但最近，他总是出现在她的身边，又勾起了她的回忆。

尤闪闪："我有三个建议。

"作为朋友，我肯定希望你能得到幸福。你和周途已经分手过一次了，这说明你们之间肯定是有问题的，就算复合了，问题依然存在。

"作为周途的粉丝，我肯定是拼了命地要阻止你们！我家哥哥可是我们七千九百九十五万女粉丝的男朋友！

"当然了，作为你和周途共同的粉丝，我做梦都希望你们真的能在一起！"

姜寻全部听完后沉默了几秒，才问："……你是不是有些不太正常？"

尤闪闪："谁还没有自相矛盾的时候呢？这种事，我也不能给你什么实质性的建议，还是得顺从你自己的内心。而且，谈恋爱这种事就是头脑一热，说不定什么时候，氛围到了，亲着亲着就……"

"停。"姜寻打断她，"你闭嘴吧。"

"你们谈恋爱的时候又不是只手拉手，不要害羞嘛。"

姜寻不知道该说些什么。

等等……

尤闪闪什么时候成了他们二人共同的粉丝了？！

就在这晚，姜寻上了微博热门话题榜。

《职业挑战》开播了，不少话题都涌了出来。

《职业挑战》是姜寻的第一个常驻综艺节目，团队还是想把更多的侧重点放在她的业务能力上，宣发组和后援会发起的都是和节目有关的话题。

业内有不少人期待着她和周途同框，许多博主更是借此把姜寻和周途的双人话题顶上了热搜第一。

好在两边的粉丝都很理智，没有因为他人的挑拨而互相攻击。

相比这些来说，另一个热门词条就更有意思了："姜寻，Pink sweetheart（粉色甜心少女）。"

起因是某直播平台的女主播在直播时说自己今晚遇见了以前的队友，忍不住感慨起了以前的日子。

没有什么能阻挡群众的八卦之心。很快，网友便发现这个女主播就是 Pink sweetheart 团队里的余水。

虽然早就没人关注 Pink sweetheart 了，但毕竟姜寻出自这个团队，于是那段不和的传言再次呈现在众人面前，余水也凭此受到了不小的关注。

姜寻第二天醒来看到微博热门话题榜时，觉得脑袋都快炸了。

吱吱在一旁愤愤道："我就知道她不是什么好东西，用这样的方式博大众眼球也太不要脸了！"

姜寻的重点却不在这里。

她首先在她和周途的词条里逛了一圈，见评论区十分和谐，又快速打开昨晚播出的第一期综艺节目，发现自己所说的不友好的那段话已经被剪掉了，一颗悬着的心才终于落地。

第一期节目正好结束于大家去见职场精英之前，而播出的内容里，她和周途同框的场景只有不到十秒，甚至连对视的镜头都没有。

很好。

姜寻拍戏补妆的时候，陈忧来问："好点了吗？"

姜寻应声："好多了，谢谢你的药。"

"不客气。"顿了一下，陈忧又道，"我昨晚看到周途了，他居然和我们住在同一家酒店。"

姜寻神色不变，维持着得体的笑容，说道："是吗？还有这种巧事？"

"我也觉得挺巧的，他这两天好像在附近有什么活动。"

陈忧说完，见姜寻对此兴趣不大，又悄无声息地转移了话题："对了，昨晚第一期《职业挑战》开播了，你看了吗？反响还挺不错的。"

姜寻轻轻点头，说道："早上看了一点，等会儿收工后回去再看看。"

陈忧本来还想说什么，导演却喊道："来来来，都准备一下，开始拍摄了。"

然而，在这段时间里，姜寻又一次登上了微博热门话题榜。

但这次，她只是陪衬，话题中心是季瑶。

某博主剪辑出了《职业挑战》中季瑶的内容合集，说季瑶虽然是新人，但在节目里的表现很好，性格活泼可爱，还会照顾人。

而被她照顾的，就是当时以感冒为借口回房间的姜寻。

这条微博下的评论都在夸季瑶不仅漂亮，热心肠，性格好，还有礼貌。

还有博主说，相比于季瑶的热情开朗，姜寻在这几个常驻嘉宾里安静得有些格格不入。

这时候，季瑶又在微博发了一张在朋友圈发过的六人合照图及和姜寻的单独合照图。配文："这一个月的录制很开心，感谢各位前辈对我的包容。我们都是女孩子，本来就该互相照顾啦。@姜寻"

发完这条微博后，原本的话题一下子冲上了微博热门话题榜前三。

姜寻刚下戏，吱吱便拿着手机出现在了她的面前，抱怨道："今天是不是犯太岁了，蹭热度的怎么排着队来？"

姜寻看了一眼，并不意外这凭空出现的话题，只说："走吧，回酒店了。"

吱吱幽幽地叹了一口气，说道："常言道，人怕出名猪怕壮。"

姜寻看向她："……我最近准备换助理了，你有合适的人选推荐吗？"

吱吱瞬间闭上嘴，换上了一副资深助理的表情，快速地汇报着工作："过几天公司有位艺人过生日，今晚要录制一个祝福视频。明天有媒体来探班，要提前半个小时到剧组……对了，表演老师说她临时有事，今晚的课取消了。"

姜寻想了想，说道："那录制完视频，我们去看电影吧。"

酒店里，姜寻和吱吱出房间时正好遇到陈忱和助理在等电梯。

陈忱见状，忙问："你们准备去哪儿啊？"

姜寻："我们去看电影，你们呢？有工作吗？"

"我们……"

陈忱的助理刚出声，就被陈忱打断了，陈忱笑着开口："正好，我们也打算去看电影，一起吧。"

姜寻点了点头："好啊。"

吱吱注意到陈忱的助理一脸欲言又止，她又看向陈忱，只见他的嘴角带着明显的笑意。

之前录制《职业挑战》节目的时候，吱吱没有跟着姜寻，不知道情况。但经过这段时间在剧组的接触，她发现陈忱对姜寻的关心有些过头了，超出了正常同事的范围。

看来，她得找个时间和姜寻说说这件事，就算是她想多了，保持些距离总归没错。

由于行程是临时决定的，没有泄露出去，所以，一行人从酒店到商场一路畅通无阻。

到了商场五楼，他们正要往电影院走，却突然看见一群粉丝跑了过来。

陈忱的助理顿时紧张起来，慌慌张张地说道："完了完了，我们是不是被发现了……"

陈忱低声说："别慌，可能不是冲着我们来的。"

闻言，姜寻愣了愣，心里突然涌出一股不好的预感……

吱吱咳了一声，在她耳边说："是周途在参加品牌活动。"

姜寻愣住了。

还真是怕什么来什么。

果不其然，粉丝们直接从他们眼前跑了过去。

陈忱往粉丝去的方向看了一眼，果然看到了周途的海报，他心里一紧，快速出声："我们走吧，电影快开始了。"

可电影院在前面，如果要过去，怎么都绕不开那个地方。

姜寻往下压了压帽檐，低声道："走吧。"

谁知，就在路过人群时，姜寻鬼使神差地抬头看了一眼，正好对上台上男人沉黑的眸子。

不是吧？这么多人呢，他都能发现她？

姜寻还没来得及移开视线，周途就已经看向她身后了。

不知道是不是错觉，姜寻觉得他的眼神瞬间冷了下去。

可能是周途朝这个方向看得多了，就连粉丝们都纷纷回头，想看这边到底有什么。

主持人也问："周途老师，怎么了？"

周途："没什么，看到一个朋友。"

即使在说话，周途的视线也没收回去。

顺着他的视线，有粉丝发现了陈忱，喊出声来："是陈忱！"

这里是商场，除了周途的粉丝，还有许多看热闹围观的路人，其中不乏陈忱的粉丝。见到陈忱，粉丝们如同洪水一般朝陈忱围了过去。

几秒钟的时间，姜寻就被人群挤到了另一边。

陈忱觉得奇怪。

昨天还说不熟，今天就是朋友了？

周途终于收回目光，对主持人说道："继续吧。"

姜寻站在人群外，看着这突发的一切眨了眨眼睛，她又回过头看了眼周途，而后听到主持人说活动快要结束了。她四处看了看，没找到吱吱，又怕被人认出来，便往人少的地方走。

陈忱被打了个措手不及，但他对于这种场面已经见怪不怪了，很快便冷静下来，游刃有余地应对着。

这时候，几个安保人员快速赶过来，强行打开一个通道，准备把陈忱带离这里。

陈忱的脚步停顿了两秒，回过头看了几眼电影院的位置，然后不甘心地离开了。

姜寻躲在一个角落给吱吱发消息，可商场里的网络信号很差，消息半天都发不出去。她又拨通了吱吱的手机号码，可电话里吵吵嚷嚷，声音断断续续，听不清楚。

姜寻探头往外看了看，想要去找个信号好一点的地方。

可她刚走了几步，周途的身影便突然出现在她的面前。姜寻还没来得及开口，就被他拉住手腕，一起躲到了她刚才待的那个地方。

与此同时，旁边传来一阵谈话声——是刚才参加完活动离开的女粉丝。

等她们走远后，姜寻才抬头看着眼前面色从容的男人，咬牙道："你又干什么？"

周途："外面有粉丝。"

她问的是这个吗？她问的明明是，他为什么莫名其妙地坑了陈忱。再说，他不是已经离开了吗？又回来做什么？而且，这里的粉丝那么多，他就一个人，不对……

现在是他们两个人了。

万一被人拍到，她真是跳进黄河也洗不清了！

姜寻忍不住问道："你的安保人员呢？"

周途："给陈忱了。"

姜寻："呃……"

他还挺好心。

姜寻不打算跟周途在这里纠缠下去，她戴好口罩，压低帽檐，正要离开时，却有两个女生走进了这个角落。

双方显然都没想到会有如此尴尬的局面。

大眼瞪小眼几秒后，有个女生猛地反应过来，看向姜寻身后尖叫道："周……"

就在她开口的一瞬间，姜寻来不及思考，拉着周途的手就跑了。

商场里的粉丝实在是太多了，且分散在各处，周途又刚参加完活动，没戴口罩和帽子，所以避免不了被粉丝认出来。眼看外面的人越来越多，姜寻心一狠，拽着他进了旁边的电影院。

幸好她之前买的票就是后排的，电影已经开始十多分钟了，里面黑漆漆的，没人注意到他们。

找到座位坐下后，姜寻伸手想把口罩取下来透透气，才发现不知道什么时候，她的手已经被人握在掌心里了。

她刚才跑了一阵，心跳加快了不少，这会儿竟然感觉到一瞬的停顿。

一股酸胀的情绪在胸腔里蔓延，莫名导致她的喉间有些干涩。

大荧幕上灯影交错，仿佛无数种心情交织在一起。

姜寻把手收了回来，看向前面，平静地开口："这好像是我们第一次看电影吧。"

周途"嗯"了一声。

姜寻又说："以前，每次我们说好要一起去看电影，都会被你以各种理由耽误。任何事，任何人，都能把你叫走，只有我不能。"

这是这么久以来，她第一次提起过去的事。

不等周途回答，姜寻继续问道："你不觉得这个场景很微妙吗？"

谈恋爱的时候，他们一个没名气，一个没进娱乐圈，偏偏怎么都看不了一场电影。

时过境迁，为了躲粉丝，他们竟然被迫一起坐在了电影院里。

周途侧眸，眼底的情绪被阴影遮住，声音极低地叫了她一声："姜寻。"

似乎是意识到他要说什么，姜寻的脸上瞬间挂起笑容，转过头看着他："我今天是私人行程，没带保镖出来，一会儿又得麻烦周老师啦。"

姜寻的情绪转化得天衣无缝，仿佛前一秒还在回忆过去的人不是她。

几秒后，周途不冷不热的声音传来："带保镖影响你约会？"

姜寻心想，她和谁约会了？

姜寻刚想出声反驳，却猛地反应过来这是在电影院。

虽然放映厅很大，他们前面几排也没坐人，但吵架难免会影响到别人的观影体验。

她到嘴边的话又咽回去，不再理他，静静地等待着这场电影结束。

周途也没再说话。

不知道过了多久，电影结束了，观众也逐渐离场。

吱吱从员工通道探了一个头出来，朝她招手道："寻寻，这边。"

姜寻刚要离开，沉默了许久的男声却再次响起："别和陈忧走得太近。"

姜寻愣了愣才明白过来周途是什么意思，顿时觉得又好气又好笑："周老师是不是管得太宽了？我和他走得近与远，和你有什么关系？"

周途微微抬头，站在她面前，挡住了她眼前大半的灯光。

压迫感十足，姜寻下意识地往后退，身体抵在了前排的座椅上。他微微俯身，温热的气息喷在她的耳边，他还没开口，姜寻就觉得昨晚被自己压下去的死水又沸腾了起来，灼烧着她的胸腔。

她猛地伸出手抵在他的胸口，浑身都在拒绝："你别说了！反正也不是什么好话！"

周途将她脸上一闪而过的慌乱尽收眼底，挑了一下眉，一字一顿地说："那你记住了。"

姜寻连忙收回手，慌不择路地离开了。

等在那里看两人现场发"糖"的吱吱几乎快要把旁边的那面墙抠破了，从头到脚都是克制着的兴奋。

出口处已经有周途的保镖在守着了，见姜寻出去，保镖立即跟了上去。

等他们都走了，周途才从另一个通道出了电影院。

回到酒店时，陈忱正站在周途的房间门口，仿佛已经在那儿等了很久。

见周途回来，他扬起笑容，问道："周老师现在有空吗？我们聊聊吧。"

周途似乎并不意外他的到来，只是轻声对助理说道："你先回去吧。"

助理应声离开了。

四下无人，陈忱开门见山地说道："如果没猜错的话，周老师喜欢姜寻吧？"

"嗯，喜欢。"

闻言，陈忱停顿了一下，他没想到周途会承认得这么痛快，这话把他的思路都打断了。

陈忱又道："那你是录制《职业挑战》的时候……"

周途单手插在口袋里，平静地看着陈忱，五官冷峻。

陈忱话说到一半，才意识到自己问了一个极其愚蠢的问题。以他现在的立场，他根本没有资格质问周途这些事。他后悔了。他和姜寻还什么都没有呢，居然鲁莽地跑来宣示主权。

虽然周途比他大不了几岁，但一进娱乐圈就得了大奖，到手的全是顶尖资源。有传言说，周途是个富二代，他在公司的话语权也很高，他不想做的事，据说连老板也逼迫不了他。

陈忧虽然正当红，被公司力捧，但人气怎么都到不了周途那个程度。他也知道自己各方面都比不过周途，所以才有些着急，不加思考地就急着跑过来质问对方。

正当陈忧思考怎么缓解这个尴尬的局面时，周途冷淡地问道："问完了吗？"

"问完了。"

周途转身打开房间门，走了两步后又回过头，看着陈忧的眼睛说道："我想，我应该不用再问你同样的问题了。"

陈忧也不否认，只是说："那我们就公平竞争吧。"

隔了几秒，周途才出声："你已经输了。"

到底是二十多岁的男生，胜负欲瞬间就被激发了，陈忧一副胸有成竹的样子说道："周老师别这么早就下断言，姜寻说过，她不喜欢你这种类型的。"

陈忧没想到的是，周途听完这句话，不仅没有生气，反而勾了一下嘴角，不急不慢地开口："那你加油。"

话毕，周途进了房间，关上了门。

第四章
我不是他女朋友

▶

回到酒店后，姜寻一动不动地趴在床上，只想装死。

她最近实在太不顺利了，不，应该说是自从再次遇到周途后，她就没有顺利过。

看来，她需要找个时间去庙里拜拜了。

相比她的忧伤和落寞，吱吱坐在沙发上，正急匆匆地敲着手机键盘。

投稿第95条："两个人一起去看电影了，两人之间直冒粉色泡泡。我是电影院的墙，我可以证明！"

吱吱刚点击发送，抬头就看见姜寻站在她面前，神情沮丧地看着她。

姜寻没看见吱吱手机里的内容，只是见她如同打了鸡血般激动，有点不正常，于是问道："你跟谁聊天呢？这么开心，谈恋爱了吗？"

吱吱连忙收起手机，打岔道："哈哈，没有，我朋友在跟我吐槽呢……你是要出去吗？"

"嗯，今天在电影院闹了那么一出，太混乱了，我去跟陈忧道个歉。"

吱吱连忙拉住她，叫道："你可千万别去！"

姜寻一时有些蒙，问道："怎么了？"

"你是不是没看出来陈忱喜欢你？"

"……啊？"

吱吱正色道："我说真的，你可能没察觉，但我一眼就能看出他不对劲。"

姜寻在脑子里过了一遍吱吱的这句话，刚要开口，却突然想起周途在电影院时没说完的话。

他指的难道就是这个？

吱吱见姜寻不说话，以为她不相信，又道："反正八九不离十，你之后和他保持工作接触就好，别再私下出去了。"

晚上，姜寻睡不着，打算把《职业挑战》从头到尾看一遍。

她刚点进节目，正准备打开第一期，突然发现多出了一个会员专享版本。

姜寻正好奇会员专享版本里是什么内容，就看到评论区里一水的"追到真的了，谢谢"。

疑惑几秒后，她充了个会员。

会员专享版本里都是正式节目里没有播出的片段，以聊天日常居多，甚至包括了导演告诉他们周途会以飞行嘉宾的身份来录制时大家的反应。

看到这里，姜寻觉得大事不妙。

果然，下一个片段就是第二天早起时她和周途打招呼的内容。

节目组还挺有良心的，没有把她和季瑶说话的内容放出来。

镜头里，姜寻、陈忱、季瑶三个人在聊天，周途虽然在和裴思泽说话，却一直看着他们这边。周途的眼神从始至终都很淡，但仔细观察会发现，那眼神莫名有几分温柔。

前提是——如果下一秒，姜寻没有说出那番话。

姜寻觉得，自己如果是个局外人，说不定也会觉得周途喜欢她。

从这里就能看出，节目组的后期剪辑能力真的很厉害，居然靠着剪辑能力化解了一场双方粉丝的战争，改为给两人共同的粉丝现场发"糖"。

姜寻清楚类似的宣传方式，只要不太过分，她基本不会管。

虽然她恨不得和周途老死不相往来，但喜欢他们二人的粉丝也没做错任何事。

还有一个最重要的原因是，她觉得二人共同的粉丝并不多，再者，她和周途本来就没有合作关系，等过段时间，大家的新鲜感过去了，就可以各自安生了。

姜寻抱着良好的心态，点开了她和周途的二人微博超话。

看着看着，她觉得现实狠狠地给了她一巴掌。

投稿一："我朋友之前是纪导那部电影的工作人员，他说那时候周途和姜寻就在一起了，距离现在已经有三年了！"

投稿二："今天周途线下的品牌活动是他联系的品牌方，就是为了光明正大地来看姜寻。周老师简直就是一个恋爱小天才！"

投稿三："两人已经同居了，关系很稳定，暂时不会公开。"

姜寻看得目瞪口呆，恍惚间以为自己走错了片场。

这些说的真是她和周途吗？

没一条对得上啊。

除了假料满天飞，姜寻还发现，二人共同粉丝的数量比她想象的多几十倍。

她期待的各自安好，短时间内应该不会实现了。

就在姜寻怀疑人生的时候，她刚刚才清空的消息红点瞬间疯狂闪起来。

不等她返回去查看情况，超话里已经炸开了锅："啊啊啊！周途关注姜寻了！"

"周途关注姜寻"这个话题在微博热门话题榜上挂了一个晚上。

二人的粉丝如同过年了一般，全都在狂欢庆祝。

可除了二人的粉丝，绝大部分人都觉得，周途只是因为《职业挑战》开播才关注了姜寻，就连姜寻本人也是这么自我安慰的。

但黑夜过去，阳光逐渐破开云层，朝霞满天。

众人没有等到周途关注参加《职业挑战》的其他艺人。

姜寻跪坐在床上，死死地瞪着面前的手机，恨不得将其盯出一个窟窿来。

不知过了多久，手机铃声突兀地在房间里响起。

等到铃声快要结束时，姜寻才调整了一下姿势，慢吞吞地接起："乔总，有什么事吗？"

听到她有气无力的声音，乔晏顿了一下，才道："你拍夜戏了？"

"啊？没……"

"算了，不重要，你听剧组的安排就是。我这次给你打电话主要有两件事。"

姜寻立即打起了精神："您说。"

"再过两个月就是你的生日，公司这边决定，还是像往年一样举办一个生日会，你这段时间准备一下。"

"好的，知道了。"姜寻顿了一下，"还有一件事呢？"

乔晏："周途关注你的事，看到了吧？"

姜寻："呃……"

何止看到了，她整整盯了一个晚上，希望这几个字能从微博热门话题榜中凭空消失。

乔晏又说："你也关注一下他。"

"为什么？！"

"什么为什么，难道你还准备摆架子吗？"

姜寻委屈巴巴："我不是那个意思……"

"我之前就跟你说过，虽然你现在不缺热度，但娱乐圈新人多，更迭快。你已经进军影视行业了，多积攒人脉不是坏事。更何况，是他先关注你的。这种情况下，你关注回去是必然的，也是一种礼貌。"

乔晏似乎还有其他工作，没时间再和她多说下去，"半个小时内处理好这件事。"话毕，不等她再找理由，他便直接挂断了电话。

姜寻握着手机，心想，什么嘛，居然还有强买强卖的。

再次看向手机屏幕，姜寻觉得"关注"这两个字尤其刺眼。

十分钟后，"周途、姜寻互相关注"这个话题迅速登上微博热门话题榜第一的位置。

很快，吱吱风风火火地冲了进来，看起来十分激动，大声喊道："寻寻！"

姜寻心如死水地开口："别问，手机已经砸了。"

关注周途后，姜寻就把手机关机了，这几天，她都不想再碰手机了。

"不是不是，我刚刚听到剧组的工作人员说，导演听说周途在这个酒店，就去问了一下他的行程，想让他客串剧里的一个角色。"

姜寻僵硬着脖子，转过头难以置信地问道："什么？"

"你说巧不巧，他这两天刚好没事，所以答应了！"

姜寻觉得自己迟早要被周途害死。

她不能再这么坐以待毙下去了。她噌地站起来，怒气冲冲地出了门。

吱吱见势不妙，赶紧跟了上去，劝道："寻寻，冲动是魔鬼。"

姜寻冷静不了，愤懑地说道："今天，我和他只能有一个人能竖着走出这个酒店！"

姜寻本来是怀着满腔怒火去找周途算账的，可她按了两分钟的门铃，里面没有任何动静。

就在等待的时间里，她的怒火消失了，甚至觉得自己有些冲动。剧组人员众多，万一被人拍到她来敲周途的门，她就算有十张嘴也无法证明自己的清白。

姜寻深深地吸了一口气，刚准备转身离开，身后的门突然开了，男人低沉而富有磁性的嗓音传来："找我有事吗？"

忍一时风平浪静，退一步越想越气。

姜寻攥紧了拳头，猛地回过头："你……"

刚开口，她就被眼前的一幕堵住了嗓子。

周途刚洗完澡，身上只披了一件浴袍，头发还湿漉漉的。一颗水珠顺着发尖滴落到他那挺直的鼻梁上，然后沿着下颌从喉结滑落，最终没入浴袍。

姜寻瞬间觉得自己的目光被烫了一下，她有些口干舌燥，手都不知道该放在哪里。

周途没等到她的回答，倾身往前，低声说："嗯？"

姜寻没想到他会靠得这么近，她如临大敌般地和他拉开距离，控诉道："你自己做了什么事，心里没数吗？！"

周途语速很慢："我做了什么事？"

姜寻料到他不会认账，正准备一条一条细数他的罪状时，躲在不远处的吱吱轻轻咳了一声，暗示有人朝这边过来了。

周途抬眸看了一眼，迅速握住姜寻的手腕，将人带进了屋子。

整个过程不到十秒，姜寻快到根本没有反应过来。

姜寻被抵在门板上，眼前是男人被水浸湿的浴袍领口。

想起不久前的那一幕，她慌忙错开了视线，把自己的手腕从他的掌心里挣脱出来。

姜寻抿了抿嘴，调整好情绪，说道："周老师最近的行为已经严重影响到我的工作和生活了，你对我有什么意见可以直说，没必要把我往死里整。我们就不能好聚好散吗？"

周途垂眸看她，细声问道："你指的是哪件事？"

"所有，比如电影院的事，你关注我微博的事，还有你要来我们剧组客串的事。"姜寻心平气和地开口，"我知道有些工作是推不掉的，但这些明明是可以避免的，之前不是一直都……"

"姜寻，"周途打断她，"已经三年了。"

姜寻愣了愣，没明白他说这句话是什么意思。

三年怎么了？

即使是三十年，她也不想再见到他。

周途继续道："如果你觉得我打扰了你的工作，我可以把客串的事情推掉。"

姜寻："呃……"

她倒也不是这个意思。

周途既然已经答应了客串，剧组那边肯定都在筹备了，要是他现在说不去了，双方肯定会闹得很僵。

这种出尔反尔的事，在圈内本身就是禁忌。

她不想去当这个恶人，只是前一秒才被乔晏逼迫关注他，下一秒又听说他要来剧组客串，她一时没控制住自己的情绪。

姜寻沉默了一下，才说："这是你自己的事，别想把责任推到我的身上！"

周途看了她几秒，眉头微挑道："好。"

姜寻有些心慌意乱，拉开两人之间的距离，扬起标准的笑容，说道："如果周老师方便，能不能让你的助理把你接下来的行程表发给我一份？我好……"

她还没说完，周途便猜到她想说什么，打断了她："不方便。"

姜寻的笑容快速地收起："那我就不打扰你了，再见。"

姜寻打开门，刚往外面迈了一步，就看见有人走过来，她握在门把上的手比脑子更先一步做出反应，立即又把门关上了。

可她忘了，自己的脚还卡在门缝里。

门关上的瞬间，一阵剧痛从脚踝处蔓延开来。

她死死咬住舌尖，才没让自己喊出声。

见她疼得脸都白了，周途眉头微蹙，弯腰将人抱起，往房间里面走。

姜寻难得还有力气挣扎，哑着声音道："你干吗？"

"别动。"男人的嗓音很低，带了几分冷意。

周途把姜寻放在沙发上，看了一眼她的脚踝，转身说道："破皮了，先消毒。"

"啊？别……"

拒绝的话才出口，周途已经从柜子里拿出一个医疗箱。他蹲在她的面前，抬起她的脚踝，将其放在自己的腿上，然后从医疗箱里拿出消毒用品。

姜寻的脚不由得一缩，她想说不必多此一举。然而，酝酿好的话刚到嘴边，周途已经用沾了碘伏的棉签帮她处理起伤口来。

她没忍住，喊道："疼！"

周途手上的动作顿了一下，安慰道："乖，忍一忍。"

姜寻本来没觉得什么，但突然听到他用这么温柔的语气和她说话，莫名控制不住情绪，眼眶瞬间就红了，她随手抓了个抱枕抱在怀里，再疼也不出声了。

周途简单地给她的脚踝消完毒后，起身说道："得去医院检查一下。"

"不用麻烦周老师了，把你的手机借我用一下就行了，我让……"

周途没理她，进了浴室。

姜寻看着他的背影，有些无语。

要不是出来得太冲动，忘了带手机，谁要受他的气？

她咬了咬牙，撑着墙站了起来，单脚跳到了门口。

经过刚才的教训，姜寻这次有了经验，她没开门，只趴在猫眼上往外看。

保洁阿姨正在对面房间的门口打扫卫生。

姜寻的心瞬间凉了半截。

这是天要亡她啊。

很快，周途换完衣服从浴室出来，看见她趴在门口，似乎并不意外，只是把帽子和口罩给她戴上，又拿了一件外套，将她裹在里面，宽慰道："放心，没人能认出来。"

姜寻心想，她就不该来找他算账，账没算明白，还把自己搭进去了。

周途不顾她的反抗，将她的脑袋摁在怀里，小声威胁道："你继续闹的话，出门被人发现，我可不负责。"

姜寻欲哭无泪。

万一周途抱着她出酒店的场面被人拍到，她不敢想象微博热门内容的标题会是什么。

不等乔晏提着刀来砍她，她就先以死谢罪了。

医院里，医生一边给姜寻检查脚踝，一边问道："怎么弄伤的？"

姜寻支支吾吾了半天，也没说出口。

她总不能说是被门夹了吧？医生说不定以为她脑子有什么问题。

她红着脸出声："就……不小心摔倒了。"

"行，叫你男朋友进来，先带你去拍个片子吧。"

姜寻连忙否认："他不是我男朋友！"

年过半百的医生推了推鼻梁上的眼镜，看向电脑，一副过来人的神情说道："不是你男朋友还能紧张成那样？你们年轻人，谈起恋爱来花样真多。"

姜寻："呃……"

周途送姜寻来医院时全程冷着一张脸，她倒是没有看出他哪里紧张了。

很快，医生开好了拍 X 光片的单子，起身打开门，对等在外面的男人说道："好了，带你女朋友过去吧。"

"您真的误会了，我不是他女朋友。"冷不丁地，姜寻的声音再次响起。

医生转过头，见她单着一只脚倔强地跳了过来。

周途接过医生递过来的单子："谢谢。"

这时候，诊室里来了其他病人，医生没工夫搭理他们，便去忙自己的事了。

姜寻就这么扶着墙跳着出了诊室，跳出去好长一段距离后，她才想起来检查的单子还在周途那里，她不知道该往哪儿走。

她回过头，见周途站在诊室门口，单手插在口袋里，远远地看着她，目光平静。

姜寻又单脚跳了回来，立在他面前。

这一来一回费了她不少力气，说话时，她的声音里带了几分喘息："谢谢周老师送我来医院，剩下的事，我自己来就可以了。"

周途看了她一眼，什么也没说，只是把检查的单子递给她，然后说道："先去一楼缴费。"

姜寻："哦……"

她居然把要缴费这件事忘了。

周途似乎没有看出她的窘境，只说："既然你自己可以，那我就先走了。"

姜寻攥着单子在心里骂了一句脏话。

见周途越走越远，姜寻的喉咙像是被什么卡住了一样，发不出一点声音。

她绝对不可以就这样屈服！

直到周途的身影消失，姜寻才抬手用力揉了一下眼睛，扶着墙慢慢往前跳。

这是一家私立医院，隐私性很好，加上病人并不多，姜寻又戴着帽子和口罩，大概不会被人认出来。可她一旦去坐电梯，就怎么都避不开人群了，所以，她只能选择走楼梯。

刚下到一半，姜寻就彻底没力气了，她索性坐在阶梯上，鼻子忍不住泛酸。

周途这个男人，强行把她带到医院就撒手不管了。她又不是第一天对他这个态度，那么小气还总在她身边打什么转？搞得好像有多喜欢她一样。

果然还是那个只会玩弄别人感情的浑蛋，一点都没变！

姜寻越想越委屈，将捏成一团的单子扔了出去，眼眶通红，只是拼命控制，眼泪才没有流下来。

就在她快控制不住眼泪的时候，扔到一楼楼梯口的纸团被人捡了起来。

很快，男人修长挺拔的身影出现在她的视线里。

周途一步步迈上台阶，蹲在她面前，轻声说道："抱歉。"

姜寻扭过头，不理他。

周途继续说："我没走，我去缴费了。给你的是之前的挂号单，我骗你的。"

姜寻只知道他给了她一张单子，加上被他气到，压根没去看那是什么。

她还是不说话，她觉得自己就像一个傻子，被他玩弄于股掌之上。

"不生气了，好不好？"

姜寻咬着唇，好半晌才忍不住出声："周途，你真的很让人讨厌。"

讨厌已经分手那么久了，他还三番五次地出现在她面前，有意无意地撩拨她。

也讨厌自己，明明知道他是什么人，却还是再次动了心。

周途抬手轻轻拭去姜寻眼角的泪水，安慰道："都是我的错。"

见他落了下风，姜寻更加理直气壮："本来就是你的错！"

周途笑了笑，扶着她的手臂，帮她站起来，说道："走吧。"

去拍 X 光片的路上，姜寻一声不吭，却也没有再像躲仇人一样地躲着周途，而是乖乖地让他扶着。

拍完片子，两人重新回到诊室。

医生推了推鼻梁上的眼镜，然后拿起姜寻拍的片子，仔细看了看之后才说："只是软组织挫伤，不过还是得养几天，脚尽量少沾地，别碰水。"

交代完，医生抬头看向姜寻，见她眼眶是红的，问道："哭过了？"

姜寻吸了吸鼻子，打死也不承认："没有。"

医生看了眼站在她身后的周途，一边开药，一边说："小情侣吵个架而已，多正常，别不好意思。我跟我老伴儿年轻的时候也经常吵，好几次她都闹着要和我分手，最后还不是被我追回来了。"说着，他又对周途说："女孩子嘛，要多哄哄。"

周途的嘴角弯了一下："知道了，谢谢。"

"客气什么，都是经验之谈，下次有不懂的再来问我。"

姜寻觉得有些离谱。

这都能聊上？

出了医院，姜寻的情绪已经平静下来了，她偷偷看了身旁的男人一眼，想说什么却欲言又止。

周途把手机递给她，然而，姜寻还没来得及道谢，就听他说道："剧组那边，我已经帮你请过假了。"

姜寻找他借手机就是为了这件事，听他这么说，借手机反而多此一举了，她正要把手机还回去，周途却道："把你的电话号码输进去。"

"周老师折腾了这么大半天，该不会就是想要我的电话号码吧？你早说啊，我直接给你就行了，还费这个劲干吗？"她阴阳怪气的，就不信他还能忍。

周途转过头，静静地看着她："今天的医药费，回去后转给我。"

她咳了一声，试图掩饰内心的尴尬，快速把自己的电话号码存到了他的手机通讯录里。

想了想，她觉得还是得给吱吱发个消息说一下情况，也好让她一会儿在酒店停车场等她。

姜寻："周老师，借你的手机发个短信啊。"

"嗯。"

姜寻的手指在屏幕上敲击了几下，正准备把页面划走时，却发现弹出来的是相册页面。

那隐隐露出的图片眼熟得不能再眼熟了。

姜寻本着不能侵犯别人隐私的原则，没有点开，把手机还给了周途。

车开了好一会儿后，安静的车内突然响起姜寻的声音："你的手机上，是不是还存了我的照片？"

周途开着车，神色不变，嗓音低沉，没有丝毫波动："不是。"

"你别狡辩，我刚才亲眼看到了！"

周途轻声说："你看错了，那是我女朋友。"

姜寻觉得有点好笑。

他在说什么胡话？

姜寻刚想据理力争，却猛地回过神来。

如果她执意说他手机相册里的人是她，不就是变相地承认自己是他的女朋友了吗？

姜寻再次安静了下来，她靠在窗户上，看着窗外的景色。

快要入冬了。

周途侧眸，却见姜寻睡着了，呼吸均匀。

他把车停在路边。

姜寻完全没有被车外嘈杂的声音影响，睡得很熟。

阳光透过玻璃，落在她的脸上，她不舒服地动了动。

周途抬手把副驾驶位置上的遮光板放了下来，将目光落在她的脸上。

这三年来，姜寻瘦了很多，下巴尖尖的，看上去没有一点肉。

她曾经说过，只要再给她一次机会，最多三年，她要么站在最耀眼的舞台上，要么退圈。

现在，三年期限已到，她做到了。

不知道是不是以前练习时养成的习惯，只要不是在放松的环境里，即使姜寻睡得再熟，也会卡着十分钟的时间醒来。

比如现在，周途放下遮光板的时候，她已经醒了。

即便没有睁眼，她也能敏锐地察觉到车内微妙的气氛以及男人沉重的视线。

没过多久，姜寻就感觉到面前罩下一片阴影，男人温热的气息逐渐靠近。姜寻屏住呼吸，原本放在腿上的手不知什么时候紧紧地握在了一起。

她本应该推开他，身体却始终无法做出行动。

就在她以为下一秒他就要亲上来的时候，他却从她面前越过，伸手打开了旁边的车窗，一丝微风灌了进来。

姜寻差点气笑了。

周途回过身，看着她颤动的睫毛，扬起了嘴角。

他低声问："要吃早饭吗？"

姜寻依旧紧闭着眼睛，决定将装睡进行到底。

"旁边有早餐店，我下去买点，你继续睡。"

等到周途下车，姜寻才猛地睁开眼睛，大口大口地呼吸着。她窝在座椅里，突然想骂醒自己，她刚刚到底在期待什么？

他一定看出来她已经醒了，所以故意捉弄她！

真是……太丢脸了。

姜寻觉得，再跟他待在一起，再好的心脏都会承受不住。

她推开车门，快速跳下了车。

这时候已经过了上班早高峰，姜寻很快就拦到了一辆出租车。

周途提着早餐回来时，车内已经空无一人。

他瞥了一眼她落在座位上的消炎药，冷峻的脸上看不出来什么情绪。随后，他坐上车，拨通一个号码："姜寻自己坐出租车回去了，她身上没钱，也没带手机，半个小时左右应该能到。"

很快，吱吱的声音从对面传来："好的好的，我现在就下楼等她，谢谢周老师！"

"不客气。"

到了酒店负二楼，姜寻正想找司机借手机，便远远看见吱吱朝她招手。

吱吱过来付了车费，又把姜寻扶下车，看着姜寻脚踝上的伤，她小声问道："医生怎么说，严重吗？"

"只是软组织挫伤，没什么大碍，休息几天，按时抹药就行……"姜寻说到一半，发现自己两手空空，突然顿住了。

吱吱问："怎么了？"

姜寻的太阳穴跳了跳，闭着眼说："我忘记拿药了。"

这一上午实在累得够呛，姜寻现在只想躺在床上，大不了睡醒了再去一次医院。

可是她刚回到房间没十分钟，周途的助理就把药送过来了，还带来了早餐。

吱吱道了谢，抑制住激动的情绪，把早餐和药都拿了进来，对趴在沙发上的人说道："寻寻，吃点东西再睡吧。"

姜寻看着手机，还在犹豫要不要开机，闷闷地回了句："我不想吃。"

"少吃点？扔了多浪费啊。"

闻言，姜寻慢慢收回视线，看着面前的水果沙拉，她象征性地吃了几口便没了胃口，然后说："剩下的放冰箱吧，我下午再吃。"

扔下手机，姜寻窝在沙发里，问道："剧组那边，导演有说什么吗？"

吱吱一边往冰箱走，一边道："没有，他让你好好休息，等收工了再来看你。"

睡觉之前，姜寻还是把手机开机了。虽然她不想去看网上是怎么讨论她和周途的，但也不能因此丢下其他工作不管。

一打开微信，几十条消息接连弹了出来。

大多数都是剧组工作人员听说她受伤后表示问候与关心的。

姜寻一一回复完，又往下翻了翻。

没想到，接连好几条都是一些朋友在知道她和周途互相关注之后问他们是不是要合作了，如果是，他们想要周途的签名。

其中还包括劝她远离男人的几位朋友。

姜寻看得心力交瘁，正要放下手机时，便看到有新的好友申请。

姜寻随手点进去，看到对方的头像是微信自带头像时并不意外。

早在周途找她要手机号时，她就料到会有这么一出了。

呵，别有企图的男人。

点了同意添加后，姜寻决定先发制人，于是立即发了一条消息过去："今天真是谢谢周老师啦。医药费是多少钱？我现在就转给你。"

过了两分钟，对方才回了个信息："姜寻小姐，我是乔总的新助理，负责跟你对接这次生日会的相关事宜。"

姜寻把手机扔到了地毯上，将头埋在枕头里，再也不想面对这个世界了。

姜寻这一觉睡到下午三点。她睡眼蒙眬地坐在床上，看着已经变成青紫色的脚踝，试探着用手去揉了揉，不料疼得她睡意瞬间没了一大半。

再过两个月就是自己的生日会了，也不知道脚踝能不能好，如果好不了，到时候也只能咬着牙练习了。

姜寻缓慢下床，捡起地毯上的手机，正准备点外卖时，却突然想起冰箱里还有上午剩下的水果沙拉。她站在冰箱前，想着睡觉前微信里尴尬的场面，突然勾了勾嘴角。

房间里，周途正在和山和影视的老板通电话，两个人在讨论下个月的工作安排。

门外突然传来细微的声响，周途抬眸看了过去，挂断电话："先这样。"

他起身拉开房门，外面却空无一人。

他正要回去时，却瞥到地上躺着一个薄薄的信封。

周途蹲下，捡起信封拆开，里面是十张红色的人民币，还有一张卡通小纸片，上面写着："十分感谢周老师在百忙之中抽空送我去医院，不过，想着您不是一个在意形式的人，我就不再当面表示感谢了。"

看着卡片上的内容，周途舔了舔唇，好一会儿才起身往回走。

姜寻躲在墙后，见周途开了门，确定他看到了从门缝塞进去的信封，才跳回了房间。

这样一来，即使周途的手机上存着她的号码，他也没有任何理由来找她了。

回到房间，姜寻还没来得及坐下，手机就开始振动起来，她见是陌生号码，扬了一下眉，才不紧不慢地接通："你好，哪位？"

"是我，"电话那头，男人冷淡的声音响起，"伤口还疼吗？"

姜寻坐在沙发上，说道："有劳周老师关心，一点都不疼了，下去跑两圈都没问题。"

"那我陪你。"

姜寻十分无语。

不等她一怒之下挂了电话，周途又道："这几天忌辛辣，吃得清淡一点。"

姜寻回答得漫不经心："哦。"

"钱给多了，晚点，我让助理还给你。"

姜寻沉默了几秒，忍不住说道："你就不能从微信里转给我？"

她原本以为周途找她要医药费只是需要她的联系方式的一个借口，现在看来，他似乎真的只想要钱。

得到周途的回答后，姜寻快速挂了电话，闭了闭眼，她告诉自己要忍住，不能跟他一般见识。

可尽管如此，姜寻还是忍不住拿起手机，在微信页面上无聊地到处乱点。

过了十来分钟，终于有新的好友申请出现。

姜寻迅速点进去，立刻准备点通过，转念一想，这么快就通过，似乎显得她很着急。

为了让自己看起来矜持一些，姜寻退出页面，玩了一局游戏，才慢悠悠地点了通过。

那边半天没有发消息，姜寻琢磨了一会儿，把尤闪闪发给她的中老年表情包"很高兴认识你"发了过去。

消息石沉大海。

这不仅没有削弱姜寻的斗志，反而让她从中找到了乐趣。

她又接连发了几个同类型的表情包过去，如"相逢就是缘""和你聊天很开心""亲爱的朋友，祝你天天开心"。

姜寻乐此不疲地发送着表情包，满脑子都是周途看到这些消息时的表情。

但现实往往比想象更残酷。

得意忘形时，姜寻不小心将"今晚来我床上"的表情包发了出去。

她看了一眼屏幕，吓得手忙脚乱，想要撤回，却按到了删除键。

姜寻从来没有觉得这么尴尬过，那满屏红红绿绿的表情包不停地闪烁着，仿佛已经倒映出周途拿着手机看消息的画面。姜寻来不及思考，在电光石火间，她快速点击了"删除好友"。

她要从根源上阻断这次事件的发酵。

而后，她倒在沙发上，整整一个下午都打不起精神来，也不知道周途看手机了没有，反正，一直没有新的好友申请弹出来。

到了剧组收工的时间，导演带着几个主创演员来探望姜寻。

坐了二十多分钟后，导演起身道："那我们就先走了，不打扰姜寻休息。"

一群人接连离开，吱吱替姜寻去送他们。

陈忱走在最后，对姜寻说："你现在受伤了，不方便，有什么需要就给我打电话。"

姜寻笑道："有吱吱呢。"

陈忱闻言，也不好再说什么，除了助理，姜寻公司还有其他工作人员在酒店住，他确实帮不上什么忙。

"我没什么事，只是一点小伤而已，休息几天，消肿了就可以正常拍摄了。"

"那行吧，总之，你有什么需要帮忙的地方就找我，千万不要客气。"

姜寻点了点头："好。"

陈忱前脚刚走，吱吱后脚就回来了，她手里还提了一个保温桶，跟姜寻说道："我见陈忱一直没走，他跟你说什么了？"

"没什么，他让我有需要帮助的地方就找他。"

"啧，我就说他喜欢你吧。"

姜寻听得牙疼，抬头问道："你拿的是什么？"

吱吱的脸上露出了一抹神秘的微笑，她去厨房拿了餐具，把保温桶里的骨头汤倒了一碗出来，递给姜寻，一副看好戏的样子说："还热着呢，喝吧。"

姜寻凑过去闻了一下，有一股淡淡的中药味。

从早上到现在，她只吃了几块水果，这时正饿着呢，她没多想，接过碗喝了一口汤。

吱吱迫不及待地问："好喝吗？"

姜寻点头，又喝了一口："挺好喝的，你点的外卖吗？"

"不是，"吱吱压抑住激动的情绪，小声叫道，"周途的助理给我的！"

"咳咳——"姜寻被呛了个满脸通红，吓得差点将勺子掉到地上。

吱吱给她拍着背顺气："慢点慢点，还有很多呢。"

姜寻缓过来之后，看着那一碗骨头汤，不知道该说什么。

晚上，她躺在床上，一边做着单腿运动，一边划动着手机，想要找部剧看。

她翻了一会儿，没找到合适的，又点到了电影页面，往下划了划。"猜你喜欢"页面里，推送的是周途拿了奖的那部电影。

这部电影上映时正是姜寻事业上升期，她根本没有心思去管别的事情。加上那段感情给她带来的伤害很大，所以，即使之后有时间了，她也从来没有想过要去看看。

姜寻用被子裹住自己，在被窝里偷偷点开了前男友主演的电影。

这部电影是一部文艺片，开头略显枯燥，姜寻打着哈欠想，这比教科书的催眠效果好多了，下次她再失眠，就来重温这部电影。

可是等到周途出现在屏幕里时，整部电影的节奏都加快了，姜寻甚至觉得，那暗淡的画面似乎亮了许多。

就在她逐渐被剧情吸引的时候，手机画面突然被打断，一通电话打了进来。

看着那串没有备注的号码，姜寻点了接通。

很快，男人低沉的嗓音传来："开门。"

姜寻握着手机，差点以为是自己听错了。

她猛地坐了起来，压低了声音："你在我房间门口？"

"嗯。"

"你……"姜寻刚想问他来干吗，又突然想起下午发的那个表情包，顿时涨红了脸。

如果她开了门，她就是有十张嘴都无法解释。

不等她找理由拒绝，周途说道："有人过来了。"

听到这句话，姜寻用最快的速度掀开被子，单脚跳到门口，开门之后，她毫不犹豫地把外面的男人拉了进来。

确定没人看到他之后，她才退了一步，与他保持距离，小脸上写满了警惕，说道："我只是怕有人拍到你站在我房间门口，会编造出一些新闻……除此之外，我没有任何意思，你也别有什么乱七八糟的想法！"

周途迈出长腿，逼近了姜寻，他的手撑在她的耳侧，一字一顿地说："说清楚，我想什么了？"

姜寻几乎被他困在怀里，木质冷香萦绕在鼻间，混合着男性荷尔蒙的气息，具有致命的吸引力。

这件事本来就是她处于下风，眼看情况紧急，又找不到什么补救措施，姜寻只能红着脸，移开视线，结巴地说道："谁……谁知道你在想什么。"

周途看出了她脸上的慌乱与紧张，嘴角微微挑起。

姜寻觉得不能再和他僵持下去了，否则，吃亏的只会是自己。

她转身就想走，可在慌张之余，她完全忘记了自己受伤的事情，一脚踩在地上，顿时疼得叫了出来。

周途收回手，抱起了她。

这是他今天第三次抱她了，姜寻乖乖闭上了嘴。

周途把她放在沙发上，看向她又红又肿的脚踝，问道："药在哪里？"

"在你后面。"医生开了一大堆药，她都扔在茶几上了。

周途坐在她旁边，刚打开喷剂，姜寻就往后缩了缩，她试图曲线救国，再次用官方语气说道："这种事就不麻烦周老师了吧，我自己来就……"

她怕疼，喷剂和涂抹的药被她扔在茶几上，压根就没动过。

周途握住她往回缩的脚踝，神色没有什么波动，只说："你如果能自己处理好，就不会到现在还没消肿。"

"伤筋动骨还要一百天呢，消肿晚一点怎么了？"

上一秒，姜寻还在和他理论，下一秒，药喷在她的伤口上，她瞬间疼得说不出话来。

周途温热的手掌覆在她的脚踝上，说道："忍一忍。"

不把淤血揉散，明天会更疼。

姜寻倒吸了一口凉气——这是在要她的命吧！

药效很快开始发挥作用，见他又拿起了喷剂，姜寻直觉得太阳穴在拼命抽动，她连忙道："你……等等，太疼了，能不能等我缓一缓？！"

周途手上的动作微顿，抬头看着她，也不知道想到了什么，嗓音比之前低哑了几分："好。"

姜寻觉得有点尴尬。

她刚刚是不是说错话了？

姜寻抓了一个枕头抱在怀里，安静了下来。

不知道过了多久，周途收起药，嗓音低沉："还疼吗？"

姜寻跑远的思绪逐渐被拉回来，她试探性地活动了一下脚踝，却没有传来想象中的痛感，她小声说道："好多了。"

"以后，每天早晚各抹一次药，直到脚踝完全消肿。"

"哦。"

周途起身说道："我走了，你早点休息。"

"等等。"姜寻下意识地拉住周途的手臂，反应过来后又触电般收回。

她眼神不自然地看向其他地方，努力让自己的声音听起来平静一些："周老师不是说要把剩下的钱还给我吗？我还等着呢。"

周途拿出手机，解锁后递给她："我手上有药。"

她接过手机，在他的聊天页面找到了自己的头像，看着那些闪着光的表情包，觉得眼皮都在抽动。

不对……怎么没有那个表情包？

姜寻疑惑的同时又暗自窃喜，不管是什么情况，只要他没看到，那她还有什么好怕的？！

她发送了好友申请，抬头想要把手机还给周途，还没来得及说话，面前突然罩下一片阴影。周途单手撑在沙发的扶手上，说道："我有个问题想问你。"

姜寻吓了一跳，脑袋往后仰了仰："问就问，你离我这么近干什么……"

男人的眸子里是不见底的幽深，嗓音充满磁性："'今晚来我床上'是什么意思？"

姜寻："呃……"

姜寻的脸顿时涨成了猪肝色，她用尽全身力气为自己辩解："那是表情包！我发错了，我没想要发给你！"

周途继续问道："你之前都是发给谁的？"

现在已经不是表情包的问题了，而是在周途看来，她不对劲。

姜寻决定从来源上解决这个问题，于是她睁着眼说瞎话："'今晚来我床上'这句话怎么了？你的思想不要那么污秽，那有可能只是坐在床边打打牌、聊聊天、对对剧本。都什么年代了，难道'床'这个字眼的指向还那么单一吗？"

"行，"周途说，"那我来跟你对对剧本。"

"……对不起，你当我刚才在放屁。"

周途望着她，嘴角动了一下，黑眸里明显藏着笑。

笑什么笑？有什么好笑的？！

姜寻飞速整理好情绪，露出了标准的微笑："孤男寡女待在一个房间，这有点不合适，周老师没什么事就请回吧。"

周途拿起手机，问："明天想喝什么汤？"

"王八。"

"对你没什么用，"周途看了她一眼，"猪蹄吧。"

你才是大猪蹄子！

接下来的几天，姜寻每天都会收到一份汤，并且从不重样。

多亏了这些汤，不到一个星期，她就可以正常走路了。除了步子迈得太大时，脚踝处会有一丝拉扯感，基本恢复得差不多了。

而周途和姜寻的微博二人话题里也悄无声息地多了许多投稿。

投稿第 154 条："姜寻喜欢看恐怖片，可是又很怕，每次她都钻到周途的怀里捂着眼睛看。"

投稿第 185 条："姜寻最近受伤了，周途每天都换着花样给她煲汤喝。"

投稿第 205 条："两人的公司都知道他们在谈恋爱，但如果被拍到，有可能会辟谣。"

在姜寻休息的这一个星期，周途拍完了客串角色的戏份。

姜寻躺在床上想，这个伤受得挺值得的。

过了一会儿，她拿出手机，给周途发了条消息。

姜寻："听说周老师的戏份杀青了？"

周途："嗯。"

姜寻："那什么时候走？"

周途："明天上午。"

姜寻："那我就不去送周老师了，您慢走。"

周途没有再回复。

姜寻觉得无趣，退出聊天框，打开了视频软件。

《职业挑战》第二期节目已经播出了，这一期的内容比第一期更丰富，几乎把每个人初入职场时遇到的尴尬场景展示得淋漓尽致。

尤其是抽到销售职业的综艺明星部分，简直是状况百出。只有裴思泽和季瑶那组表现得好一点，差强人意。

直到镜头切换到周途那里。

他没有其他人面对职场导师时的局促和紧张，他十分从容，甚至在他的职场导师聂教授出来时，他也只是慢慢朝导师走近，伸出手打招呼，像是看到了久未见面的老朋友。

看到这里，姜寻有些不服。

节目组是故意给周途开后门吧？凭什么他得到的待遇和其他人完全不同？！

可很快，姜寻就知道了周途为什么能得到聂教授的欢迎。

镜头录制周途修复文物的时间不长，甚至中间还隔着一面玻璃墙。但从他戴上白手套的那一瞬间开始，原本富有娱乐性的综艺节目瞬间变成了文物修复纪录片。

周途坐在桌前，戴着口罩，只露出冷淡的眉眼。他拿起桌上的瓷片，目光专注，完全没有被外面的人群打扰，就连聂教授也只是站在他身后悄悄打量他。

这是姜寻第一次看到他工作的样子。

他原来的工作环境是这样的。

以前，他问过她要不要去博物馆，可她拒绝了。她才不想去那种枯燥的地方，对他的文物修复工作也没有任何兴趣。

周途在博物馆修复文物的时候，为了不让内容显得单调乏味，节目组还请了博物馆的工作人员在镜头旁解说。

实际上，即使没有解说，他仅仅是坐在那儿，也能让人连眼睛都不眨一下。

姜寻看得正专注，手机却突然响了起来，是周途打来的电话。

她坐起来清了清嗓子，不紧不慢地接通："这么晚了，周老师有事吗？"

"临时有事，改签了航班。"

姜寻抓着床头娃娃的耳朵，半晌才问："已经走了吗？"

周途的嗓音很低："在地下停车场。"

"哦。"

电话里只剩下沉默，安静得连彼此的呼吸声都能听到。

隔了几秒，周途才说："那我走了。"

姜寻轻轻地"嗯"了一声。

挂断电话后，姜寻坐在床上发了一会儿呆，而后她突然起身，拿着外套出了房间。

她走出酒店的时候，周途的车刚好从她的面前开过去。

姜寻看着逐渐只剩下光点的车，�’了嘬嘴。

什么嘛，她还以为他有多舍不得呢，没想到车开得那么快。

回到房间后，姜寻把鞋子一蹬，倒在了床上。

她拿出手机，继续看综艺节目，可刚看了不到一分钟，镜头就转到了她和陈忱那组，之后就是每个组下班后的场景，基本没什么周途的镜头了。

姜寻关了视频，长长地呼了一口气。

莫名的，她的内心不知为什么升起一股烦躁感。

姜寻双眼无神地躺了十几分钟后，她突然想到了什么，噌地一下弹了起来，从衣柜里翻出礼品盒，然后把里面的项链拿了出来，扬了扬嘴角。

戴上项链后，她又特地去洗了头，化了妆，最后坐在沙发上自拍起来。

拍了几十张照片后，姜寻选了一张最满意的照片，发了一条元气满满的朋友圈："休息了一个星期，能量满满，明天开工啦！"

发完朋友圈，姜寻又发了一条内容一致的微博，才打开了微信。

姜寻很少会在朋友圈发自拍，平时，她的朋友圈内容基本都是生活日常和吐槽。

今天，自拍照片发出去后，瞬间出现了一百多个人点赞，大家都夸她又漂亮了，又瘦了。

只有尤闪闪发现了重点。

很快，尤闪闪就发了消息过来。

尤闪闪："怎么回事？"

姜寻："什么怎么回事？"

尤闪闪："突然在朋友圈发自拍，不是有了喜欢的人，就是想'钓鱼'。"

姜寻："什么乱七八糟的。"

尤闪闪："老实交代，你和周途进展到哪一步了？我可是听说这段时间他一直和你住在一个酒店，你们就没有控制不住自己的时候？"

姜寻看着那段文字，眼皮都在抽动。

姜寻："除了这些，你脑子里就不能装点其他东西吗？没有这回事。"

尤闪闪："那你发自拍干吗？"

姜寻想了几秒，才打字回复："让你欣赏一下我的美貌。"

尤闪闪："我看你是想让某位周姓男子欣赏吧。"

姜寻的嘴角翘了翘，打开朋友圈，放大那张照片看脖子上的项链，越看越满意。

而后，她放下手机，开始背明天的台词。

姜寻背台词一直背到了半夜，她打了个哈欠，把剧本放在床头，重新拿起手机，点开自己发的那条朋友圈，评论区却还是没有看见那个头像。

这时候，他应该正在飞机上吧？

不管了，看不见这条朋友圈是他的损失。

姜寻睡了一觉起来，发现周途在两个小时前给她发了一条微信消息，说他到了。

她再次打开自己的老年表情包，选了一张发过去。

"祝您开心顺利每一天，富贵好运旺。"

姜寻放下手机，哼着歌进了浴室。

吱吱发现姜寻今天的心情特别好，整个人神采奕奕的，双眸含笑。

除了吱吱，整个剧组的人也都能感受到姜寻身上这股由内而外散发出来的快乐。

休息的时候，饰演女二号的演员和姜寻聊着天，满脸都是羡慕："要是我也能休息几天的话就好了。这两天，我每天拍戏都拍到大半夜，黑眼圈都出来了，痘痘也冒出来了。"

"我之前经常熬夜练习，也会有黑眼圈。"

"可我看你在镜头前的状态都特别好，一点都看不出熬夜了，你是怎么做到的？"

接下来，两个女生分享起了护肤心得。

陈忱站在旁边，半天没有插进去一句话。

不知道是不是他的错觉，那次从电影院回来之后，姜寻好像就和他保持起了距离。虽然之前，他们私下的交流也不算多，但他总感觉哪里怪怪的。

不过，也可能是因为有周途这个劲敌的存在，让他有了一定的危机感，才会神经紧张。

好在，周途客串角色的这几天，姜寻都请假了，不在片场。

很快，导演的声音响起："来来来，各位老师准备一下，咱们继续拍摄啊。"

之后的一个多月里，姜寻不是拍戏就是为即将到来的生日会做准备，休息的时候就给周途发一个中老年表情包问候一下。

一般情况下，只要周途没有工作，看到消息都会直接给她回个电话。

两人每次的通话时长都是三十秒到一分钟不等，内容也都是简单的日常询问。

生日会前一天，姜寻在彩排前刚好看到网上流出的周途到某个城市的机场照，她又去看了看他工作室的公开行程表，发现他明天下午在那个城市有广告拍摄。

这时候，吱吱来叫她彩排了。

姜寻应声放下手机，上了舞台。

除了之前很火的几首歌，这次的表演歌曲中增加了今年新出的三首歌。

生日会比演唱会简单许多，中间还会有粉丝互动，所以，两个小时过得很快，不怎么累。

彩排结束后，姜寻直接回了家。

车上，吱吱一边看着手里的票，一边问："多出来一张，你还有想邀请的人吗？"

姜寻看了看吱吱手上的那张票，犹豫着说："算了，没有。"

吱吱明显不信，脸上露出一丝暧昧的笑容，反问道："真的没有吗？没有的话，我就要送给我的朋友了哟。"

姜寻被她看得有些不自在，摸了摸鼻子，才说："你那么看着我干吗？该邀请的人不都邀请了吗？"

她的朋友不多，她已经让吱吱把票寄给想来的人了，其他没说要来的，她也不好厚着脸皮去问别人要不要来参加她的生日会。

姜寻回到家，洗完澡已经快一点了。

她擦着湿漉漉的头发，走过落地窗时，刚好看见对面的大屏幕上在轮番播着她的照片。

虽然明天才是她的生日，但粉丝应援已经开始好几天了。

所以，但凡关注了她的人，绝对不可能不知道这件事。

姜寻看了一眼已经打开的聊天界面，轻哼一声，随后退出了，到底没把表情包发出去。

整个晚上，她的手机都很安静。

第二天下午七点，生日会还没开始，姜寻就上了两次微博热门话题榜，分别是——

季瑶参加姜寻生日会。

余水在姜寻生日会现场外直播。

《职业挑战》再播一期就收官了。季瑶那边，在之前的微博上，她想和姜寻表演一番姐妹情，可是发完微博后，姜寻并没有回复，结果她被网友狠狠地骂了一通，于是她就不再继续了。

这次，她被人拍到来参加姜寻的生日会，也是有别的打算。除了想要恢复一点口碑，她还想顺便再蹭一下姜寻的热度。

余水没有那么多手段，就是公然地蹭热度。

余水打开直播，对着镜头打招呼："宝宝们，今天的宠粉环节，带你们看看当红女星的生日会是什么样的。"

说着，她转了转镜头，把等候在外面的粉丝全部拍了进去。

余水直播间里的男性粉丝比女性粉丝要多几倍，她开播后，粉丝不断送着火箭和游艇，她念着名字感谢。当她看到弹幕里有很多相同的评论时，不由得凑近了点，念道："演唱会不允许任何形式的拍摄录制……"

念完以后，余水笑道："没事的呀，宝宝，我只是现在给大家看看，等进场我就下播了。再说了，就算我和姜寻不是朋友，我也不能干这种不道德的事啊。"

反正到那时候，她已经赚够了关注度。

车里，姜寻把直播关掉，靠在座椅上闭目养神。

吱吱在旁边气疯了，大骂道："又是这两个人！要点脸吧，吸血鬼都没她们能吸血。"

姜寻已经习以为常，冷淡地说："别管她们了，毕竟嘴长在别人脸上。"

吱吱想了想，也觉得是这个道理。

八点整，生日会正式开始。

伴随着全场粉丝的尖叫声，姜寻的身影出现在轻烟薄雾中。

下一秒，富有节奏的音乐响起，舞台上炫丽的光芒交织着。

姜寻上身穿着黑色亮片流苏吊带衫，下身穿着黑色短裤，露出一小截腰肢，纤细柔美。

这是首快歌，不论唱跳还是控场能力，姜寻都是一流的。很快，她就将全场气氛带热了。

一首歌结束，姜寻下了升降台，快速跑向后台，准备换衣服。

今晚流程的第一阶段先是唱两首歌，然后她和粉丝简短聊天，接下来是主持人上场，和她聊一些生活和人生感想，以及明年的工作安排。

流程的第二阶段是她再唱三首歌，三首歌结束后，主持人再次上场，现场以抽奖的形式，让粉丝上台和姜寻做游戏，然后工作人员推着生日蛋糕上台，安排姜寻吹蜡烛这一环节，最后全场一起合唱生日歌。

流程第三阶段是姜寻唱最后一首歌，生日会到此结束。

姜寻演唱第二首歌时，她穿的是一条银色的西装裙，在舞台上光芒四射，绚烂璀璨。

台下粉丝的尖叫声不绝于耳。

等到音乐结束，姜寻摘下右边耳朵的耳返设备，从工作人员手里接过话筒，和粉丝打着招呼："大家晚上好啊。"

她刚跳完舞，说话时还带着微微的喘息，脸上的笑容却十分明媚动人。

粉丝们大喊着回应。

等粉丝们都安静下来后，姜寻又说："这段时间，我一直在拍戏，所以和大家见面的机会少了很多……"

"没有！"

"寻寻，我们一直爱你！"

姜寻笑了笑，又和粉丝们聊了两句，然后主持人上场了。可没想到，主持人站在舞台上，话刚说到一半，台下就爆发出一阵尖叫声。

主持人拿着话筒，不明所以，姜寻也有些蒙，不知道台下发生了什么。

渐渐地，她从那克制不住的喊叫声中隐隐约约听到了一个名字——周途。

主持人比姜寻先反应过来，她快速控场，笑着调侃："没想到大家这么欢迎我啊。"

此话一出，台下的粉丝也安静了下来。

流程继续，姜寻的眼睛却控制不住地往台下看。

只可惜灯光太暗，她什么都看不清楚。

虽然她没有亲眼看到他，但是看大家这么激动，她的心里已经有了答案。

和主持人聊天结束，姜寻下了台，吱吱直接冲过来，兴奋地在原地直蹦："爆了爆了！"

姜寻一边走，一边取下耳返设备，问："什么爆了？"

"周途出现在你的生日会上啊，微博热门话题榜都爆了！"

周途来参加姜寻生日会这件事，谁也不知道，包括姜寻本人。

直到生日会开始后，某个坐在前排的粉丝忽然发现，她斜前方那个人的侧脸很像周途，但现场光线不明，只能看出一个轮廓。

于是，她悄悄摸出手机偷拍了一张照片，发到了微博上，想找周途的粉丝确认一下他的行程。

而根据广告方更新的微博内容显示，周途的广告拍摄在下午五点半就结束了。

这两个城市相隔不远，所以，他完全有时间赶到现场。

姜寻从吱吱那里接过手机，照片上只有一个男人模糊的侧脸。

他微微仰着头，看着舞台，沉黑的眸子里有淡淡的光。

姜寻舔了舔嘴唇，突然觉得有些口干。

她把手机还给吱吱，清了清嗓子，问道："乔总那边怎么说？"

"乔总还没有交代下来，我觉得还是先看周途那边怎么回应吧。要不等生日会结束了，我和他们商量一下。"

"也行，"姜寻看了眼时间，"快要来不及了，我先去换衣服了。"

姜寻又演唱了三首歌，生日会已经进行到了一半，主持人再次上场，然后让姜寻从事先准备的箱子里抽出三位粉丝上台和她互动做游戏。

一片欢声笑语之后，到了吹蜡烛的环节。

姜寻没想到的是，推蛋糕的工作人员居然变成了陈忧。

姜寻愣住了，台下的粉丝也愣住了。

主持人却觉得这件事在意料之中，拿着话筒开口："哇，这位朋友有点眼熟啊，告诉大家，你今天为什么会来到这里？"

陈忱笑道："其实，我今天是代表《明月几时有》剧组所有的创作人员，来这里祝姜寻生日快乐的。"他又继续说道："当然，大家也知道，我和姜寻还一起录制了一部综艺节目，叫作……"

不等他说话，底下的粉丝就喊道："《职业挑战》！"

"对，听说姜寻今天过生日，除了我，《职业挑战》里的几个朋友也都来到了现场。"

陈忱话音刚落下，镜头就扫到了台下带着老婆和孩子一起来的裴思泽，接着又扫到了他身边的综艺明星和喜剧演员，几人都笑着挥手跟镜头打了招呼，现场气氛高涨。

当镜头扫到周途时，全场爆发出了今晚最热烈的尖叫声和欢呼声。可这欢呼声只维持到摄像老师给了一脸惊讶的季瑶一个镜头，原本激动的粉丝瞬间安静了下来。

画面重新切回台上，主持人对姜寻说道："是不是完全没想到？吓着了吧？"

好在姜寻迅速反应过来，她用纸巾抹了一下头上的汗水，笑道："对……我事先完全不知道。"

陈忱："这是我们一起商量好要给你的惊喜，当然不可能提前告诉你了。"

主持人："我听说陈忱还准备了礼物和一段祝福送给姜寻，来吧。"

"礼物是大家一起送的，我只是代表大家。"陈忱从身后拿出一个盒子，"其实也没什么特别的话，就是祝你生日快乐。另外，不管是在唱歌上还是演戏上，都希望你能继续发光发热，把更好的作品带给喜欢你的粉丝们。"

姜寻笑着接过礼物，回道："谢谢。"

瞧瞧人家多会说话，这才是语言的魅力，比台下坐着的那位好多了。

主持人开始走流程，很快，全场唱起生日歌，姜寻也在粉丝们的歌声中许了愿，吹了蜡烛。

姜寻演唱最后一首歌时，她穿着黑色吊带衫和星星纱裙坐在由藤蔓制成的秋千上，缓缓从舞台上方落下来。随着轻柔低婉的歌声响起，她的身后出现了漫天星辰。

到了歌的后半段，姜寻示意控制台关掉伴奏，她清唱了几句后，台下的粉丝也慢慢跟着她合唱起来。

生日会在全场的合唱中到了尾声。

一曲结束，姜寻对着台下深深鞠躬。

在粉丝的一片呼喊声中，姜寻站在升降台上，笑着和大家挥手告别。

舞台上方飘下了金色的碎纸片。

在生日会结束前五分钟，几个艺人已经在工作人员的安排下离场。

现场的粉丝们依依不舍，有些粉丝坐在座位上，迟迟不愿离开。

不过，网上却讨论得热火朝天。

当然，讨论度最高的，还是姜寻和周途。

随着这次登上微博热门话题榜，二人的粉丝队伍不断壮大，超话人数从几十万涨到了几百万。

没过多久，裴思泽和陈忱等人接连上了热门话题榜，大家才知道原来周途并不是单独去参加姜寻生日会的，加上季瑶，整个《职业挑战》节目组的嘉宾都到齐了。

于是，有不少人开始趁机嘲笑二人的粉丝自作多情。

那些粉丝也不和他们争执，干脆自己发帖去了。

● REC 🔋

第五章
我可以教你

🎬
▶

生日会后还有姜寻和朋友们的小聚会，其他人已经先过去了，她给陈忱等人发了一个地址，很快，陈忱便回复："好，我和思泽哥他们在一起呢，我跟他们说。"

姜寻想了想，发了一条信息："周途和你们一起吗？"

陈忱："没有，出会场后就没见到他了。"

紧接着，陈忱又发了消息过来："要叫季瑶吗？"

姜寻："算了吧。"

从这次镜头前季瑶惊讶的表情来看，大家商量着要来生日会这件事是没有告诉她的，姜寻也不想为了面子叫她，她来的话，大家可能都不会开心。

姜寻退出微信聊天界面，拨了周途的手机号码。

电话很快被接通，男人低沉的嗓音传来："怎么了？"

姜寻整理了一下表情，露出了一个标准的微笑："没想到周老师今天会来参加我的生日会，真是万分荣幸。"

周途："不知道什么时候能结束广告拍摄，我怕来不了，就没告诉你。"

姜寻扬了扬眉，笑容不由得扩大了几分，问道："那周老师现在在哪里？该不会已经走了吧？"

包间里，姜寻拿着酒杯，时不时地看一眼手机。

突然，吱吱的声音在她耳边响起："约了人？"

姜寻咳了一声，把手机放在桌子上，说道："这大晚上的，我能约谁？"

吱吱了然于心，却没有戳破，只说："大家说十二点要给你上蛋糕吹蜡烛呢，你一时半会儿可能走不了。"

"什么？不是吹过了吗，怎……"

"看，这么着急，还说你没约人。"

姜寻不自然地看向其他地方，她拿起酒杯喝了一口酒，试图做最后的挣扎："我的意思是，大家明天都还有工作，要是玩得太晚了，我怕大家第二天状态不好。"

吱吱没说话，笑容却十分暧昧。

这时候，陈忱走了过来，对姜寻说道："你什么时候回剧组啊？"

"我明天下午要去一趟公司，应该是晚上回剧组，怎么了？"

"没事，就是问问。"陈忱从衣服口袋里拿出一个小盒子，笑道，"生日礼物，祝你生日快乐。"

姜寻疑惑道："不是已经送过了吗？"

陈忱："那是大家一起送的，这是我单独送的。"

自从姜寻知道陈忱喜欢她，能避开的活动她都尽量避开了。如果早知道公司安排了这样的环节，她是绝对不会同意的。

现在，陈忱单独送她礼物，她收下不好，不收下又会让两人很尴尬。

就在这时，吱吱伸手接过礼物："谢谢啦，那我替寻寻先收着了，等会儿给她放到车里去。"

陈忱笑着点头："好，辛苦了。"

"这都是我应该做的。"

作为周途和姜寻二人的共同粉丝，她有义务替周途拦住姜寻的所有桃花。

说话间，裴思泽带着妻女过来打招呼。他女儿很喜欢姜寻，一口一个"姐姐"地叫着，裴思泽笑道："你把我给叫高了一个辈份。"

姜寻捏了捏小丫头的脸，笑容明媚。

十二点，吹了生日蜡烛后，大家陆续离开了。

陈忧最后才走，临走前，他还问："不如我送你吧？反正顺路。"

姜寻笑着朝他挥手，说道："不用了，这么晚了，你早点回去休息吧，我的车就在楼下。"

陈忧有些失落："好吧。"

等到所有人都离开后，姜寻终于呼了一口气，看了眼时间——夜里两点半了。

姜寻拿出手机发了条消息："周老师，你还在吗？"

周途："在。"

姜寻的嘴角翘了翘，拿起包对吱吱说道："那我先走了啊，你回去小心点。"

"走吧走吧，小心，别被拍到了。"

下了楼，姜寻站在原地看了看，没有发现周途的车，她又给他发了个消息："在哪儿呢？"

周途："回头。"

姜寻转身，暖色的灯光下，男人缓缓地朝她走来。

她抬手捂住嘴巴，惊讶道："真没想到能在这里遇见周老师，好巧哟。"

周途站在她面前，单手插在口袋里，神色没有波澜，语调缓慢："是挺巧的。"

姜寻继续礼貌地询问："那周老师来这里做什么呢？"

周途盯了姜寻几秒："等我女朋友。"

姜寻哑然。

这人怎么时时刻刻都想着要占她的便宜？

姜寻左右看了看："这样啊，那周老师继续等吧，我先走了。"

周途拉住姜寻的手腕，黑眸里隐隐含了笑意："骗你的。"

姜寻："那周老师现在准备做什么？"

"附近有一座桥，我们上去走走？"

"那既然周老师这么盛情邀请了，反正我也没什么事，那就走走吧。"

午夜三点的街头没有行人，连车辆都很少，清寂的路灯拖出两人长长的影子。

两人肩并肩地走着，脚步很慢，一路无话。

最近天气转凉，晚风中带了几分刺骨的冷意，姜寻穿着一条及膝的裙子和一件黑色小外套，刚走到桥上，她就打了一个寒战。

桥下波光粼粼，河水倒映着灯火辉煌的城市夜景。

姜寻停下脚步，趴在栏杆上，忽地开口："周老师，你觉不觉得这个风凉凉的，很舒服？"

周途站在她身侧，说道："还好。"

姜寻："呃……"

过了会儿，姜寻又问："周老师之后有什么工作安排？能分享、交流一下工作经验吗？"

周途回答道："在谈一本杂志和一部电影。"

姜寻"哦"了一声，停顿了两秒，才又问道："那周老师岂不是会很忙？"

"进组后会有点忙。"

姜寻又不说话了。

《明月几时有》应该快杀青了，虽然乔晏还没有告诉她之后的工作安排，但她猜，应该就是参加年底的各种活动。

想着，姜寻突然打了一个喷嚏，她现在觉得自己一定是脑子短路了才会大半夜不回家睡觉，和他站在桥上吹冷风。

就在她万分后悔时，一件带着木质冷香的男士外套搭在了她的肩上。

姜寻回过头，眨巴了一下眼睛。

周途："时间不早了，回去吧。"

"哦。"

两人沿着原路往回走，下桥时，姜寻突然停下脚步，喊了声："周老师。"

男人声音低沉："嗯？"

姜寻："你拍过吻戏吗？"

周途站在台阶上，垂眸看着她，神色不明。

姜寻吸了一口气，脸上露出掩饰性的笑容，视线望向其他地方，信口胡诌："我过几天有一场吻戏要拍，但我没有这方面的经验，就怕到时候一直过不了，耽误剧组的拍摄进度。如果周老师拍过，可不可以指教……"

姜寻的话还没说完，就被人搂住了腰，她还没反应过来，嘴唇便被盖住了。

她下意识地瞪大了眼睛，垂在身侧的手慢慢收拢。

几秒后，周途退开了几步，沉沉的目光落在她脸上："反应不对，重来。"

姜寻愣住了。

周途轻抚着她的后颈，重新吻了上去。

男人的薄唇冰冷，却在唇舌相碰之间带了几分滚烫。

不知道过了多久，姜寻终于找回了一点理智，她伸手去推他，脸红得不像话，气息微喘："可……可以了。"

周途没有放开她，低沉的嗓音里带了几分暗哑："角度不对。"

不等姜寻反驳，她的唇再次被他吻住。

很长时间里，四周只剩下初冬安静的晚风在呼呼地吹。

回去的路上，姜寻始终趴在车窗上，即便很冷，她也不想面对周途。

场面太尴尬了。

黑色的轿车像是为了配合她，始终不紧不慢地行驶着。

到姜寻公寓楼下已经是四十分钟以后的事了。

车停在公寓楼下后，姜寻慢慢坐回来，将车窗升上去，随手整理了一下头发，解开了安全带。

"姜寻。"

她刚推开车门，男声在她耳边响起。

姜寻终于回过头看他，警惕道："干吗？"

周途从后座拿出一个袋子给她："生日快乐。"

姜寻伸手接过袋子，嘴角的弧度似有若无地上扬着。

他居然准备了礼物？

她调整好表情，"哦"了一声，十分客套地开口："谢谢周老师。"

周途看着她，单手抚着方向盘，眉梢微抬："不客气，你叫了我这么久的老师，我总该教你一点东西。"

他是不是得寸进尺了？！

不等姜寻反驳，周途抬手给她把散落在脸旁的碎发别到耳后，凑到她耳边说："晚安。"

回到家，姜寻蹬掉鞋子，抱着周途给她的袋子在房间里转了两圈，然后倒在了沙发上。

她把袋子打开，拿出了礼物盒子，打开盒子之后，她看到了一条手链。

手链上镶了一排小钻石，在灯光的照射下泛着淡淡的粉色。

手链很漂亮，是她喜欢的风格。

姜寻在市场上没有看到过这款手链，估计又是什么她没听说过的品牌。

戴上手链后，姜寻拿出手机对着镜头自拍了几张照片，还恰到好处地露出了手链。她又找了几张生日会现场的照片，还有几张朋友给她过生日时的合照。她将所有照片放在一起，编辑了一段感谢的文字，同时发到了朋友圈和微博。

发完朋友圈和微博后，她起身准备去洗漱，却不小心碰掉了沙发上的盒子。

姜寻蹲下身子捡起盒子，发现有张卡片掉了出来。

卡片上面写着品牌的名字，是挺有名的奢侈品品牌。

她有不少这个品牌的珠宝，只是，这款手链她好像从来没有看到过，是刚出来的新品吗？

姜寻正打算放回去，却看到了卡片反面设计师的名字：周途。

姜寻愣了愣，周途什么时候又转行了？

这份生日礼物似乎比想象中要有意义得多。

不过，她记得周途没有代言这个品牌，那别人为什么会同意他冠着品牌的头衔去设计作品呢？

正当姜寻百思不得其解的时候，山和影视的老板结束了一天的工作，他打开了微博热门话题榜，看到了姜寻的话题。

他随意划了几下，目光突然被一张照片所吸引。

姜寻手腕上戴的那条手链品牌是姨妈公司旗下的。今天一大早，姨妈便告诉他周途亲自设计手链的事情，还逮着他问周途是不是谈恋爱了。

周途要追回的那个人就是姜寻？

整个晚上，网上都非常热闹。

姜寻发了生日微博后，不少艺人都在评论区留言，还有些艺人在自己的微博上发了祝福。

季瑶那边本来就想要趁着今晚再蹭一下姜寻的热度，没想到遇到了同样来蹭热度的余水，更没想到周途会出现在姜寻的生日会上。之后，关于周途的这个话题爆了，这下，更加没有人想去讨论季瑶了。

不过，这么好的机会，季瑶不可能放弃，她踩着点发了条生日祝福微博，并提到了姜寻。

如果姜寻不回复，季瑶就可以借机说姜寻耍大牌，仗着自己当红，不把季瑶放在眼里，以此来博得网友的同情和关注度。如果姜寻回复了，那更好，她又可以继续上演一番姐妹情深的戏码了。

万万没想到的是，姜寻发的照片里有和裴思泽他们的合照。

综合之前的事及姜寻和其他人的微博互动情况可以看出，姜寻并不是耍大牌，而是整个《职业挑战》节目的嘉宾都不愿意和季瑶玩。

余水也掐着点发了一张她们三年前的合照，还说了些心得体会，最后提到了姜寻，祝她生日快乐。

相比季瑶的惹人嫌，不少人对这个不到一年就散伙的团队非常感兴趣，加上余水时不时爆出一些料，热度自然而然就上去了，她的粉丝量比之前当主播的时候多了两倍。

不过，最让大家期待的，还是周途那边的动静。

既然两个人互相关注了，周途又去参加了姜寻的生日会，按理说，两人的关系应该还不错，偏偏姜寻发的合照里没有他的身影，他的祝福微博也迟迟没有出现。

就在这时候，一个二人共同的粉丝发了一条微博："两人单独约会去了。"

然而，在姜寻发了微博半个小时后，终于有人发现，凌晨时，周途在某软件更新了一张照片，并配文："生日快乐。"

照片上是周途的猫，猫的头上戴着一顶小小的生日帽，坐在生日蛋糕前，灰蓝色的眼睛盯着镜头，十分可爱。

顿时，不少人觉得周途是在以猫暗喻姜寻。

周途的粉丝出来澄清，周途在进入娱乐圈前就一直在养这只猫了。再说，他每年的这一天都会发一条这样的动态，这已经是第三年了，这和姜寻没什么关系。

部分姜寻的粉丝也表示确实如此。

然而，这拦不住部分粉丝的幻想与期待，于是，网上又多了一些新的假料投稿。

投稿第385条："周途的猫是姜寻捡的，真正的生日不详。"

投稿第386条："两人还没在一起，不过应该快了。"

投稿第387条："可以理一理三年前的时间线，那段时间，姜寻都去干什么了？大家大胆往下猜，有惊喜哟。"

生日会告一段落后，剧组的拍摄也差不多到了尾声。

不少演员陆续杀青，姜寻和陈忱作为男女主角留到了最后。

姜寻杀青的那一天，她一共收到了三束花，一束是剧组送的，一束是陈忱送的，还有一束，即使没有署名，她也知道是谁送的。

杀青宴上，陈忱喝了不少酒，他知道，有些话，现在不说，以后可能就没机会说了。

出了饭店，陈忱叫住姜寻："我们能聊聊吗？"

姜寻看着他的神色，大概猜到他要说什么，随即点了点头："可以啊。"

把话说开也好。

两人走到人少的地方，陈忱鼓足勇气说道："姜寻，其实我一直……我……"

姜寻轻声打断他："我知道你想说什么，但很抱歉，我已经有喜欢的人了。"

陈忱似乎并不意外她的回答，沉默了一下，才问："是周途吗？"

姜寻不知道该怎么回答。

这也能看出来？

察觉到她的诧异，陈忱笑道："之前录制节目的时候，我就觉得你们之间的氛围不对劲，后来……周途来酒店的那次，我也问过他。"

姜寻没想到还有这一出，她的呼吸顿了一下，小心地问："他是怎么回答的？"

陈忱："他承认他喜欢你，而且，他应该也不是突然喜欢你的。你们之前就认识了吧？"

闻言，姜寻垂下眸，过了一会儿，才说："嗯，认识很久了。"

陈忱呼了一口气，笑道："我猜也是这样，不过也好，至少，我知道自己输在哪里了。"

姜寻想了想，认真开口："其实，你比周途更受女孩子喜欢。"

陈忱长得帅，脾气温柔又细致，虽然他的粉丝没有周途的多，但在人气明星里，已经排名前几了。

周途的冷淡是从骨子里透出来的，他不会说情话，也没什么情趣，更不知道怎样哄女孩子开心，满脑子只有他的文物。

她当初也是被他那张脸骗了，才一头栽了进去，不然，他们也走不到分手那一步。

陈忱故作轻松地说道："虽然我知道你是在安慰我，但我当真了。如果哪天，你和周途分手了，能不能考虑考虑我？"

听了这话，姜寻的脸微微有些红，小声说道："我和他现在……倒也不是那种关系。"

"啊？你们还没在一起吗？"

姜寻轻轻地点了点头。

可能是因为之前的分手闹得不愉快，而且现在，他们两人都在娱乐圈里打拼，有一点风吹草动都要上微博热门话题榜，所以，她有很多顾虑。

虽然周途在口头上占了她两次便宜，但她都迅速地绕开了那个话题。

而且，通过他们相遇以来发生的这些毫不意外的巧合，她几乎可以确定，周途是故意的。

她承认，他们最近的关系可以用"暧昧"这个词来形容，只是谁都没有捅破那层窗户纸。

姜寻还挺喜欢这种暧昧的感觉，因为在目前的这个阶段里，主动的人一直都是周途，她心情不好时还可以不理他。

更何况，不是说，男人一旦得到就不珍惜了吗？

回到酒店，姜寻洗了澡，出来便看到了放在沙发旁边的三束花。

她之前已经和剧组送的花及陈忱送的花合照过了，只剩下周途送的没合照。

姜寻蹲在地上，拿着手机对着花束拍照，最后精心挑选出一张，和其他几张照片一起发了一条微博。

发完微博，姜寻一边做瑜伽，一边看大家的评论。

评论区几乎都是——

"恭喜寻寻宝贝杀青，辛苦了。"

"宋明月再见啦。姜寻回来了。"

"寻寻什么时候安排上下一部戏啊？期待！"

她花了一个小时拍照和精修的照片居然无人问津。

姜寻点开她和周途的二人超话，想要看看超话里的粉丝能不能从图中找出一些蛛丝马迹。

超话的第一条内容是一张她和周途的双人漫画，怪可爱的，她保存了。

再往下翻，是《职业挑战》节目中两人的互动合集，加上音乐竟然有种甜甜的恋爱氛围。

再往下是她生日会时，周途仰头看向舞台的照片。粉丝将照片做了处理，并将她在舞台上表演时的照片和周途的这张照片做了拼接。

她继续保存。

姜寻已经有很长一段时间没有来超话了，之前，她都是非常抵触的，而这次，她看得津津有味，每一个内容她都很喜欢。

不一会儿，手机里就多出了几百张图片和许多条视频。

姜寻又进了投稿站。一开始，她还觉得粉丝真有想象力，能把很多虚构的事情说得像真的一样，可当她看到一堆假料里混进了几条真料时，顿时惊呆了。

这种投稿不都是二人粉丝的幻想内容吗？怎么还有真的？

而且，这些料真实得就像是从她的嘴里说出去的一样。

半个小时后，尤闪闪和吱吱并排坐在沙发上，目光闪烁，各自看向别处。

姜寻双手抱胸，站在她们面前，一脸严肃地说："说说吧，哪个是你们的账号？"

为了避免被人发现端倪，尤闪闪和吱吱切换了好几个小号。

于是，两人开始认领各自的爆料内容。

她们不一一罗列出来，姜寻都没发现，在她不知道的时候，有关她和周途的各种事情都被大家看到了。

吱吱连忙哄道："寻寻，你放心，我们都是以虚构的形式说出去的，大家只是看个开心，绝对不会当真的！"

"对对对，"尤闪闪点头附和，"真真假假，假假真真，还有很多人把那些虚构的事情当成真的呢，真实的内容反而没人相信。"

吱吱用力点头："周途每年都给猫过生日的那件事也是，他明明就是把猫当成你了啊。"

姜寻闻言愣了愣，问："什么猫？"

尤闪闪立即打开某软件，从头到尾详细地给姜寻解释了一遍。

尤闪闪说："这只猫是你捡的，没错吧。我记得当时宿舍管理员不让养猫，你搬去周途那儿住，就把猫也带过去了。"

姜寻翻了翻周途的动态，发现他在这个软件更新的内容很少，但他确实会在她每年的生日这天发一张猫的照片，并说一句"生日快乐"。

吱吱在旁边小声说："没想到周老师这么深情，寻寻年年生日，年年都不落下祝福。"

尤闪闪和吱吱走后，姜寻窝在沙发里，拿出手机，再次打开那个软件，找到周途的账号，并将他的动态从头到尾看了一遍。

她发现，除了猫，他更新的许多照片都与她有关。

有她曾经想去，但是他一直没时间陪她去的地方；也有她想吃，但是他说不健康，不让她吃的东西；还有她喜欢的游戏，喜欢的乐队……

姜寻看完这些后出神了好一会儿。

这三年来，不论她做什么，都习惯性地避开了周途，却从来没想过，他的点点滴滴里都有她的影子。

突然这么深情，不知道的人还以为当初是她对不起他似的。

姜寻打开微信，给周途发了个中老年表情包，表情包上写着"晚上好"。

她等了十分钟，周途都没有打电话过来，估计是在忙。

姜寻飞速地在屏幕上打字："谢谢周老师在百忙之中抽空送来的花，很漂亮，谢谢。"

她发送了这个既官方又不失礼貌的消息后，切换了微博小号，偷偷进了他们两个人的超话。

一个小时后，周途才打来电话，他的声音有些沙哑："你睡着了吗？"

"还没有，"姜寻顿了一下，问道，"周老师感冒了吗？"

"不严重。"

"哦。"

谁问他感冒严不严重了？

电话那头，周途轻咳了一声，嗓音低沉地问："戏杀青的感觉怎么样？"

"原本不认识的一群人朝夕相处了几个月，突然要分开了，以后都不一定有机会见面了，想想还挺舍不得的。"

"舍不得谁？"

姜寻的眼珠转了转，故意说："陈忱啊，他经常在片场给我买吃的和喝的，这种细心的男孩子可太难得了。"顿了顿，她又说："按照周老师的性格，应该不会给女孩子买这些吧？"

"嗯，我只给我女朋友买。"

这话说得……

姜寻的嘴角忍不住上扬，清了清嗓子，才又说道："那做周老师的女朋友还挺幸福的，也不知道以后，谁会这么幸运。"

周途："不用等以后，我有女朋友了。"

姜寻："啊？"

有女朋友了还来撩她？

"你……"

周途："骗你的。"

姜寻："有时候，真话往往是伴随着玩笑话说出口的。"

周途的嘴角扬了扬："真的吗？"

不知道为什么，姜寻总有种预感，如果她说"真的"，那他的下一句将破坏两人最近维持的表面平衡，于是，她连忙否认道："假的假的，都是我编的！"

"时间不早了，休息吧。"

姜寻握着手机，问道："周老师在哪儿工作呢？"

那边，周途似乎把手机拿远了一点，隐约有咳嗽声，过了几秒，他的声音才传来："在南城，拍个广告。"

"哦，那我就不打扰周老师了，你忙吧。"

挂了电话后，姜寻查了一下南城的天气，发现那边已经零下几度了，难怪他会感冒。

退出页面后，她给吱吱发了个消息，问了问自己这两天的行程安排。

很快，吱吱发来消息："三天后有杂志拍摄，其他暂时没了，怎么啦？"

姜寻："我准备出去旅游，这两天给你放个假，回家好好休息。"

吱吱："嗯？"

夜里四点，姜寻乘坐的飞机在南城国际机场降落。

尽管姜寻已经穿上了最厚的衣服，出了航站楼，她还是冷得忍不住打哆嗦。

这次是私人行程，又是临时决定的，机场没有粉丝接机，也没有人跟踪，一路畅通。

她拦了一辆出租车，报了周途酒店的地址后窝在后座，双手插在袖子里，脑袋也往衣服里缩了缩，只露出一双眼睛。

出租车师傅打了个哈欠，准备用聊天的方式驱散睡意："小姑娘，你是第一次来南城吧？"

"不是，来过好几次了。"

不过，她以前都是跟团队一起来的，这是她第一次自己来。

师傅又说："我说句实话，你别不开心，你下次来还是提前告诉你男朋友，让他来接你吧。你们年轻人就喜欢搞这些突然的惊喜，我之前载过一个客人，也是想给他女朋友一个惊喜，没想到他到的时候刚好见到他女朋友跟别的男生从酒店里出来，小伙子当场就傻了。所以有时候，惊喜容易变成惊吓。而且，这大半夜的，你一个小姑娘多危险啊，要是出事了……"

"师傅，"姜寻打断他，"我没有男朋友，我只是来旅游的。"

"旅游啊，旅游也得小心，一个人在外，要记得随时打电话回家报平安。"

闻言，姜寻不知道想到了什么，愣了几秒后才开口："知道了，谢谢。"

"客气什么，我女儿跟你差不多大，不过我说什么她都不听。"

姜寻和司机有一搭没一搭地聊天，出租车在酒店门口停下了，师傅帮姜寻把行李箱从后备厢里拿了出来，姜寻道了谢。

"不客气，小姑娘，祝你玩得开心啊。"

姜寻笑了笑，拉着行李箱去办了入住。

她站在电梯里，给周途发了条消息："周老师，睡了吗？"

发完消息后，姜寻觉得自己的脑子可能短路了。这么晚了，周途怎么可能没睡？

她呼了一口气，把手机放进衣服口袋里。

正好这时候，电梯门开了，姜寻拖着行李箱刚走了几步，便看到对面走过来一个身材高挑、知性漂亮的女人。她戴着口罩，女人没有认出她，她却认出了女人。

三年前，就是这个女人站在她面前，说出了她这辈子都忘不了的话。

——"你该不会真的以为周途就是一个没有背景的文物修复师吧？周家可是 B 市有名的世家，家境十分优渥。他和你在一起，只是闲来无事，打发时间而已。"

——"我和他从小就订了婚，不过，我不介意他在婚前有过一两段感情，我只是想劝你及时止损，动了真感情，到头来，伤心的只会是你自己。"

姜寻本来是不相信她这些话的。可回过头看看，两个人在一起的那段时间，周途确实对她不怎么上心，真像是玩玩而已。

但凡周途曾经表现出一点点对她的纵容与在乎，她都可以坚定地告诉自己，那个女人说的都是假的。可事实是，她从来没有在周途那里感受到他对她的喜欢。

因此，那些话就像是扎在她心底的一根刺，无时无刻不在提醒着她，周途根本不喜欢她，他什么时候厌弃了，他们什么时候就结束了。

看来，师傅说的果然没错，惊喜只会变成惊吓。

在路过姜寻时，那女人的脚步顿了一下，朝她看了过来。

姜寻偏过头，错开她的视线，拉着行李箱往前走，站在了一个房间门口。

女人收回视线，脚步声渐远。

姜寻把口罩往下拉了拉，深深呼了一口气，然后便没有丝毫犹豫地转身离开，连夜买了回程的机票。

飞机升到半空中时，姜寻打开遮光板，看着窗外一望无际的黑色，忽然想问自己，她这段时间到底都在做什么。她怎么就忘记过去的那些伤害，掉进他的温柔陷阱里呢。

姜寻发了一会儿呆，而后拿出手机，拉黑了周途的所有联系方式。

第二天早上八点，吱吱将姜寻放在酒店的其他行李给她送回来，正准备离开的时候，突然听到卧室里传来细微的响动。

吱吱顿时警钟大作，该不会有贼进来了吧？

她找了个东西防身，随后小心翼翼地打开了卧室门。

"谁？"

姜寻趴在床上，头发凌乱地散着，听见声音，她手指动了动，声音里带着几分沙哑与倦意："是我。"

"寻寻？"吱吱放下手里的东西，走近了问道，"你不是去旅游了吗？还没出发？"

"去了，又回来了。"

吱吱："……合着你这是一夜游？"

姜寻从床上爬了起来，按了按太阳穴，说道："有吃的吗？我好饿。"

"我以为你这几天都不在家，就没买吃的。你想吃什么？我点外卖。"

"随便吧。"姜寻说完想了想，又说，"吃火锅好了。"

吱吱点了火锅外卖，看着姜寻一脸疲惫困倦的样子，小声问道："你昨晚干吗去了？"

姜寻双眼无神地回答："旅游啊。"

"我说真的，出什么事了？我好久没看到你这样了。"

"哦，没什么，只是在旅游的途中遇见了一对无耻男女，觉得扫兴，就回来了。"

吱吱明显不信，但看着姜寻这样，她觉得也问不出什么来。正当她想坐下的时候，原本浑浑噩噩的姜寻突然从床上弹了起来。吱吱吓了一跳，忙问道："怎……怎么了？"

"没事，你坐你的，我扔点垃圾。"

说着，她走到梳妆台前，将项链和手链一起扔进了垃圾桶。

然后，她在屋子里走了一圈，丢了许多东西。

吱吱缩在沙发的角落里给尤闪闪发了一条消息。

吱吱："姜寻和周途吵架了，一级戒备！"

尤闪闪："前两天他俩不还好好的吗？怎么突然就吵架了？"

吱吱噼里啪啦地打着字，正准备发送，却接到了一通电话。

是周途助理打来的。

吱吱起身清了清嗓子，对姜寻说："寻寻，我去超市买点吃的啊。"

姜寻一边拖地，一边说："好。"

吱吱出门后立即接通了电话，小声说："喂……"

电话那头传来一个低沉冷淡的男声："是我。"

吱吱忍住尖叫，说道："周老师？"

"嗯。"周途顿了一下，又说道，"姜寻在哪里？"

"她在家呢，不过好像怪怪的。你们吵架了吗？"

电话那头，周途捏了捏鼻梁："没有。"

周途今天早上起来才看见姜寻夜里四点半给他发的消息。当他给她打电话时，却发现他的号码和微信都被她拉黑了。

周途又问："姜寻夜里四点半时在做什么？"

"夜里四点半？"吱吱想了想，"昨晚，她跟我说她要一个人去旅游，也不让我跟着，连夜收拾东西后就走了。可我今天来给她送行李的时候发现她在家，也不说发生了什么事。"

周途沉默了几秒才开口："我知道了，谢谢。"

吱吱激动地说道："不客气，不客气，您还有什么问题，可以尽管问我。"

这时候，助理跑了回来，说："途哥，我去前台问过了，夜里四点二十五分的时候，有位女士办理了入住，但不知道为什么，四点五十分就退房了。"

周途握住手机，冷峻的五官笼罩上一层寒意，几秒后，他忍不住咳了一声。

助理突然想起了什么似的，连忙说："途哥，那个时候，孟小姐来找过你。"

"孟忻？"

"是的，我听见她按了你房间的门铃，但是你吃完药睡着了，没听见，我就把她请走了。"

周途说："具体是什么时候？"

助理想了想，说："我没看时间，应该是四五点。"

"我知道了，你先回去吧。"

助理离开后，周途走到阳台，拨通了孟忻的手机号码。

电话接通后，孟忻便说："你总算是想起给我打电话了，我……"

周途冷声问："你跟姜寻说什么了？"

孟忻愣了愣："三年前的事，你怎么又拿出来说？我说过，我不会告诉你，如果她是真的喜欢你，不管我说什么，她都不会离开你，难道不是吗？"

周途的嗓音越发冷淡了："我说的是今天，夜里四点到五点之间。"

孟忻更加觉得自己冤枉了。她听人说他到了南城后就去找他，却吃了个闭门羹，现在又被他污蔑。

但当他提了时间后，孟忻突然想起了在走廊上遇到的那个戴口罩的女人。

原来是这样。

孟忻不答反问："你们在一起了吗？"

周途说："不关你的事，以后不要在姜寻面前出现，也别再对她说一些模棱两可的话。"

孟忻刚想反驳，电话却被挂断了。

姜寻在家里躺了两天，直到看到吱吱给她发的消息，告诉她明天下午有杂志拍摄，她才终于决定下楼走走，调整状态。

围着小区跑了一个小时后，姜寻出了一身汗，她进了旁边的便利店，买了一瓶水，正准备结账，却发现便利店的屏幕上放的是周途的广告。

真是走到哪儿都躲不掉他。

姜寻结了账推开便利店的门，随便找了个地方坐下。

今天，全国各地的温度都直线下降，甚至不少地方都下起了初雪。现已经很晚了，户外几乎没什么人，只有一对小情侣坐在距离姜寻不远处的地方，舍不得分开。

姜寻拧开瓶盖，喝了一小半后，她单手托着腮，看着不远处的夜色。

看着看着，她忽然发现天空中不知什么时候开始落下白色的小光点。

不远处的女生喊道："下雪了！"

随着她的声音落下，雪花越来越密集。

不一会儿，那对小情侣便离开了，就只剩姜寻一个人。

汗水被风吹干后，姜寻打了一个喷嚏，她揉了揉被冻得通红的鼻子，把拉链拉到顶，起身离开。

姜寻冒着风雪一路跑进小区，当她到楼下时，却看到路灯下站着一个人。

她的脚步下意识地顿了一下，反应过来后，她立即收回了视线。

"姜寻。"周途开口，嗓音低沉。

姜寻装作没听到，低着头大步往里面走。

她刚上台阶，手腕就被人握住了。

姜寻闭上眼，吸了一口气，回过头对上周途的视线时，脸上已经挂起了招牌笑容："原来是周老师呀，真没想到能在这里遇到你。这么晚了，你找我有什么事吗？"

周途低声道："我有话跟你说。"

"工作上的事和我的工作人员说就行了，周老师不用亲自跑一趟。"

"姜寻。"周途又叫了一声她的名字，缓缓地说，"我不知道孟忻和你说过什么，但我和她没有任何关系。"

原来那个女人叫孟忻。

"哦。"

没关系她还自称是你的未婚妻？浑蛋，居然想脚踏两条船！

周途似乎想说什么，却没忍住偏头咳了一声。

姜寻讽刺道："周老师的感冒还没好吗？你亲爱的未婚妻没有给你送药？"

"我没有未婚妻。"周途盯着她，"我女朋友给我送了，不过，她好像误会我和别的女人有关系，就把药扔进了垃圾桶。"

姜寻愣住了。

他是怎么知道的？！

姜寻沉住气，决定誓死捍卫自己的尊严："那你怎么不从垃圾桶里把药捡起来吃掉呢？真是辜负了你女朋友的一番心意。"

周途的嗓音低了几分："孟忻就是这么跟你说的吗？"

听到他的语气突然变得温柔，姜寻的鼻子莫名有些酸，从三年前积压到现在的委屈终于控制不住在胸腔里翻涌。

她垂着头小声说道："她说你从小就和她订了婚，你根本不喜欢我，跟我在一起只是玩玩而已。"

这些话，姜寻本来是打算烂在心里的，都分手那么久了，说出来难免有些矫情。

可既然周途问了，她也想问个明白，听听他本人是怎么解释的。

看着姜寻发红的眼眶，周途缓缓地说："抱歉，我应该早点跟你说这些。"

姜寻吸了吸鼻子，既然话都已经说到这个份儿上了，她索性一次性说清楚："周途，其实我们分手也不只是她的原因，最大的问题出在我们之间。"

再说得具体一点，出在他身上。

周途："我知道。"

是他疏于照顾她的感受，没有给她足够的安全感。

姜寻刚想要继续说，身后的单元门突然被人打开，有人走了出来。

她顾不得想其他，连忙伸手去挡周途的脸。

可此时地上都是积雪，她脚下一滑，直接扑到了他的怀里。

周途顺势接住她，在姜寻挣扎着起身的时候，他轻轻地搂住她的腰："别动，他们过来了。"

听见身后的谈话声，姜寻果然安静了下来。

她甚至有点破罐子破摔，即使被人认出来，他们看到的也是周途的脸，明天的微博热门话题顶多是他深夜私会某女生，绝对不会出现她的名字。

出来的两个女生瞥见他们两个抱在一起，单纯地以为是腻歪的小情侣，压根没多看，搓着手便跑远了。

姜寻贴着周途的胸膛，只能听到他沉稳的心跳声。

过了两分钟，她小声地问："走了吗？"

周途："没有。"

又过了几分钟，姜寻觉得自己有些缺氧了："还没走吗？"

周途："在聊天。"

姜寻："呃……"

这大半夜的，怎么会有人和他们一样在雪地里聊天？

姜寻不信。

她刚要从周途怀里出来，身后的单元门再次被人打开了。

这次出来的是一个大叔，他朝手上哈着气，刚要走就看见了他们，忍不住说道："哎哟，雪下得这么大，别在这里谈恋爱啊！小伙子，赶快带你女朋友回家，别给冻坏了。"

姜寻十分无语。

夜色下，周途一贯冷淡的声音里似乎浸了几分笑意："知道了，谢谢。"

大叔一边跑，一边感叹道："现在的年轻人谈恋爱，真不嫌冷啊。"

姜寻从周途怀里挣脱出来，把自己衣服上的帽子戴在头上，又把帽子上的绳子拉紧，挡住了大半张脸。做好一切准备，她才看向周途，一脸正经地问："周老师是开车来的吗？"

"打车。"

"雪下得这么大，这时候估计打不到车了，周老师要不要……"

周途："好。"

姜寻嗫了嗫嘴，好什么好，她话都还没说完呢。

她清了清嗓子，调整好表情，仿佛只是因为雪大，出于礼貌才不得不对他做出邀请："周老师，走吧。"

上楼之后，姜寻倒了杯热水，问道："周老师下飞机就过来了吗？"

周途盯着她，轻轻地"嗯"了一声。

姜寻一想也是，看他的样子就没好好吃饭。

她将水杯递给周途，拿出手机，刚想点外卖，软件上边却显示：

"天气恶劣，暂不支持配送。"姜寻只好去开冰箱门，还好她和吱吱的食量都不大，上次吃完火锅还剩了不少菜。

可看着那些菜，姜寻又有些犯愁。周途本来就病着，抵抗力有所下降，万一吃了她做的饭，直接进了医院，那多尴尬。

不行不行。

姜寻咳了一声，正准备关上冰箱门想其他办法，一只手越过她的耳边，去拿冰箱最上层的保鲜盒，问道："想吃什么？我去做。"

姜寻转过身，发现周途就站在她身后。

周途垂眸看着她，维持着原来的姿势，另一只手撑在冰箱上，嗓音低沉："嗯？"

这个距离太近了，近到姜寻的心跳都加速了。她决定先走为妙。

姜寻刚准备弯腰溜走，周途原本撑在冰箱上的手顺势放到了她的腰上。

姜寻没有防备，直接钻到了他的怀里。

气氛陡然变了。

还没等姜寻开口，周途放开了她，语气平淡："慢点，小心地滑。"

姜寻怎么都想不到他居然在占了她的便宜后还能反咬一口，她咬了咬牙："那还真是谢谢周老师了！"

周途的眉梢不着痕迹地扬了一下，语气里含了几分得意："不客气。"

说完，他转身朝厨房走去。

姜寻"哼"了一声，进了卫生间。

没过多久，她突然冲出卫生间，直接跑进卧室。她在梳妆台上翻找了一遍，又去翻屋子里的各个垃圾桶，可垃圾袋是她今天出门前才新换的，里面空空如也。

最后，姜寻无奈地坐在客厅的地毯上，心想，完了。

从南城回来的那天，她正在气头上，于是把周途送她的项链和他设计的手链都丢进了垃圾桶。

过去了这么久，垃圾袋都换过两次了，怎么可能找到呢？

思索了许久，姜寻到底还是有些心虚，她慢慢挪到厨房门口，趴在门框上小声开口："周老师？"

"嗯？"

姜寻表现得十分热情："你最近有什么想买的东西吗？或者缺什么？我送你啊。"

周途转身看着她，隔了几秒才缓缓出声："我缺个女朋友。"

姜寻干笑了两声："这我就无能为力了，不过，周老师魅力这么大，想找女朋友应该很容易。"

"容易吗？"

"对啊，喜欢你的人那么多……"

周途："要是容易的话，你现在应该已经是我女朋友了。"

姜寻："呵呵……"

周途收回视线，关了火："吃饭了。"

姜寻克制住情绪，说道："我明天要拍摄杂志，不能吃东西，你吃吧，我去给你找感冒药。"说完，她连忙逃离了现场。

姜寻从柜子里找出感冒药，将药放到餐桌前，一本正经道："周老师自便，我去洗漱了。"

她跑完步后出了一身汗，又被冷风吹了这么久，再不洗澡，明天肯定会感冒。

周途抬眸看了她一眼，喉结滚动，他移开视线，拿起水杯，"嗯"了一声。

姜寻走了几步，突然回头，不放心地问："周老师是个正人君子，应该不会偷看我洗澡吧？"

周途放下杯子："你怎么知道我是？"

姜寻郑重其事地开口，还不忘夸他一番："我相信周老师的人品。"

话毕，姜寻转身进了浴室。

洗完澡后，姜寻觉得整个人都舒服了许多，她换上家居服，拉开浴室的百叶窗，伸手擦了擦玻璃上的雾气，想要看外面的雪有没有小一点。

透过窗玻璃向外看，整座城市都被一层白色笼罩了，雪花漫天飞舞着，丝毫没有要停下来的意思。姜寻关上百叶窗，把头发吹得半干后出了浴室。

外面，周途已经收拾好了厨房，此时正站在落地窗前打电话。

姜寻瞥了一眼餐桌，发现他根本没吃感冒药。

姜寻看了一眼时间，晚上十一点三十五分。

她坐在沙发上，拿出手机，打开了游戏页面。

尤闪闪恰好在线，于是，两人直接组了队。

周途回过头看了她一下，低声和电话那边说了几句后便挂了电话。

姜寻打游戏打到一半，突然觉得头顶拂过一阵暖风。

她转过头，神色诧异。

周途手里拿着吹风机，一边给她吹头发一边说："把头发吹干，不然容易感冒。"

姜寻还没来得及开口，手机里便传来一道试探的声音："你们同居了？"

姜寻没敢说话。

尤闪闪没想到打游戏还能遇到这种好事，十分激动："前几天我问你，你还说你们没在一起！快快快，现在，你们进展到哪一步了？我终于又有素材可以投……"

姜寻当机立断地关掉了游戏内的语音。

她平静地转过头，问："周老师，你刚刚听到什么了吗？"

周途挑眉道："嗯？你指的是什么？"

"不，你什么也没听见。"

姜寻机械地把头转了回去，淡定地结束这局游戏后，趁周途不注意，一溜烟跑回了房间。

她把头埋在枕头里，恨不得将自己回炉重造。

没一会儿，门外传来敲门声，周途低声说："姜寻，我走了。"

姜寻抬头看向窗外，雪似乎比刚才小了点。

他还真是进来避雪的？说走就走，都没有半点舍不得吗？

直到外面传来关门声，姜寻才从卧室里出去。

她拉开冰箱，拿出一瓶红酒，准备喝一杯来助眠。

谁知，她刚准备去厨房拿杯子，就看到餐桌上放了一杯热好的牛奶，旁边还有一张字条："少喝点酒，睡眠不好的话，喝牛奶试试。"

姜寻弯了弯嘴角，之前开冰箱的时候，他应该看到那些红酒了。

把红酒放回去后，姜寻坐在餐桌前喝了一口牛奶，然后拿出手机，把周途的手机号码从黑名单里移除了。她想了想，直接复制了手机号码，到微信里添加好友。

很快，好友申请通过了。

姜寻放下手机，继续喝牛奶，刚喝完，周途的电话就进来了。

姜寻："周老师上车了吗？"

"上了。"周途说，"餐桌上有牛奶，记得喝。"

姜寻看着已经空了的牛奶杯："是吗？我等下出去看看。"

"喝完早点睡。"

姜寻舔了舔唇，隔了几秒才开口："周老师明天有什么工作安排吗？"

"嗯？"

"没什么，就随口问问。我明天上午要拍杂志，下午回趟公司，然后就没其他事了。"

周途："好。"

姜寻有些失语。

她都把话说得这么清楚了，居然还不约她？教她拍吻戏时的热情去哪儿了？！

姜寻刚要挂电话，就听他说："那明天见，晚安。"

"哦。"

挂了电话后，姜寻忍不住嘴角上扬，心想，他也不是听不懂暗示的嘛。

姜寻起身进厨房把牛奶杯洗了，然后回了卧室。

躺在床上，姜寻开心了一会儿，然后她拿出手机，切换微博小号开始逛她和周途的二人超话。

这是她每天的快乐源泉，除了被尤闪闪和吱吱当作假料发出来的那些真事，其他投稿也很有意思。

比如这条，有人说几年前曾经看见周途出现在亮晶晶娱乐，八成是去找姜寻的。

但是根据爆料的时间来算，那时候他们已经分手了，他怎么可能找……

想到这里，姜寻顿了一下。

她之前相信了孟忻的话，觉得周途就是个浑蛋，玩弄了她的感情，所以提出分手的时候甚至没有给他任何解释的机会，走得决绝，还拉黑了他所有的联系方式。

在联系不上她的情况下，周途也不是不可能去找过她。

可既然如此，他为什么从来没有在她面前提过这件事？

姜寻没太想明白。

她划动着手机屏幕，突然翻到了自己前段时间发的那些微博，目光随即顿住了。

现在最要紧的不是周途有没有找过她，而是被她丢掉的项链和手链！

姜寻连忙打开微信，找到那个喜欢奢侈品的朋友打听项链的事。

很快对方就给她回了一条语音消息："宝贝，这个品牌的项链款式都是独一无二的，买不到一模一样的了。"

"我知道，我是想说，如果去仿做一条……可以吗？"怕她误会，姜寻又连忙解释，"我不是要从中间盈利，只是……别人之前送给我的那条项链被我弄丢了。"

"我记得你之前说是一个朋友送的，他对你来说这么重要啊？"

姜寻："呃……"

你倒也不用记得这么清楚。

第二天，吱吱来到姜寻家接她的时候，发现她的皮肤白里透红，气色很好，整个人都充满了活力。

"等等啊，我马上就好。"

吱吱看着姜寻在房间里快乐地跑来跑去，就知道她和周途肯定是和好了。

"不着急，你慢慢来。"

天气一冷，姜寻就喜欢赖床，所以，吱吱今天是提前了半个小时过来，准备叫姜寻起床的，哪知道姜寻已经收拾得差不多了。

姜寻穿上外套，一边换鞋子，一边问道："我们几点去公司啊？之后的行程都定好了吗？"

"要看什么时候拍完杂志。行程的话，除了年底的一些活动，乔总给你谈下了一部电影，就快进组了。不过，我也不清楚具体的事情，对接工作的时候他会告诉你。"

姜寻点了点头，之前乔晏有跟她说过，这部电影是大制作，不过她要出演的只是一个小角色，戏份不多。

乔晏应该是把她塞进去学习的。

车上，吱吱见姜寻心情很好，忍不住问道："昨晚，周老师是不是来找你了？"

姜寻："呃……"

这也能看出来？

吱吱又问："你们之前到底是因为什么吵架的？这几天可憋死

我了。"

"没吵架，就是……"姜寻想了想，才说道，"就是一个误会，现在已经说清楚了。"

"那天时地利人和，你们就没发生点什么吗？"

姜寻用手机把吱吱灼灼的视线挡住，咳了一声，说道："平时少和尤闪闪一起玩，脑子里装的都是什么乱七八糟的……"

吱吱把姜寻的手拉下来，小声说道："她说，周老师昨晚给你吹头发了呢。"

姜寻沉默了。

到了拍摄棚，和工作人员打完招呼后，姜寻便去化妆间了。

看着姜寻的背影，吱吱挠了挠头发，总觉得自己好像忘记了什么。

直到两分钟后，周途出现在她的视线里，吱吱才猛然想起，她忘记告诉姜寻今天的工作是和周途一起拍双人杂志封面了。

拍双人杂志封面是之前就定下来的，吱吱还没来得及告诉姜寻，姜寻就和周途闹矛盾了。她本来想缓缓，等姜寻心情好点了再告诉她，哪知道他们这么快就又和好了。

她今天光顾着八卦了，完全忘了还没告诉姜寻这件事。

化妆间里，化完妆的姜寻正在穿裙子，但这件裙子有些难穿，折腾了半天，她都没能把后背上的拉链拉上去。化妆师去车里拿东西了，这会儿也帮不了她。过了一会儿，她听到更衣室外面传来了脚步声，她以为是吱吱过来了，连忙喊道："我的裙子后背拉链拉不上去，好像被什么卡住了，快来帮我拉一下。"

门外的脚步声似乎顿了一下。

姜寻又说："这条裙子真的好难穿，累死我了。"

话音刚落，姜寻感觉到身后的帘子被人掀开，有人走了进来。

随即，拉链被人轻轻拉了上去。

姜寻呼了一口气，转过头说："他们怎么说啊？上午能拍……"

说话间，她对上了一双深黑的眸子。

姜寻愣住了。

他为什么会在这里？！

姜寻还没从震惊中回过神来，化妆师的声音便在外面响起："寻寻，我拿完东西了，你换好衣服了吗？"

"马……马上，快好了。"

"这条裙子是不是很难穿？要我帮你吗？"

姜寻想也不想便拒绝了："不用了，我自己可以……"

"那好吧，我等你。"化妆师又说，"我刚才听说，今天是拍摄双人杂志封面，你和周老师一起拍。周老师挺好说话的，我一会儿找他合照一张，他应该会同意吧。"

姜寻哑然。

这下好了，不用问也知道他为什么会在这里了。

姜寻干笑了两声："应该会……会吧。"

化妆师说："那你先穿衣服，我先预热卷发棒。"

外面没了声音。

与其说这里面是更衣室，其实就是用帘子围成的一个小隔间，能活动的空间非常有限。

周途进来之后，本就狭小的地方瞬间变得拥挤起来，甚至能感觉到彼此的呼吸缠绕在一起。

随即，姜寻的腰肢突然被周途搂住了。她的身体不由得前倾，最后将双手挡在胸前，抬头瞪着周途，用嘴型问道："干吗？"

周途俯身在她耳边，嗓音低沉："学会拍吻戏了吗？"

姜寻没说话。

周途继续说："不会也没关系，我可以再教教你。"

他的声音很轻，温热的呼吸喷洒在她的耳边，她觉得浑身上下都在发烫。

她刚想要反驳，眼前便一暗。

下一秒，男人带着凉意的薄唇吻住了她。

姜寻瞬间觉得神经紧绷了起来，怕被发现的紧张感和控制不住的愉悦感交织在一起。

周途除了不会谈恋爱，其他什么都好。有时候像良师，有时候像益友，更多的时候还像只会用行动默默关心人的老父亲，唯独不像男朋友。

姜寻从小性格敏感，她跟周途在一起的时候年纪不大，只想和他谈一场甜蜜的恋爱，想体会被人关心，被人无条件宠着是什么感受。

但很明显，周途不是这样的人，他逻辑缜密，条理清晰，细致又严谨。

他不会谈恋爱，只能用自己的方式去照顾她。

这个方式却和姜寻想象中的背道而驰。

不过现在想想，其实周途对她挺好的，他会在她吃药怕苦的时候给她准备一颗糖，会在她没胃口吃不下饭的时候抽出时间给她做蟹黄豆花粥……也会在出差回来时给她带礼物，虽然礼物很丑。

不知道从什么时候开始，姜寻挡在胸前的手渐渐抓住了他的衣服。

周途轻抚着她的侧脸，加深了这个吻。

不知过了多久，这个吻终于结束。

化妆师还等在外面，甚至因为无聊看起了视频。

可以听出，她看的是姜寻和周途的双人剪辑视频。

姜寻下意识地咬着唇，轻轻捏了一下周途的腰，示意他赶紧想办法。

周途的黑眸缩了缩，喉结上下滚动，他舔了一下嘴唇，从衣服口袋里拿出手机，长指点着屏幕，快速发了一条消息。

没到两分钟，周途的助理进了化妆间，找了个借口把化妆师带了出去。

姜寻终于松了一口气，从周途的怀里退出来。

她走了两步，发现周途还侧身站在原地，便小声说："走啊。"

周途："你先走。"

姜寻刚想开口，忽然意识到什么，脸腾地一下就红了，她顾不得其他，连忙转身离开。

出了化妆间，姜寻呼吸了一会儿新鲜空气，脸上的温度才降了下去。

这时候，化妆师刚好回来了，跟姜寻说："寻寻，你换好衣服了？我们开始化妆吧。"

"等……等一下吧。"姜寻说，"我突然有些渴，我们去买瓶水吧。"

"可是，化妆间不是有……"

"我想喝冰的，走吧。"

姜寻拉着化妆师去楼下买了两瓶冰水，又磨蹭了好一会儿才往回走。

两人回到化妆间的时候，周途刚开始做造型，他的皮肤和五官没有什么瑕疵，只要简单修饰一下就可以了。

姜寻的化妆师看到周途后很是激动，但碍于职业操守，她按捺住激动的心情，只是打了个招呼，便开始给姜寻化妆和做造型。

没过多久，周途的造型就做好了。

紧接着，姜寻的手机上收到了一条消息。

周途："下次别捏腰。"

姜寻看到这几个字，瞬间觉得目光被烫了一下，连忙把手机倒扣在了桌面上。

化完妆后，姜寻和周途一前一后进了摄影棚。

可能是因为心虚，姜寻刻意和周途拉开了距离，满脸写着"我们不熟"。

周途察觉到她的举动，眉梢扬了扬。

这时候，摄影师拿着相机在他们两人身上来回比画了一下，不由得"啧"了一声，然后说："两位老师可以再靠近一点吗？看起来有点生疏……"

姜寻只能朝周途旁边挪了挪。

"就是这样，再靠近一点……姜寻老师笑一下，对对对，很好。"

在镜头前微笑这种事对姜寻来说不在话下，她迅速就能进入状态。

可不知道为什么，她莫名有种在和周途拍结婚照的感觉。

她调整好表情，微微抬头，正好对上周途隐隐含笑的黑眸。

这有什么好笑的？！

摄像师似乎很满意他们的眼神对视，立即说："对，就是这种状态！两位老师，我们先拍一段花絮，你们先熟悉一下，等会儿上镜更自然些。"

花絮主要是拍两人的互动，可在镜头前，姜寻完全做不到心无旁骛地和周途聊天。

更何况，刚才他们还在化妆间……

这一瞬间，她觉得她三年来的专业素养都喂了狗。

好在摄影师想要的也不是只让他们聊天，而是两个人之间相处的感觉。

镜头里，周途虽然没说话，但视线一直跟着姜寻的身影，素来沉静的眸子里平添了几分温度。

而姜寻则是不敢和周途对视，目光有些躲闪，耳朵微微泛红。

过了一会儿，姜寻实在忍不住，硬生生找了一个话题："周老师之后有什么工作安排吗？"

"今天还是今天之后？"不等姜寻回答，周途便继续说，"今天没有其他工作，要约会。"

此话一出，整个摄影棚里的人都惊呆了。工作人员表面看起来稳如泰山，实际上，八卦之火已经在内心熊熊燃烧起来，大有燎原之势。

摄影师咳了一声，收起摄像机，问出了大家的心声："周老师有女朋友了吗？"

"嗯。"周途说，"有很久了。"

听到他的答案，不少女工作人员的心都碎了，也有一小部分人偷偷看向姜寻，心想，完蛋，这两人的配对不可能是真的了。

这时候，有人试探着问了一句："她是圈内人还是圈外人？"

姜寻忍不住咳了两声，等她抬起头，却发现所有人都在看着她。

姜寻尴尬地笑了笑："不好意思，你们继续……继续。"

好在工作人员也知道什么该打听，什么不该打听，被她这么一打岔，原本问话的人也没了声音。

这时，摄影师继续说道："好了好了，那我们开始吧。"

最开始拍得还不错，接下来还要拍一些双人对视、搂腰等稍显亲密的动作。

对视之前，姜寻觉得她是专业的。如果让她给自己的表现打分，那一定会是满分。

可周途的手刚搂上她的腰，她就感觉到他掌心的温度隔着一层薄薄的衣料传了过来，然后她的脑子里不自觉地想起刚刚在更衣室，他抱着她亲的画面。

男人温热的呼吸令她心乱如麻。

姜寻下意识地想往后退，放在她腰间的手却收紧了。

随即，周途的嗓音在她耳边响起："不用看我，看镜头。"

这么多年来，姜寻还是第一次被人现场指导拍杂志时应该看镜头。

她半晌才憋出了两个字："谢谢。"

周途轻笑着开口："不客气，有不会的地方我再教你。"

姜寻没敢说话。

就在他们说话的时候，摄影师疯狂地按着快门，把每一个镜头都捕捉了下来。

　　其他在现场的工作人员都在心里感慨，这两人的情侣感也太足了吧！

● REC

第六章
你的祝福没有诚意

▶

拍完杂志封面已经是下午两点了。

周途的助理提着吃的和喝的进来了："各位辛苦了，大家吃点东西吧。"

姜寻要赶着回公司，没来得及吃东西，和大家打了个招呼道谢后便回更衣室换衣服了。

她刚从更衣室出来，吱吱就拿着水果沙拉和酸奶上前说："这是周老师让我给你的，让你一定要吃完。"

姜寻忍不住嘴角上扬，她把换下来的衣服递给吱吱："时间差不多了，我们走吧。"

吱吱："行行行，我都安排好了，花不了多少时间，保证耽误不了你约会。"

姜寻脸上的笑容扩大了，她没有否认。她接过酸奶，插上吸管，一边喝一边往外走。

上车后不久，她就收到了周途的消息："结束后告诉我。"

姜寻咬着吸管打字回复："周老师不是要和女朋友约会吗？怎么有空约我？"

不知道周途回了什么，姜寻的笑意更浓了，眉眼弯弯的。

吱吱坐在旁边，看着姜寻抱着手机傻笑，随即打开了姜寻和周途的二人超话。

超话里，有一条投稿正被大家热烈地讨论着："我哥哥是某杂志的工作人员，今天拍杂志时，他听到周途说他有女朋友了。那周途和姜寻是不是就不可能了啊？有没有姐妹能给我解答啊，我真的好喜欢他们！"

下面的回复大多是——

"他们两个我都喜欢，如果他们真没可能，也没什么大不了的，反正我喜欢的是他们这两个人。"

"姐妹，我们喜欢他们不一定非要让他们在一起啊，我们喜欢的是看到他们互动时的美好。每天有那么多人说他们在一起了，难道他们真的在一起了吗？随便看看就行了。"

"不！他们肯定在一起了！所以，我一直在说三年前的时间线啊！你们难道就没想过周途的女朋友就是姜寻吗？！而且，按照周途的性格，如果他的女朋友不是姜寻，团队是不会放任他们传绯闻的。听我说一句，存在即合理，姐妹们！"

吱吱看完后，默默给第三条评论点了一个赞。

自从被姜寻发现她和尤闪闪用多个微博小号在假料投稿里爆真料，她们就不怎么在微博发投稿了，而是转战了另一个平台。而且，料爆太多，确实怕被熟人认出来。

半个小时后，车在星耀娱乐公司门口停下了。

姜寻刚进公司，就看见余水正在前台和人说话。

吱吱皱眉道："她怎么会在这里？"

姜寻摇了摇头："不知道，我先去乔总办公室了啊。"

见她这么着急，吱吱忍不住感叹——爱情的力量就是这么强大。

等姜寻离开后，吱吱找同事问了问余水的事。

同事："她好像想和星耀签约，最近来了好多次了。"

吱吱瞪大了眼睛："不是吧？她要签约星耀？乔总答应了？"

"不知道，还在谈呢，不过，她最近还挺火的，乔总把她签下来也不是没可能。"

办公室里，乔晏正在打电话，见姜寻进来后，他抬了抬手，示意她先等等。

姜寻坐在他办公桌对面的沙发上，百无聊赖地拨弄着茶几上的摆件，想着晚上要去哪里吃饭。

不知道过了多久，乔晏的声音传来："今天怎么样？"

姜寻收回思绪，见乔晏打完电话了，回答道："还行啊，又不是第一次拍……"

乔晏："我是问你和周途相处得怎么样？"

姜寻瞬间警惕了几分，面上却保持着云淡风轻："什……什么怎么样？工作而已啊，难不成还能擦出什么火花吗？"

乔晏好笑道："你倒是想得挺美，我是听《职业挑战》的导演说，你们在录制综艺的时候没什么交流，想着这应该是你们第一次正式合作，问问你是什么想法。"

"我和其他男艺人合作的时候，你也没问过我啊。"

乔晏咳了一声："这能一样吗？"

姜寻疑惑道："哪里不一样？"

乔晏忽然正色道："你知道你和周途的配对很火吧？"

"啊？这……"这下轮到姜寻神色不自然了，她清了清嗓子，才说，"好像是有这么回事，我没怎么关注。"

"我之前没打算让你们俩传绯闻的，但有些东西是天时地利人和，所以你之后可能会和周途捆绑在一起宣传一段时间，也不能说是捆绑，就是合作，双赢。"

她不可思议地问："周途的公司那边没什么意见吗？"

乔晏："他们能有什么意见？就是山和影视的老板找我谈的这件事。"

"不是……那周途的粉丝呢？还有我的粉丝。如果我们经常一起出现在微博热门话题榜上，大家也会厌烦吧？"

"你和周途本来就不是一个领域的，根据粉丝数据调查显示，你们二人的粉丝很多，而且，百分之六十的粉丝也都是你们俩的个人粉丝。至于其他网友，你不用担心，周途有奖项傍身，实力大于人气。你嘛，专业也还行，只要不出现什么大问题，不会被骂。"

闻言，姜寻有点不服气，什么叫还行？

乔晏："我和你签约的时候就跟你说过，你有红的能力，运气也不错。如果换成其他人跟周途传绯闻，早就被骂得体无完肤了，你想想是不是这个道理。"

姜寻对乔晏的说法不怎么满意，反驳道："怎么就归功于我运气好了？那都是我一天一天地减肥，一个通宵一个通宵地练出来的。"

"天将降大任于斯人也，必先苦其心志，劳其筋骨，饿其体肤。"

姜寻有些无语。

乔晏把面前的剧本推给她："这就是我之前跟你说的那部电影，已经谈好了，你是女三号，戏份不多，下个星期开机，开机后进组就可以了。我先给你放半个月的假。"

说是半个月的假，其实还穿插着各种各样的活动和颁奖典礼，根本没办法好好休息。

姜寻"哦"了一声，拿着剧本刚要离开，乔晏又说："对了，这部电影的男主角是周途。"

这下子，姜寻不知道该说什么了。

看到姜寻从办公室出来，余水立即拿着手机走了过来，她亲昵地拉起姜寻的手，说："哎呀寻寻，你最近又漂亮了，不像我，天天熬夜，皮肤都差了好多。"

这三言两语便将两人的关系拉得非常近，如同许久未见的好姐妹。

见余水这不同寻常的热情，姜寻不用想就知道没什么好事。

果不其然，转眼间，余水就举起手机，笑着介绍说："各位宝宝，这就是姜寻啦，大家应该都认识吧？当初在团队里的时候，就属我和她的关系最好了！"

姜寻抬头看了一眼手机，见直播里的自己眼睛大得像铜铃，下巴尖得可以开酒瓶。

这时候，直播间里的弹幕疯狂滚动着。

"居然是姜寻？她怎么变样了？"

"姐姐，你去哪儿啊？怎么会和姜寻在一起？"

"这就是姜寻？我还以为她有多漂亮呢，还没我们小鱼一半好看呢。"

余水一眼就看到了最后一条弹幕，瞬间笑得灿烂无比："哎呀，我先不和你们说了啊，晚上回家再开直播，爱你们哟。"说话间，她对着镜头做了好几个飞吻动作。

看着余水关了直播，姜寻冷淡地说："你直播间的美颜至少开了十级吧。"

余水收起手机，阴阳怪气地开口："我只是个靠脸吃饭的小主播而已，自然是不能和你这种大明星比的。"

姜寻懒得理她，转身就要走。

余水叫住她："我可能要和星耀娱乐签约了，之后我们就是同事了，为了避免外界有我们之间不和的谣言传出来，今天一起吃个饭呗。"

姜寻回过头，似乎对余水的说法有些诧异："我们不是本来就不和吗？"

见四周也没什么人，余水索性说："你这人怎么回事？在娱乐圈这么多年了，我还以为你学会收敛了呢，没想到居然还是这么偏。"

"不好意思，因人而异。"

余水不屑地"哼"了一声："说白了，你无非就是火了，看不起我了呗。你别把自己看得太高，小心摔下去的时候太难看。"

"哦。"

看到姜寻一副油盐不进的样子，余水气得无处发泄，说话也变得尖酸刻薄起来："如果你对自己有信心，那你和周途搞什么绯闻？还不是想蹭他的热度。而且，你还不知道吧，周途可是豪门出身，女朋友是青梅竹马的白富美，你爸那个情况……"

余水话音未落，见姜寻死死地盯着她，她才意识到自己说错了话，咳了一声，又说："反正，你自己心里有数就好。"

说完后，她灰溜溜地离开了。

她之所以会知道姜寻家里的事，也是因为当初偶然见过姜寻爸爸来找姜寻。

姜寻的爸爸不同意她进娱乐圈，两人当时大吵了一架，她爸爸甚至说出，如果她坚持进娱乐圈，就和她断绝父女关系。

余水离开后，吱吱走了过来，问道："她刚刚说什么了？"

"没什么。"姜寻摇了摇头，又说，"对了，乔总说给我放半个月假，你跟他们都说说。"

"好……"见姜寻急急忙忙就想走，吱吱连忙拉住她，"你不带司机和保镖吗？"

姜寻扯了扯嘴角："不了吧。"

有谁拖家带口约会的？

"那你怎么过去啊？"

见姜寻支支吾吾，吱吱瞬间了然，一定是周途来接她。

姜寻的耳朵泛了红，不知道该怎么解释，咳了一声："我先走了啊，拜拜。"

进了电梯后，姜寻给周途发消息："我这边结束了，你在哪里？"

过了几秒，周途回复道："停车场负二楼。"

姜寻收起手机，戴上口罩，把外套的拉链拉到顶，数着电梯的数字。

"叮——"电梯门打开了。

姜寻先探出头左右看了看，确定周围没有人后才呼了一口气。

没走几步，她就看到周途的车停在不远处。

姜寻小跑着过去，拉开副驾驶那边的车门坐了上去。

她刚把外套的拉链拉下去，周途便递了一块小蛋糕给她。

姜寻拒绝道："会长胖的，我不要。"

"无糖的。"周途语气柔和地说道，"你昨晚就没怎么吃东西，这个热量低，可以吃点。"

姜寻想了想，觉得他说得也对。

为了今天拍杂志时能有最佳状态，姜寻昨晚没敢吃饭，只在回公司的车上吃了点水果。反正这几天她也没有什么活动要参加，吃一点蛋糕也无所谓，何况她每天都要练舞。

姜寻接过来，拆开包装，舀了一勺蛋糕含在嘴里，瞬间觉得心情好了许多，嘴角也不自觉地扬起，漂亮的眼睛弯成了月牙。

周途勾了勾唇，隔了几秒才收回视线，驱车离开。

出了停车场后，姜寻看向窗外，问道："周老师，我们去哪儿啊？"

"你有想去的地方吗？"

姜寻倒还真有一个地方想去，但现在说出来很容易落于下风。

她吃着蛋糕，一本正经地开口："周老师一般都和女朋友在哪儿约会呢？"

"家里。"

姜寻顿时不知道该怎么接话。

仔细想想，他们在一起的时候确实每天都窝在家里，就算她缠着周途答应她去哪个地方，他们也从来没有去过。

姜寻瞬间觉得蛋糕没那么好吃了，故意问道："那做周老师的女朋友岂不是很无趣？"

周途挑了一下眉："还好，她很乐在其中。"

姜寻轻轻"哼"了一声，不打算理他了。

半个小时后，车在一条幽静的小巷前停下。

姜寻拉开车门，见斜对面有一家手工陶艺店，她回过头问周途："这里吗？"

周途解开安全带："嗯，进去吧。"

进了陶艺店，姜寻才发现里面很大，而且没什么人。

唯一的一个工作人员似乎认识周途，直接带着他们到了一个单独的房间。

房间里有两台制作陶艺的拉坯机，工作人员给姜寻讲解了如何使用后便离开了。

姜寻一副打开了新世界大门的表情，她搓了搓手，脱了外套就想上手试试。周途见状，便递了一条围裙给她，她接过来，说道："谢谢周老师。"

周途眉梢微扬，没有回答，只是在她穿围裙的时候走到她身后，把背后的绳子给她系上了。

姜寻的内心竭力保持着平静，等围裙系好，她连忙坐在拉坯机前，取了一坨泥巴，用拉线工具切割开，而后根据工作人员说的操作流程鼓捣了一会儿。

好不容易做好准备工作，踩动拉坯机，捧着泥巴开始制作陶艺的时候，她却有些出神。

恍惚中，她想起了一些事，她大概猜到周途为什么会带她来这里了。

那时候，他们在一起没多久，搂搂抱抱之类的亲密动作都还有些不好意思做。

姜寻看到电视里的男女主角去做手工陶艺，男主角出现在女主角身后，双手环住她的腰，握住了她的双手，手把手地教女主角怎么制作陶艺。女主角害羞地低下头，男主角则低声在她耳边呢喃，泥巴旋转中，两人开始忘我地接吻。

姜寻觉得这个项目太适合拉近情侣的距离了，她当即委婉地向周途提出想要去做手工陶艺，周途顿了一下，才说："我明天要去博物馆。"

姜寻瞬间失去了兴趣，"哦"了一声，便回到沙发上换台了。

再后来，她省去了那些烦琐的过程，主动起来，也不再需要和他拉近距离的机会了。

现在想想，幸好当时他们没来，一想到电视里的男女主角要换成她和周途，她就浑身起鸡皮疙瘩。而且，周途也做不出这种肉麻的事来。

姜寻收回思绪，低头一看，发现自己手里的泥巴不知道什么时候变成了一坨不可名状的物体。她微微转过头，发现周途面前的一个花瓶已经成型了。

瞧瞧，周途做起事来是多么严谨认真。

周途可能是唯一一个带女朋友来陶艺店约会，自己却沉浸在制作当中，把女朋友扔在一边的人。全世界可能也找不出他这么正经的人了。

姜寻也没心思做陶艺了，她收回手，眼睛一眨不眨地看着他。

阳光透过落地窗洒了进来，给男人镀上了一层金色的光芒。

他的下颌线在明暗交织的光线里棱角分明。

姜寻忽然想起她第一次见周途好像也是这样的场景，他逆光而立，侧身而过，拿走了教授桌上的资料。那一瞬间，她闻到了淡淡的木质冷香，而后听见了自己心脏快速跳动的声音。

和现在一样。

"姜寻。"

随着男声响起，姜寻猛地从回忆里抽离出来，连忙调整好表情，微微一笑道："怎么了，周老师？"

周途看了一眼她面前已经干了的泥巴，舔了下薄唇："要我教你吗？"

"不要。"姜寻想也不想就拒绝了。

那个画面实在是太可怕了。

周途："那你等一会儿，我这边马上就好。"

姜寻点了点头。

周途收回视线，继续完成手里没做完的花瓶，目光专注。

姜寻闲着没事，她索性到周途旁边蹲下，静静地看着原本毫不起眼的泥土在他手里变得精致起来。

看了几秒后，姜寻莫名想知道这个花瓶摸起来的感觉。

突然，她伸出手指，在花瓶上戳了戳，又快速地收了回来。

周途手里的动作停下了，偏头看了过来。

姜寻双手抱膝，心虚地移开视线。

周途却说："好了，走吧。"

"啊？"姜寻问，"不是还要上色吗？"

"有时间再来。"周途起身把她身上的围裙解开，"去洗手吧。"

"哦。"

离开的时候，姜寻偷偷瞥了一眼，看见近乎完美的花瓶上凭空生出了一个洞，她忍不住在心里哎了一声，有些懊恼自己的鲁莽。

洗完手，姜寻先出去了。她在外边等周途的间隙，见店里的陈列架上摆放着许多手工制作的陶艺。

她一个个看过去，最后，在一堆歪七扭八的作品中，她看到了几个如同艺术品般精致的花瓶和摆件。

姜寻猜，这几个应该是周途做的。

看样子，他不是第一次来了。

这时候，陶艺店的老板出现在姜寻身后，指向她正在看的那几个陶艺品："有喜欢的可以拿走哟。"

姜寻笑了笑："不用，我就随便看看。"

"别客气，这几个都是周学长做的，拿走也没关系。"

"学长？"

老板点了点头："对啊，我本来也是学文物修复的，比学长小两届，但我觉得这工作实在太枯燥了，就转行了。闲下来后，我就开了这家陶艺店，鼓捣鼓捣瓷器，也算是和专业沾点边。"

姜寻思考了下："你们转行的概率很高吗？"

"文物修复这个行业，工资不高，留不住人，但是留下来的人都是真正热爱文物的。从大学开始，学长就不停地在研究和文物相关的资料，那时候，我们都说，在他眼里，文物可能比他女朋友都重要，所以，他会转行是我们所有人都没想到的事。"

姜寻非常认同老板说的"文物可能比他女朋友都重要"这句话。

而且，不是可能，是肯定。

不过，听了这些后，不知道为什么，她突然有了一个猜测——周途该不会是为了她才转行的吧？

只不过，这个猜测有些不切实际，很快就被她否定了。

说话间，店里来了新的客人，老板随即过去招呼。

姜寻又看了一会儿陈列架上的成品，呼了一口气，回过头时，却见周途就倚在不远处的墙上看她，黑眸幽深。

出了陶艺店，姜寻见天色已经暗了下来，便问道："周老师，接下来我们去哪儿啊？"

周途给她拉开车门："吃饭。"

姜寻没问他去吃什么，但她能猜出来，即使她没说，周途一定会带她去吃她喜欢的食物。

这种感觉有点微妙。

以前，她费尽心思希望周途能抽出时间和她约会，她每每兴致勃勃地制定好出行攻略，最后都被他各种突发的意外所打乱计划。

而现在，周途成了当红明星、实力派演员，拥有数千万的粉丝，还有各大广告和品牌代言。尽管行程满满，他却能抽出时间和她约会，甚至按照她的喜好提前规划了约会的行程。

姜寻想，这可能就是传说中的风水轮流转吧。

见她定定地站在那儿，脸上的笑容越来越明显，周途单手撑在车门上，揉了下她的脑袋，俯身和她平视："想什么呢？"

姜寻快速回过神来，连忙移开视线，因为心虚，她加大了音量："我什么也没想！"

周途看着她泛红的耳垂，勾了下嘴角，微微偏头："上车。"

车上，姜寻问："周老师下个星期就要进组了吗？"

周途"嗯"了一声。

"那你这几天还有没有其他的工作安排？"

"有。"周途看着前方，"陪我女朋友。"

姜寻咳了一声，调整了一下姿势，一本正经道："这就是周老师的不对了，怎么能因为谈恋爱而耽误工作呢？而且，就算你有时间，你女朋友应该也……挺忙的吧。"

周途轻轻地笑了一声："好。"

听着他的声音，姜寻突然觉得有些热，她降下车窗，任由冷风灌了进来。

姜寻忽然觉得，她也不是什么好人，在没有正式确定关系的情况下，这场捕捉爱的小游戏，她玩得不亦乐乎。关键是，周途还愿意陪着她一起玩。

不过，她又深思熟虑地想了想，这样的状态挺好的，他们本来就在娱乐圈，不确定的因素太多了，一旦确定关系，分手的时候又要撕心裂肺，肝肠寸断，老死不相往来。

目前保持这种暧昧的状态，以后万一感情不和，大家可以说散就散。想到这里，姜寻又呼了一口气。可是，她好像已经……动心了。

姜寻关上窗户，沉默了几秒，忽然叫道："周老师。"

"嗯？"

"如果你的女朋友很'作'，你会和她分手吗？"

"不会。"

"那她如果无理取闹呢？"

"不会。"

"那……如果你喜欢上了别人呢？"

这次，周途没有立即回答。

姜寻垂着头，收回了视线。

她就知道男人没有一个好东西！

与此同时，车子靠边停下了。

她回过头，刚想问周途要做什么，却看到周途拿出了手机。

编辑好文字后，周途把手机递到她面前，盯着她说："如果是我让她没有安全感，我可以付出我的一切，让她相信，在这个世界上，我非她不可。"

周途的手机上显示着已经编辑好的微博，是公开恋情的内容。

姜寻看着屏幕愣了两秒，才反应过来他是什么意思。

现在，手机就在她面前，内容发表与否全凭她来决定。

不过是随便问问，姜寻没想到他居然这么认真。

毕竟，感情这种事谁说得准？前一秒海誓山盟，后一秒山崩地裂的也多着呢。

而且，公开了恋情不代表不会分手，结婚又离婚的人也有很多。

最后，姜寻还是把周途手机上编辑的内容都删了，她努力地义正词严道："不是和周老师说过了吗？不能因为谈恋爱耽误了工作。再说了，安全感也不是在这种事上体现的，你女朋友人美心善，通情达理，我相信她一定能理解你。"

周途闻言，扬了扬眉："你怎么知道？"

姜寻："我猜的！"

事后，姜寻才有那么一丝后悔。

因为周途编辑的那条微博虽然表示他在进入娱乐圈前就一直有女朋友，却没有一个字提到她，她并不会因此卷入这场足以引起粉丝圈"地震"的大戏里，甚至还能看看热闹。

真是可惜了。

吃完饭，姜寻去洗手间补妆，她刚拿出口红，便看到一个女人走到她旁边。

姜寻看了对方一眼，发现对方也在看她。

彼此沉默了一阵后，到底还是陆晚晚先开了口："你怎么会在这里？"

姜寻冷淡地说道："吃饭。"

陆晚晚一边洗手，一边看着镜子里的姜寻："是啊，你不说，我还以为你是来这里开演唱会的呢。"

她这话酸酸的，和余水如出一辙。

陆晚晚是 Pink sweetheart 团队的另一位成员，她几乎和姜寻同时解约，只不过，姜寻选择继续留在舞台上，而她去拍戏了。

目前，她还徘徊在娱乐圈三四线，演的都是些配角，没有代表作，知名度也不高。

姜寻没想到本以为一辈子都不会再有交集的几个人居然又接连遇上了。

陆晚晚嘲讽道："我看你最近和余水走得挺近的，怎么，雪中送炭呢？"

姜寻抽了张纸："你这么好奇，怎么不自己去问她？"

陆晚晚闻言冷笑了两声。

前段时间，为了博取关注度，余水传出了不少当年团队里的负面消息，其中最多的就是关于陆晚晚的。虽然没有什么证据，但这些事被不喜欢陆晚晚的人拿出来说，害她丢了不少资源。

陆晚晚和余水不和很久了，之前，两人就在演唱会的后台打过架，这次更是恨不得生吞活剥了对方。

姜寻擦了手，刚要离开，陆晚晚便问道："秦一乔最近联系过你吗？"

姜寻觉得莫名其妙："她联系我干什么？"

"没什么，她好像要离婚了，正在打官司呢。"

"我又不是她的律师。"

陆晚晚收回视线："没有就算了，我记得当初，你们俩关系最好，我还以为她会告诉你，看来也就那样。"

姜寻和秦一乔的关系其实很一般，在团队里的时候，两人几乎没怎么说过话。

只是，秦一乔比较自我，不屑与陆晚晚和余水两个人为伍，总是和姜寻前后脚去舞蹈房练习，实际上，两人都是各练各的。

真要说关系好，还是陆晚晚和余水，她俩没彻底闹翻的时候关系最好，两人经常互穿对方的衣服，没少在社交平台上秀姐妹情深。

据说，秦一乔解约后就退出了娱乐圈，嫁给一个比她大十五岁的富商，当起了豪门太太。

而这个消息还是余水前段时间直播的时候说出来的。

姜寻刚出卫生间，就看到有两个记者正在不远处蹲守。

而此时，其中一个记者已经看了过来。

就在他们快要对上视线的时候，姜寻突然被人拉进了怀里。

姜寻眨了眨眼，任由他抱着。

她很想告诉他，这就叫作安全感。

随即，那记者只看到一个男人的背影，还被盆景挡着，也没有太在意，很快收回了视线，一心一意地守着他们今天要拍的目标。

周途给姜寻戴上口罩后牵着她的手出了餐厅。

上了车，憋了半天的姜寻终于忍不住出声问："他们在那里等谁啊？"

不是她八卦，只是她还是第一次看到这么明目张胆的记者，竟然到餐厅包间门口蹲守。看这阵仗，肯定是震惊娱乐圈的大新闻。

周途给她系上安全带，回答道："叶素之。"

听到这个名字，姜寻的神情显而易见地僵了好几秒。

周途察觉到了姜寻的异常："怎么了？"

姜寻整理好情绪，摇着头道："没什么，我听说……她好像出国了。"

"嗯，上个星期回来的。"

"那他们想拍什么？"

如果只是想拍到叶素之回国后首次露脸的画面，未免也太张狂了，搞不好会被举报。

周途："今晚，她和朋友在这里吃饭。"

"哦。"姜寻明白了。

叶素之是国内知名的实力派女演员，二十岁进入娱乐圈后一路大火，赢得了许多奖项。她出演了不少经典作品，角色大多是两代人的青春记忆，国民度很高，用"家喻户晓"来形容再适合不过。

然而，两年前，她突然宣布自己早已结婚生子，为了能和家人有更多的相处时间，她选择退出娱乐圈。

这件事在当时引起了不小的轰动。还没等记者去调查她的家庭背景，她就干脆利落地出了国，直到现在才回来。

那两个记者不知道是从哪里得到的消息，听说叶素之和朋友在这里吃饭，冒着被举报的风险偷偷跑了过来，只为拿到娱乐新闻头条。

吹了一会儿风后，姜寻突然觉得不对劲。既然叶素之回来的消息不为人知，周途怎么一副很早就知道的样子？

姜寻转过头问道："你怎么知道她是和朋友吃饭，而不是和家人呢？"

"你去洗手间的时候，我们刚好遇见了。"

姜寻放在膝上的手不自觉地握在一起，问："你们之前认识吗？"

周途："见过两次，不熟。"

关于周途和叶素之见过这件事，姜寻并不觉得意外，毕竟，周途本来就是拍电影火起来的。更何况，叶素之还没出国时，两人在饭局上或者其他地方遇见过也是很正常的事。

姜寻想了想，才问道："她……漂亮吗？"

"没仔细看。我女朋友更漂亮。"

姜寻没想到他会这样说。

她看向窗外，不自觉地扬起嘴角，刚才略显沉闷的心情瞬间大好。

表现不错嘛。

没过一会儿，车停在了姜寻的公寓楼下。

姜寻解开安全带，问道："周老师要上楼喝杯水吗？"说完，又补了一句："或者，我去旁边的便利店给你买一瓶？"

周途抬手将她被风吹乱的头发别到耳后，说道："我不渴，回去吧。"

姜寻咂舌，她想，她要收回刚才夸他的话，他还是和三年前一样没有情趣，听不懂暗示。

姜寻调整好表情，一板一眼道："那我先走了，辛苦周老师送我回来。"

哪知，她刚伸手去拉车门，手腕就被人握住了。

姜寻回过头，还没来得及开口，周途吻了上来。

挣扎了几下，姜寻就放弃了，她情不自禁地闭上了眼睛。

周途抚着她的后颈，加深了这个吻。

不知过了多久，周途松开她，嗓音低哑："是挺辛苦的，所以收点路费。"

这男人可真会占她便宜，一点都不让自己吃亏。

周途将姜寻外套上的帽子戴在她头上："晚安。"

等到姜寻进了公寓，周途才拿出手机，拨了一个号码。

电话刚接通，不等他开口，对面便传来一个女人的声音："现在，我连叫你一起吃个饭都要预约了，是吗？"

周途单手随意地搭在方向盘上，解释道："陪女朋友。"

"女朋友？你真谈恋爱了？她今天也在那儿？你怎么不带来让我见见？"

"你会吓着她的。"

女人只好说："算了，我不和你说了，我正和你叶阿姨一起逛街呢。"

话毕，她不甘心地补了一句："那你什么时候能把女朋友带回来让我见见啊？"

周途："再说吧。"

等到那边挂了电话，周途才收起手机，驱车离开。

回到家，姜寻刚躺到沙发上，就同时收到了来自尤闪闪和吱吱的微信消息："今天的约会怎么样？"

这两人是商量好的吧？

她没有回复她们，而是打开手机，犹豫了一下才在微博搜索框里输入了叶素之的名字。确实有不少博主发布了叶素之在一周前回国的消息，但没有一张照片能证实。

看来，那两个记者今天要白跑一趟了。

姜寻往下翻了翻，便看到了叶素之两年前宣布退出娱乐圈的那段视频。视频里，叶素之虽然是素颜，但光彩照人，她保养得极好，一点也看不出已经四十多岁了。

在叶素之说到自己需要更多的时间去陪伴家人时，脸上流露出的神情是温馨而幸福的。对她来说，家人才是她最宝贵的存在。

姜寻没看完那段视频，直接退出了。

她刚要放下手机，却又看到自己的名字出现在了微博热门话题榜上。

"姜寻、余水直播间。"

这条微博发布了一个十几秒的视频，正好是今天下午，余水直播时把镜头对着姜寻的那一段，配文："明星和主播，谁赢了？"

评论区最开始都是余水买来的粉丝，清一色评论道："姜寻和余水是好朋友，两人都是美女，不比较哟。"

随着越来越多的人看到这条微博，评论区迅速炸开了锅。

"我的天，她到底还要蹭姜寻的热度到什么时候啊？我都快看吐了。"

"这条视频充分说明了不是什么牛鬼蛇神都能当明星的，余水的那张整容脸和姜寻的放在一起，简直就是人间惨剧。"

"呜呜呜，我的寻寻，也太呆萌了吧，看给孩子吓得。由此可见，余水的美颜滤镜开得有多过分，搞不明白怎么会有人喜欢她。"

"看了这段视频，我终于知道为什么当年只有姜寻火，其他人都沦为'十八线'了。寻寻给我冲！你是最棒的！"

姜寻见不少粉丝都在骂余水，想了想，她配了几张最近新拍的照片发了条微博，配文："生活与梦想。"

她和粉丝相识多年，老粉丝都知道她的意思，纷纷在那条微博的评论区留言——

"寻寻发微博了，别管不相干的人了。"

姜寻正要去洗漱，吱吱打了电话过来："你管她干吗呀，她就是想蹭你的热度，即便被骂她也开心。而且，她现在正在和星耀谈合作，也需要人气和热度。"

"乔总真的要签她？"

"我也不知道，反正，我之前听乔总说，他想扩展直播领域……啊，求求乔总了，但凡他不签这个祸害，我都能叫他爸爸。"吱吱的话锋转变得很快，"不说这个了，你们今天的约会怎么样？进展到哪一步了？！"

其实她打来这个电话的主要目的就是这个吧？

姜寻支支吾吾道："能到哪一步？就……随便走走，吃吃饭呗。"

"真的吗？我不信。"

姜寻："你太八卦了，我要换一个不八卦的助理！"

吱吱瞬间正经起来："刚才那些话都是尤闪闪让我问的，和我本人没有关系。"吱吱不甘心，又问道："真的没发生点什么……不可描述的事？"

"没有！"

吱吱略显遗憾，今晚的素材又没了。

不过，不应该啊，既然两个人都已经和好了，那不是应该情难自控吗？

吱吱试探着问："周老师是不是不行？"

在姜寻要开除她之前，吱吱快速挂断了电话。

姜寻握着手机，耳朵烫得厉害。

周途也不是……不行，只是，他好像一直对那种事不怎么感兴趣，俗称性冷淡。

第二天，姜寻还在睡觉就接到了吱吱的电话："寻寻，你醒了吗？"

姜寻翻了个身，把脑袋埋进了被子里："没呢，怎么了？"

吱吱："巴黎时装周那边邀请你去看秀，乔总说反正你闲着也是闲着，不如让你过去一趟，顺便还能公费旅游。"

这不还是工作吗？

姜寻在被子里闷了一会儿，才睁开眼睛："什么时候出发？"

"今天下午六点的航班，你还可以再睡一会儿。"

"好。"

挂了电话，姜寻重新闭上眼睛，却睡不着了。

她索性掀开被子起身，进卫生间洗漱。

反正现在还早，她正好有时间去做自己的事。

一个小时后，姜寻坐在造型店，准备染头发。她翻了翻色卡，舔着唇，拿出手机拍了一张，然后圈出了自己喜欢的颜色，发给周途："哪个颜色好看？"

很快，周途回复："中间那个。"

姜寻扬了扬嘴角，对造型师说："就这个颜色吧。"

染完头发，造型师忍不住夸道："寻寻，这个颜色很适合你，真好看。"

"谢谢。"

姜寻抬头看向镜子，自己也很喜欢。

她拿出手机自拍了一张，发给周途："好看吗？"

周途："好看。"

姜寻："我好看还是头发好看？"

造型师见她抱着手机不知道在聊什么，眼角眉梢全是笑意，就小声问道："寻寻，你是不是谈恋爱了？"

姜寻立即放下手机，神情恢复了正常："什么？"

"没什么，哈哈。"说着，造型师又去整理她的头发，感叹道，"这个颜色有一种让人想恋爱的感觉，太甜了。"

下午，吱吱来接姜寻的时候，看到姜寻的新发色，她的眼睛顿时亮了："你什么时候去染了头发？这也太好看了吧。"

姜寻对她眨了眨眼："上午。"

吱吱啧啧了两声，心想，姜寻以前从来不会染这种少女发色。

热恋中的女人果然不一样。

姜寻一边收拾衣服，一边问道："我们要在那边待几天啊？"

"一个星期吧。"吱吱伸了个懒腰，看着手机，"我的朋友们知道我要去法国了，都让我帮忙代购护肤品呢。你有没有什么想买的东西啊？"

闻言，姜寻突然意识到，她们这次去的是法国。

之前，周途送她的项链，其品牌方恰好在法国。

说不定，她能去问问品牌方，她弄丢的那条项链能不能……

吱吱伸手在她眼前挥了挥："想什么呢？舍不得周老师啊？"

姜寻收回思绪，咳了一声："谁舍不得他了？我只是在想要买什么东西。"

吱吱没有拆穿她，只是问了一句："对了，周老师知道你要去巴黎吗？"

"知道啊，我跟他说了。"

"他怎么说？"

姜寻刚要开口，门铃声突然响起。

吱吱快速跑到显示器前看了一眼，然后转过头对姜寻说："周老师！"

姜寻有些意外，她告诉周途今天下午她要去巴黎的时候，他只回了一个"好"字，她还以为他根本不在意呢。

就在她想得出神时，吱吱已经开了门，和周途打了个招呼便快速走人了。

周途看向姜寻，问："要走了吗？"

她点了点头："周老师怎么来了？"

周途递了一个纸袋给她："买了一点东西，你应该用得上。"

姜寻接过，竭力控制着自己上扬的嘴角："我这次要在巴黎待一个星期，周老师有什么想买的东西吗？我可以去帮你看看。"

"没什么想买的。"周途盯着她，嗓音低沉，"把我女朋友带回来就可以了。"

"那这件事超出了我的能力范围……"

姜寻的话还没说完，就被拉到了怀里。

周途抱着她，低声说："一路平安。"

姜寻的脸上漾起笑容："也祝周老师开机大吉。"

"你的祝福很没有诚意。"

姜寻愣住了。

怎么才算有诚意？

不等她出声，男人的薄唇便已经压了下来。

姜寻万万没想到他居然在这里等着她，而且，他对这种事情不是不感兴趣吗？怎么占她便宜的花样这么多？连借口都不带重复的！

察觉到姜寻的分心，周途咬了一下她的唇，随即将她抱起，放在了身后的斗柜上。

他好像变了很多，却又好像什么都没变。

不知道过了多久，周途缓缓放开她："祝福收到了。"

姜寻不想理他、

周途揉了揉她的头发："到了之后给我发消息。"

姜寻噘了噘嘴，小声问道："万一你睡着了怎么办？"

"我等你。"

她不自觉地翘起嘴角："哦，知道了。"

周途看了一眼时间，随即说道："下去吧。"

周途刚往后退了一步，姜寻却突然抱住了他，她的语气软软的，还带了几分鼻音："周老师。"

"嗯？"

姜寻没说话，只是静静地抱着他。

过了一会儿，她才放开他："你的祝福，我也收到了。"

周途勾了勾嘴角，双手撑在她的身侧，声音低沉："你收到的只有祝福？"

姜寻："还……还有什么？"

周途舔了舔唇："没什么。"说完，他将她从斗柜上抱了下来，又给她戴上了口罩："行李收拾好了吗？"

姜寻点了点头，指了指客厅里的行李箱："都在那里。"

周途打开行李箱，把给姜寻买的东西放了进去。

姜寻站在玄关看着他的背影，心底忽然升起一股强烈的不舍。

逼自己冷静下来后，她又忍不住感慨，谈恋爱真是麻烦，一分一秒都不想和对方分开。

尽管姜寻的团队没有提前公布她要去巴黎的行程，可等她到了机场，还是引起了一阵不小的骚动。

她的新发色也很快被粉丝注意到，粉丝拍照片发到了网上，评论区纷纷夸赞起来。

"呜呜呜，这个颜色也太适合她了，好好看！"

"隔着屏幕都觉得被甜到了，我老婆真漂亮，去巴黎玩得开心！"

"寻寻换风格了吗？怎么会染这个颜色？看了就想谈恋爱。"

就在大家讨论着姜寻的发色时，姜寻在候机室发了一张自拍照，配文："一个星期后见啦，拜拜。"

这张自拍照是她在家里拍的，姜寻身后的镜子刚好把她的行李箱拍了进去，而拉着行李箱的，是一个男人的手。

与此同时，某平台里出现了新的投稿："周老师去送了寻寻，两人腻歪了好一会儿。"

正当周途和姜寻两人共同的粉丝津津有味地观看时，他们看到了姜寻的自拍照，于是纷纷在投稿账号上留言。

"不都是假的吗？怎么有真事了？！"

"直接说他们什么时候结婚吧，我好准备份子钱。"

"我有一个朋友想听他们甜蜜的细节，详细说说。"

姜寻在下飞机后才知道自拍透露出的细节，本来昏昏沉沉的脑子瞬间清醒了，她下意识想把自拍照删了，但想了想，又觉得有些不妥。

更何况，现在除了两人的粉丝，其他人都说这只是工作人员的手。

姜寻翻了翻评论区，见大家没什么特别的反应，才松了口气，打开微信给周途发消息："周老师，我到了。"

发完消息，车刚好来了，姜寻收起手机，弯腰上车。

坐了十多个小时的飞机，大家都很疲惫，姜寻打了个哈欠，正要看周途有没有回复她的消息时，吱吱碰了碰她的肩膀，脸上有抑制不住的激动。

姜寻有些疑惑。

吱吱把手机递过来，是周途两个小时前周途在某平台上更新的一张照片。

照片上，他的猫戴了一顶浅粉色的帽子。

虽然没有任何文字说明，但两人的粉丝已经开始尖叫了。

姜寻染了粉色头发，他就给猫戴上了同色帽子。再加上他每年会在姜寻生日的时候给猫过生日，很难让人不觉得两人是在隔空秀恩爱。

原本安静了一晚上的粉丝仿佛受到了强有力的鼓舞，开始仔细分析姜寻自拍照中出现的那只手，并将周途的手截图，放在一起对比。

等姜寻看完后，吱吱把手机拿了回来，小声道："看不出来，周老师居然这么厉害，还会自己'秀恩爱'，这明目张胆的宠爱也太甜了吧。"

姜寻忍不住嘴角上扬，刚要开口，她的手机振动了一下。

消息是周途发来的："行李箱里有感冒药和糖。"

姜寻回复："知道了。"

她每到一个地方都容易水土不服，感冒是常有的事。

姜寻又发了一条消息："周老师，酸奶在你旁边吗？"

"酸奶"是那只猫的名字，姜寻救它回来时已经奄奄一息，她原本起的是"铁锤"这种好养活的名字。后来，猫被治好了，姜寻将猫接回家后，见猫白白嫩嫩的，就觉得给一只母猫起名叫铁锤实在过分。当她打开冰箱门时，一眼看见冰箱里有一盒酸奶，便给猫起了这个名字。

姜寻收养酸奶的那段时间，周途还在外面出差，她本来还怕周途不喜欢猫，没想到周途回来后什么也没说，只问她这只猫有没有打疫苗，还叮嘱她不要被猫抓伤。

后来，她搬走的那天，酸奶左跳右跳，她怎么都抓不住它，当时她在气头上，索性丢下了这只吃里爬外的猫。

姜寻本来以为周途会把酸奶送走，直到上次看见他的动态，才知道他一直留着。

周途："在。"

姜寻："能给我看看吗？"

周途："它不喜欢拍照。"

姜寻："那……"

很快，周途的消息又进来了："你可以来我家看。"

过了几秒，她回复了周途几个老年表情包——"和你聊天真的很开心""为了我们的友谊干杯""忙碌的日子里，记得照顾好自己"。

发完表情包，姜寻收到了周途发过来的酸奶的照片。

姜寻："周老师不是说它不喜欢拍照吗？"

周途："我偷拍的。"

姜寻嘴角上扬："既然这样，还是不要强猫所难了。"

吱吱坐在一旁，感受到了阵阵恋爱的酸臭味。

这次巴黎时装周一共五天，每天都有不同品牌的专场秀。

除了每天往返于秀场和酒店，姜寻还陪着吱吱去各大品牌店代购。

到了一家店后，吱吱在和朋友打电话沟通要哪款包，姜寻在旁边瞎逛。

忽然，她的目光被一枚胸针所吸引。

胸针是由雾霾蓝宝石打造而成的，银丝镶边，简约独特，只看了一眼，她就觉得特别适合周途。

姜寻立即把胸针买了下来，算是对周途的一点补偿。

等导购打包时，姜寻又看中了一个包。

导购说道："女士，你的眼光真好，你看中的这枚胸针和手提包都是我们品牌的限量款，全亚洲和欧洲就只有我们店里有。"

姜寻笑了笑："那我运气挺好的。"

就在她要结账时，店长带着一位贵妇人走了进来。见导购正在打包那个包，店长脸色微变，她快步走了过来，小声斥责了导购几句。大概意思是，这个包是别人之前就订了的，而且那人是他们这里的顶级贵宾客户，现在正好过来拿。

导购闻言也慌了神，不知道该怎么办。

店长沉了沉气，去向贵妇人解释情况。

顾宁摆了摆手："算了，是我自己来晚了，不是你们的错，给小姑娘吧。"

姜寻也明白了怎么回事，就在顾宁准备离开时，她出了声："既然是这位夫人预订好的，那我还是不夺人所爱了。"

顾宁大概没有料到她会这么说，转过头诧异地问道："你真的肯让给我？"

姜寻笑了一下，轻轻地点了点头。

她也不是非要这个包不可，刚才只是觉得好看才买，既然是别人预订好的，说明对方很喜欢，而且都是中国人，她让给对方也没关系。

"那我就不客气了。"顾宁见她还买了其他的东西，便拿出卡说，"一起付吧，当作我的谢意。"

姜寻没想到会这样，连忙说："不用不用，我自己付就行了。"

顾宁十分大方："小姑娘，别跟我客气，应该的。"

"真的不用，这是……"姜寻说着，耳朵有些红，"这是送给我男朋友的，所以，我还是想自己买。"

"这样啊。"顾宁没有再勉强，"行吧，那我就只能口头上谢谢你了。"

"不用客气，我也没做什么。"

这时候，吱吱选好了东西走过来，姜寻结完账对着顾宁点头致意，然后离开了。

等她走后，顾宁继续在店里逛，她对跟在旁边的店长说："这小姑娘长得挺漂亮，经常来你们这儿吗？"

店长："她好像是个明星，这次被邀请来法国看秀的，是第一次来我们店。"

"明星啊。"顾宁似乎有了几分兴趣，她停下脚步，回过头，"既然被邀请过来看秀，那还是很火吧。"

"好像是正当红，我们商场里还有她的代言海报呢。"

187

顾宁点了点头，转身继续挑选衣服："我儿子也是明星，也特别火，说不定他们俩还认识呢。"

出了商场，姜寻见时间还早，便去了一趟项链品牌店。

说明来意后，品牌方接见了她，并表示非常遗憾，设计师有自己的原则，每款项链只设计一条，从来不会破例，帮不了她。

姜寻只能遗憾地离开了。

坐在回酒店的车上，吱吱见她略显颓丧，便问道："寻寻，怎么了？"

姜寻叹了一口气："上次我不是误会周途了吗，然后，我把他送我的礼物都扔了，现在找不回来了……"

吱吱突然说："啊——我忘记告诉你了！我当时就知道你会后悔，扔垃圾的时候，我偷偷把东西捡回来，放到鞋柜的抽屉里了。"

那时候，姜寻正在气头上，吱吱本来想着过段时间再告诉她，没想到就这么忘了。

不管怎么说，失而复得是好事。

姜寻总算是松了一口气，因为这件事，她已经苦恼了好久。

吱吱又说："不过，周老师的眼光真好啊，送的礼物都很好看。"

闻言，姜寻笑道："你是没见过他之前送我的礼物……"

就在这时，她的手机突然响了起来。

来电显示是一串没有备注的号码，姜寻的笑容却慢慢消失了。

她握着手机，犹豫了一会儿才接通。

电话那头，一个男人说："她回国了？"

姜寻轻轻地"嗯"了一声。

"你还是打算去见她吗？"

姜寻沉默了。

回到酒店，姜寻趴在床上一动也不动，脑海里浮现的是几年前的那个夜晚。

"我跟你说过,不准去找她!你现在马上收拾东西,跟我回家!"

面对怒气冲冲的姜明远,姜寻站在原地没有动。

过了一会儿,她才坚定地说:"我不去。"

姜明远大概是被气疯了,狠狠甩了姜寻一巴掌,然后放出狠话:"如果你坚持要这样做,那你以后永远都别回家了!"

那时候,姜寻年龄小,不知天高地厚,最不缺的就是撞了南墙也不回头的那股劲。她捂着火辣辣的半边脸,十分有骨气地回答:"不回就不回!我一辈子都不会回来!"

原来一眨眼,已经过去这么久了。

她也曾经后悔过年少不懂事,但骨子里的那股倔劲又让她怎么都低不下这个头。

好多次节假日,她都想给姜明远发消息,但输好的内容迟迟没有点击发送。

姜明远的性格比她还倔,他说不让她回家就不让她回家。她不想明知会是什么结果,还去踢这道铜墙铁壁,不仅讨不到好,还会让自己脚疼。

这一坚持就是好多年。

可刚刚,挂电话的时候,姜明远竟然问她:"今年回来过年吗?"

姜寻不知道该怎么回答。

过了一会儿,她才说:"我还不知道之后的工作安排,有时间就回。"

对于她的回答,姜明远也不意外:"你要是能回来,提前跟我说一声。"

"好。"

姜寻躺在床上出神了好半天,才拿出手机,刚打开微博,她就看到有记者拍到了叶素之。

照片虽然模糊,却能明显看出那正是昔日的国民女神,她旁边站着一个中年男人和年轻女孩，看上去是一家三口。

姜寻看了一会儿，觉得眼睛发疼，便打开微信，给周途发了一个中老年表情包——亲爱的朋友，晚上好。配图是一朵鲜艳的大红花。

没过几分钟，周途便打了电话过来。

那边的声音有些嘈杂，他低声问道："回酒店了？"

姜寻"嗯"了一声："周老师，你在哪儿啊？"

"和剧组人员吃饭。"

"吃的是什么？"

"中餐。"

姜寻正好还没吃饭，一听就有些馋："好吃吗？"

姜寻所在酒店的中餐一点都不好吃，她每天吃面包都快吃吐了，带来的自热火锅也吃完了。

电话那边，周途似乎换了一个安静的环境，回应道："还行。"他紧接着问："没吃饭？"

姜寻："不好吃，吃不下。"

周途舔了舔唇："你把酒店的房间号发给我。"

"算了，这边点外卖不方便，反正我还有两天就回去了。"

而且，这附近的餐厅她都去过了，也没什么好吃的。

这时候，周途助理的声音从电话里传来："途哥，导演找你。"

周途"嗯"了一声，接着对姜寻说："你先把房间号给我，我晚点打给你。"

挂了电话，姜寻去浴室洗了澡，等她吹头发的时候，突然听到门铃声响了。

她放下吹风机，走到门口，问道："谁啊？"

门外有人问："请问是姜寻小姐吗？我们是一品居的工作人员，给您送晚餐的。"

姜寻听过一品居，这是巴黎一家很有名的中国餐厅，味道很好，只是需要提前一个月才能预约到，所以她没想过去这家吃饭。

她拉开门，外面站着一位三十岁出头的女人，她身后跟着一个四五十岁的中年男人。

女人打招呼道："姜寻小姐，你好，我是一品居的经理钟兰，这位是我们餐厅的厨师长。"

姜寻傻了，刚才听他们说是一品居的，虽然有些诧异，但想着周途家那么有钱，认识的人也多，总归有办法送外卖。可她怎么都没想到，来的人竟然是一品居的经理和厨师长。

厨师长点头示意，钟兰微微一笑，揭开了餐车上的餐盒："由于不清楚姜小姐的口味，厨师长做了几个我们店里的特色菜，还希望姜小姐不要介意。"

"不……这么晚了，麻烦你们了。"

"都是我们应该做的，"钟兰把餐车推了进来，然后把餐盒一一放在茶几上，"希望姜小姐用餐愉快，我们就不打扰了。"

姜寻把他们送到门口，说："谢谢。"

等他们离开后，姜寻看着一大桌的菜，给吱吱打了个电话，叫她和其他工作人员来吃。

吱吱到的时候眼睛都看直了，见餐具包装上印着"一品居"，她震惊地问道："一品居不是要提前一个月才能预约到的吗？寻寻，你是怎么做到的？"

另一个工作人员同样不可思议地说："而且，一品居从来没有外送服务，你也太厉害了吧。"

面对众人震惊又疑惑的目光，姜寻完全不知道该怎么回答，只好干笑了两声："菜快凉了，先吃吧。"

好在大家都被桌上的美食所吸引，没有再继续追问下去。

姜寻偷偷拿出手机给周途发了一条消息。

等了几分钟周途都没有回复，姜寻猜测，可能是他的聚餐还没结束。

这时候，吱吱凑过来，小声问道："这该不会是周老师给你点的吧？"

姜寻心虚地拿起杯子喝了一口水，移开了视线。

吱吱压抑住激动的心情，可怜巴巴地看着她："呜呜呜，周老师是什么完美男朋友？！衣食住行都管。你确定你们当初分手不是因为你无理取闹吗？"

姜寻握着杯子，噘了噘嘴："……他之前也没这么细心啊。"

姜寻话音刚落，就感觉到口袋里的手机振动了一下，她快速放下杯子："我去一下卫生间。"

其实，她仔细想了想，以前，周途也不是不细心，他对她一直挺好的，只是他遇到任何事都冷静过了头，完全没有给她被宠着的感觉。

第七章
不能都喜欢吗

一周的时间很快就过去了，回国的时候，大家都满载而归。姜寻也买了不少东西，不过，她最喜欢的还是那枚胸针。

坐在飞机上，姜寻拿出那枚胸针反复看，简直爱不释手。

就在这时，她的旁边传来一道声音："你好，我们又见面了。"

姜寻连忙抬头，她左边坐的正是顾宁。

随后，姜寻扬起笑容，礼貌性地打招呼："你好。"

顾宁微微点头，看向她手里的那枚胸针："这就是你送给男朋友的礼物？挺好看的。"

闻言，姜寻有些不好意思，她把胸针放进盒子里，脸红红的："是我随便买的，我也不知道他喜不喜欢。"

顾宁笑道："你长得这么漂亮，不管送什么，你男朋友肯定都会喜欢的。更何况，你的眼光确实不错。"

"谢谢。"

顾宁开始和姜寻闲聊："我听说你是演员，干你们这行累吗？"

"啊……其实，我还算不上是演员。我之前是唱跳歌手，最近才开始涉足影视领域。拍戏的话，我刚拍完的那部剧是现代剧，比较轻松，其他的，我暂时还不清楚。"

顾宁若有所思地开口："难怪我没有在影视作品里看到过你……不过当歌手也挺累的吧，天天在舞台上唱唱跳跳的，多耗精力啊。"

姜寻笑了笑："习惯了就还好。"

见她没有抱怨工作辛苦，顾宁更喜欢她了。

小姑娘长得漂亮，善良大方，又能吃苦，跟她年轻的时候一模一样。

顾宁又问："那你是哪家公司的？"

"星耀娱乐。"

"你们老板姓乔吗？乔志恒？"

姜寻摇头道："是乔晏。"

顾宁说："那没错了，那是乔志恒的儿子。"顿了一下，她继续问："乔晏对你怎么样？"

姜寻大概没料到顾宁会问这个，她愣了愣："挺好的。"

"他们这些人就爱压榨别人。他要是对你不好的话，你告诉我，我帮你出头。"

说着，顾宁从包里拿出一张名片递给了姜寻。

姜寻礼貌道："谢谢您的好意，还是算了吧，毕竟无功不受禄。而且，乔总对我真的不错。"

如果不是乔晏把她从亮晶晶娱乐挖过来，她可能早就退出娱乐圈了，现在还不知道在什么地方做什么呢。

顾宁："没关系，你先收着，以后有什么事都可以联系我。再说了，你哪里是无功不受禄了？你明明才帮过我一个大忙。"

见姜寻还有些犹豫，顾宁又说："收着吧，不枉我们在异国他乡认识一场，也是缘分。"

听了这话，姜寻不好再拒绝了，她收下名片，从包里拿了一瓶香水出来："这个送给您。"

顾宁见状挑了一下眉，也没拒绝："行，那我就不客气了。"

姜寻抿嘴笑道："很高兴认识您。"

"以后，你就叫我阿姨吧。"

"那我就叫您顾阿姨了。"

十五个小时后，飞机在 B 市国际机场降落。

顾宁和姜寻走的都是贵宾通道，分开的时候，顾宁说："有事就给我打电话，没事也可以找我聊聊天、喝喝茶。"

顾宁没想到她会和一个小姑娘聊得这么投机，她年轻时就想要一个女儿，姜寻的言谈举止处处都对她的喜好，关键是还很漂亮，是个再好不过的女儿。

姜寻笑着点头说："顾阿姨再见。"

顾宁离开后，吱吱凑了上来，问道："这是谁啊？你们是怎么认识的？"

"就是之前在巴黎的商场里认识的一位阿姨，她人很好。"

吱吱赞同地点头，眼睛跟随顾宁坐的那辆劳斯莱斯移动着："她不只是人很好，穿得也很好，坐的那辆车更好。她家里是干什么的啊？也太有钱了吧。"

姜寻摇了摇头："不知道，我没问过。不过，她家里的产业好像挺多的。"

"哎，这个世界上的有钱人这么多，为什么就不能多我一个呢？"

姜寻跟着叹了一口气："有钱人的生活总是这么朴实无华。"

回到家之后，姜寻累得倒在床上动也不想动。

等她一觉醒来，外面的天色已经完全黑了。

姜寻掀开被子，进了浴室。洗完澡出来时，放在床头柜上的手机正在振动。

电话是吱吱打来的。

姜寻一边擦着头发，一边走过去接通了电话。

吱吱："寻寻，我刚才把电影的信息和剧本发到你手机上了，你抽空看看。我刚才和剧组那边对过时间了，你下个星期进组就行。"

"好。"

挂了电话后，姜寻窝在沙发上打开了吱吱发来的文档。

这是一部犯罪题材的电影，电影的制作班底很好，导演和编剧都得过奖，就连配角都是实力派演员。

乔晏能给她争取到这个机会，应该费了不少工夫。

姜寻看了看她的角色——一个酒吧的驻唱歌手，看起来是一个边缘化的人物，实际上却和整个故事有着千丝万缕的联系。

戏份确实不多，大多是以回忆的形式呈现的。

姜寻看着人物简介，逐渐被吸引，她继续翻着剧本，在读到一段文字的时候，沉思了好久。

这部电影围绕着一起凶杀案展开。凶手过于狡猾，破案的刑警只能找来犯罪分析师来侦破这个案件，而周途饰演的就是犯罪分析师——电影的主角。

姜寻饰演的角色在面对犯罪分析师的调查和询问时，不但十分不配合，还……动手动脚，试图勾引他。

姜寻望向天花板，深深地吸了一口气。

她不断地告诉自己，这是工作。

姜寻觉得，她终究算不上是一个合格的演员，不然，她不会只看到这一段文字就觉得心慌意乱，口干舌燥。

她起身去接了一杯冷水，喝完后再看到那段文字，还是觉得扎眼，便连忙退出了文档。

刚好这时候，周途打来了电话，姜寻一个激灵，脚被地毯绊住，摔了一跤。

姜寻抱着摔疼的膝盖，疼得眼泪都快出来了。

电话接通后，姜寻喂了一声，声音软软的，透着一股莫大的委屈。

周途低声问："怎么了？"

姜寻委屈地瘪嘴："没什么。"

见她不愿意说，周途也没继续问下去，只是问："到家了吗？"

"早就到了，我都睡了一觉了。"姜寻一边说着，一边按下免提键，然后从茶几下找出治疗跌打损伤的药膏。

她看了看膝盖，有些红，但没破皮。

姜寻挤了一点药膏，轻轻地揉着膝盖："周老师。"

"嗯？"

"你才回酒店吗？"

"今天有夜戏，所以晚了一些。"

"哦，"姜寻顿了一下，才问，"你演的这个角色，是不是要研究很多专业知识啊？"

周途："会有一些。"

"难吗？"

"不难。"

姜寻刚要继续说什么，忽然揉到摔疼的地方，忍不住"咝"了一声。

周途顿了一下，才问："受伤了？"

姜寻之前练舞，经常磕磕碰碰的。腿上大大小小的伤有无数处，再疼她都能咬着牙坚持。可奇怪的是，明明只是摔疼了而已，她本来也觉得没什么，周途这么一问，她却觉得委屈得很，噘着嘴："摔倒了。"

"很疼？那我回来。"

姜寻瞬间把眼泪收了回去："别，真的不用回来！"

周途在另一个城市拍戏，坐飞机回来也要好几个小时，为了这么点小事，实在是不值得。

沉默了一会儿，姜寻又说："其实也没有多疼，只是摔了一下而已。"

周途隔了几秒才说："还能走吗？"

"嗯，没事，我刚才已经涂过药了。"

"我找人来接你。"

姜寻犹豫地问道："去哪儿啊？我不去医院。"

周途："去我家。"

姜寻："啊？"

大概是猜到了她在想什么，周途轻笑出声："我又不在家，你害怕什么？"

听了这话，姜寻不服气了："谁怕了？我只是觉得大半夜的，周老师提出这种要求，非常不合理，不仅不合理，还有些……"

"有些什么？"

姜寻红着脸，不说话了。

周途没有再逗她，继续说："你不是想看酸奶吗？它在家等你呢。"

姜寻义正词严地说道："周老师，你下次能一次性说完吗？断句断得不好，非常容易引起误会。"

电话那头，周途勾了勾嘴角："去吗？"

姜寻："去。"

反正她下个星期才会进组，这几天闲着也是闲着，还不如去看看猫。

姜寻把药膏放进药箱，说："那你把地址和密码发给我吧，我自己打车过去就行。"

周途："密码是你的生日。"

闻言，姜寻愣了一下，然后才控制着上扬的嘴角，"哦"了一声，说道："知道了。"

姜寻按周途给的地址打车来到了他家，输入密码进去后，她打开了玄关的灯。

这里和想象中一样，满屋的冷色调，布局和摆设非常简单。

姜寻用手拨动了一下柜子上的摆件，两个银色的小球碰撞在一起，发出了细细的响声。

这时候，屋子里传来了一声猫叫。

姜寻的注意力被吸引了过去，沿路打开灯，最后在沙发上找到了戒备十足的酸奶。

她走过去，蹲在沙发旁边，伸手戳了戳酸奶的脸，眉眼弯弯地问："酸奶，还记得我吗？"

酸奶"喵"了一声，扭过头不理她。

姜寻揉着酸奶的脑袋，撇了撇嘴："小没良心的。"

她话音刚落，包里的手机就振动了一下。

姜寻拿出手机，是周途发来的消息，问她到了没有。

姜寻盘腿坐在沙发旁边回复："到了。"

想了想，她转过头看了一眼旁边正在舔毛的酸奶。

紧接着，她发去了新的消息："周老师，你要看看酸奶吗？"

姜寻看着聊天框上的"对方正在输入中"消失了，紧接着，视频电话响了起来。

姜寻一时有些慌乱。

她只是想拍张照片！

姜寻拿出包里的小镜子，快速整理了一下发型，又补了口红，在视频电话结束的前一秒接通了。她对着镜头眨了两下眼睛，说道："周老师？"

周途："嗯？"

姜寻抿着嘴，脸上的笑容越来越明显。

她咳了一声，尽量用正经的语气问道："这么晚了，你还没睡吗？"

"等一会儿就睡。"

"哦，那你明天几点开工？"

"九点，"周途问，"膝盖好点了吗？"

姜寻低头看了眼膝盖："没什么大碍，休息两天就好了。"

这通视频电话足足打了三十分钟，作为"通话理由"的酸奶也在旁边等了好久，到最后，见实在没有它的"戏份"，它才转身摇着尾巴离开。

姜寻看了看时间，说道："不早了，我要回家了，周老师也早点睡吧。"

周途："姜寻。"

"啊？"

"太晚了，住在那儿吧，有客房。"

姜寻的脸有些红："这不太好吧……"

周途缓缓道："没关系，我女朋友不会介意。"

姜寻："呃……"

既然这样，她也不能落于下风："没想到周老师的女朋友这么大方。"

电话里，周途轻声笑了一下："客房里有睡衣，浴室里也有洗漱用品。"

姜寻沉默了一下，才说道："周老师，你是不是早就等着这一天了？"

周途："嗯，我蓄谋已久。"

"既然是这样，那我就勉为其难地留下，帮周老师照顾几天酸奶吧。"

周途勾了勾嘴角："好。"

挂了电话，姜寻总觉得自己好像忘了什么重要的事，却又怎么都想不起来了。

算了，不管了。

她推开一间卧室的门，正打算看看这里是不是客房，却在床头柜上看到了一张照片。

那是她和周途的合照。

姜寻走了过去，拿起相框。

照片中，她对着镜头，单手托着脸，而周途坐在电脑前，只有一个背影。

这好像是他们唯一一张合照。

她记得她走的时候将合照扔到了垃圾桶里。

姜寻打开客房，发现这个房间的装饰和整个屋子是不一样的风格，甚至可以说是完全按照她的喜好来布置的。

她走到化妆桌前，见桌上放了很多礼品盒，每个盒子上都贴有标签。

"生日快乐。"

"新年快乐。"

"七夕快乐。"

……

看着这些礼物，姜寻的眼眶有些湿润。

她忽然发现，周途不是不够爱她，只是他爱她的方式和她期待的不同。

但他把她说过的每句话都记在心里。

姜寻拆了一晚上的礼物，午夜三点的时候，她发了一条微博。

微博配图里是她看到的所有礼物。

姜寻平时也经常分享生活日常，粉丝们都觉得没什么，直到第二天早上，陈忱给她的微博点了一个赞，她又上热门话题榜了。

陈忱本来就属于人气明星，又和姜寻合作了一部综艺节目和一部电视剧，网上有不少他们二人共同的粉丝。这时，二人共同的粉丝见两人"发糖"，平时被周途与姜寻的二人粉丝压一头的他们自然扬眉吐气，甚至说姜寻照片里的礼物都是陈忱送的，两个人早就在一起了。

姜寻睡了一觉，神清气爽，刚伸个懒腰，就听到了手机的振动声。

朋友们纷纷来关心她和陈忱是不是在一起了。

姜寻："啊？"

没一会儿，陈忱也给她发了一条消息。

陈忱：不好意思啊，我就是给你的微博点了个赞，没想到会这样。

姜寻：没事，等热度过去就好了。

像这种子虚乌有的事，大多不用澄清，冷处理就好。

而《明月几时有》的片方也趁着这次热度发布了首支预告片。

因为预告片的发布，一直到中午，姜寻和陈忱的话题热度依旧居高不下，甚至多出了许多两人在综艺节目里同框的剪辑视频及剧组花絮。

大家突然发现，相比周途，无论是性格上还是外形上，姜寻和陈忱更合适。

而且，这一对的物料多一些，再加上陈忱看向姜寻的眼神温柔又宠溺，看起来带劲许多。

可谁也没想到的是，下午两点，某杂志方突然预售了姜寻和周途的双人杂志。

随后，这条微博直接登上了热门话题榜第一，完全不亚于当红明星公开恋情的热度。

"我是看到了什么？有生之年，我终于等到了双人杂志封面！我爱杂志社！"

"是谁说我们周途和姜寻没有真物料，只能靠我们想象的？！看看这是什么！"

"呜呜呜，感谢杂志，我就知道他们一定是真的！"

"请给我原地结婚！"

姜寻逗了一会儿酸奶，打开手机时看到的是和之前完全不一样的画面。

她觉得有些奇怪，怎么这次没有人问她是不是和周途在一起了？

一个星期后，姜寻低调地进组了。她的戏份虽然不多，但是很具有挑战性。她的表演经验还不足，乔晏依旧给她安排了表演老师。

姜寻到酒店放好东西，准备下楼转转，可她刚出房间门，就看到了一道闪光灯。

她下意识地伸手挡住了脸，可对方还在不停地拍照，甚至越走越近，似乎根本不担心被她发现。等到闪光灯停下，姜寻微微皱眉，还没来得及开口，就听到一道女声："怎么是你？"

姜寻看向她，心里顿时松了一口气。

秦一乔收起手机，神色有些不满，似乎在怪姜寻打乱了她的计划："你怎么会在这里？"

见秦一乔态度蛮横，姜寻的语气也不客气："在问别人问题之前，你难道不应该先解释一下你的举动吗？"

"我来捉奸我老公的，谁知道会遇到你？"说话间，她的神色不由得多了几分警惕，"我老公的情人该不会是你吧？"

姜寻十分无语。

姜寻之前是听陆晚晚说了秦一乔和她老公打离婚官司的事情，可她怎么也没想到能遇到秦一乔来捉奸。

秦一乔打量了姜寻两眼，无所谓道："你不承认也没关系，我可是收到了内部消息，那个贱人就住在这个酒店，我一个房间一个房间地找，我就不信她露不出马脚。"

姜寻："所以，你不管看见谁从房间里出来就拿着手机一顿乱拍吗？"

"那不然呢？这些都是证据，等我找到那个贱人后，我要把她的丑陋嘴脸发到网上去，让网民都看看她是什么货色。"

以前，秦一乔是她们几个中最骄傲的那个，没想到三年的婚姻完全把她变成了另一个人。

"如果你不想在捉奸之前就被酒店保安带走，我劝你还是先把闪光灯关了。"

秦一乔被姜寻说得一愣，随即冷笑道："我看你是心虚了吧。"

姜寻敷衍地笑了笑："祝你成功。"说完便转身离开了。

秦一乔跟了上去："我听说住在这个酒店的人大部分都是一个剧组的，我没见你在江州有什么活动，你是来拍戏的吧？"

姜寻冷淡地说："没想到你还挺关心我的。"

被她拆穿，秦一乔也不心虚，反而理直气壮道："余水最近像疯子一样散播我的负面消息，我不得多上点心吗？万一你和她狼狈为奸怎么办？"

见姜寻没有要理她的打算，秦一乔又说："你就帮帮我吧，只要能找出我老公的情人，等我拿到他出轨的证据，打赢这场离婚官司，我一定会给你好处的。"

"谢谢，不用了。"

"你是怎么回事？我都开口求你了，你好意思拒绝吗？"

"你都好意思开口求我，我怎么就不好意思拒绝了？"

秦一乔一时被呛到无语，然后自嘲般地笑了一下："算了，我差点忘了，你们一个个的都等着看我的笑话呢，怎么会帮我。"

姜寻停下脚步，转过头去看秦一乔。

秦一乔挤出两滴眼泪，神情苦涩地说："像你这种粉丝多、追求者也多的女明星是永远体会不了我的感受的。"

"你刚才不还说我是你老公的情人吗？"

"当然不能排除这个嫌疑，毕竟像你这样年轻貌美的女生，确实在我老公的追求范围之内，就算你不是他的情人，但也有可能是什么约会对象之类的。"

姜寻实在无话可说。

秦一乔到底是嫁了个什么玩意儿？

秦一乔又说："这你就不懂了，豪门不是那么好进的，有些人表面上对你阿谀奉承，说不定在背后怎么嘲笑你呢。"

"那你还嫁给他？"

"嫁之前谁知道呢？"秦一乔见姜寻不吃她这一套，假装擦了擦眼泪，"再说了，我也不相信那些嫁进豪门的女明星都是因为遇上了真爱，其实说到底还不都是为了钱？可只有嫁进去之后，才会知道所谓的豪门有多肮脏。"

姜寻抿着嘴，想了想，才说："也不全是那样的。"

秦一乔翻了个白眼："妹妹，你知道什么？我是作为过来人才给你说这么多的。如果有一天你真的嫁进了豪门，那也得小心点，不要像我一样，到处捉奸。”

姜寻严正声明：“我又不缺钱，我也不想嫁入豪门，我相信自己永远不会有那么一天的。”

秦一乔十分不屑地笑了一下：“你跟我炫耀什么？谁不知道你是大明星呀，最近你和周途那么火，看把你能的。不过，我得提醒你，周途不是你能招惹的，他家里厉害着呢。”

秦一乔以前跟老公出席周氏的年会时远远看见过周途，她当时还觉得纳闷，这样的聚会怎么会请明星来。

后来她打听了一下才知道，原来周途是周氏集团董事长的独子，也是周氏唯一的继承人。

而周氏产业之大，除了在南非有钻石矿，他们家在餐饮、房产、珠宝、服装等方面都有所涉猎。

秦一乔又以一副过来人的语气道：“人家以后肯定是要回去继承家产的，然后再娶个名媛千金，哪里会看得上你？你现在好歹也是个大明星，贴着人家传绯闻，也不嫌丢脸。”

姜寻“哦”了一声，敷衍地笑道：“谢谢你的好意啊，那我先走……”

秦一乔拉住她，皱眉道：“你还没答应我呢。”

“我帮不了你，你继续找吧，说不定就被你瞎猫碰上死耗子了。”

秦一乔冷笑道：“姜寻，我实话跟你说吧，我现在正在打官司呢，如果找不到他出轨的证据，我一分钱都分不到。我不好过，你也别想好过。”

姜寻深深地吸了一口气：“大姐，你们夫妻之间的事与我何干，我只是路过而已。”

“那我不管，只能算你倒霉。你必须帮我，不然，我就向媒体曝光你的秘密。”

闻言，姜寻不免有些好奇：“我有什么秘密？”

秦一乔抱胸道：“我好不容易才有你的把柄，自然不可能这么轻易说出来。"

姜寻沉默了。

这时候，吱吱正好来找姜寻，看到眼前的一幕，她问道："寻寻，你朋友啊？"

姜寻："路过的。"

秦一乔冷哼了两声，见有外人，也不方便再说，离开前又说："我还会来找你的。"

等她走远后，吱吱忍不住说："刚才那位是秦一乔吧？她也太横了吧，不知道的还以为你欠了她的钱呢。"

姜寻耸了耸肩，问道："你认识她？"

"啊……倒也不是认识，就是这几天在家里没事，去余水那里看了看热闹。你别说，她说的内容还挺带劲的。我特别想知道陆晚晚和余水为什么会在演唱会的后台打架，她们那时候不是好到穿同一条裤子吗？她俩到底是因为什么闹翻的？"

已经过去了这么久，姜寻都快不记得了。

不过，被吱吱这么一提醒，她倒是想起了不少事。

她们之所以会在后台打架，是因为余水发现陆晚晚勾引她的男朋友，陆晚晚却不承认，说是余水的男朋友对她死缠烂打，她根本看不上那种一百零八线的演员。

于是，两个人开始互相进行人身攻击，散播各种负面消息。

她们之前关系好的时候恨不得天天都待在一起，而且私下里，她们也没少说姜寻和秦一乔的坏话。后来这些话在她俩吵架的时候全爆了出来，两人越说越激动，不知道怎么就厮打在了一起。

眼看着马上就轮到她们上台了，姜寻怎么劝都没人听，甚至在她想要上去拉架时不知道被谁抓住了头发，而秦一乔还在旁边煽风点火，巴不得她们闹得越大越好。

那场面真是混乱至极，现在想想都觉得可怕。

姜寻："虚假姐妹情，闹崩了也很正常。"

吱吱赞同地点头道："确实是这个道理。"

说着，吱吱忽然反应过来，她来找姜寻是有正事的。

"对了，我刚才和剧组沟通了，等他们收工回来，你先和主创人员一起吃个饭，先认识一下，顺便和导演商量一下明天要拍的戏。"

姜寻刚想要点头，却忽然想起主创人员中也包括周途。

她咳了声，正色道："只用和导演对戏吧？"

吱吱点头道："对啊。"

姜寻松了一口气。

吱吱观察着她的表情，意味深长地开口："你不对劲。"

姜寻立即止了笑，调整好表情，一副公事公办的语气："我在想剧本呢，明天拍什么戏来着？"

吱吱提醒道："你和周途的对手戏。"

姜寻："呃……"

她连忙拿出手机翻了翻，见不是激情戏后，悬着的心才放了下去。

只不过……

上来就和周途对戏，她心里真的还没做好准备！

到了晚上，作为今天最闲的人，姜寻率先来到包间等着了。

时间一分一秒地过去，她索性趴在桌子上出神。

过了一个小时，包间的门才被推开，制片人率先走了进来，他连连道歉道："寻寻，实在不好意思，临时出了一点意外，延迟了一个小时收工，让你久等了。"

姜寻起身笑了笑："没事没事，我也是刚到没多久。"

紧接着，大家陆陆续续走了进来。制片人忙给她介绍："这位是我们这部电影的导演——李怀。"说着，又对李怀说："李导，这是姜寻。我之前跟您提过，她是一位很优秀的女艺人，唱跳能力很不错，刚开始转型做演员，以后还希望李导能多多指导。"

作为晚辈，姜寻非常礼貌地弯腰道："李导您好，非常荣幸能参演您执导的作品。"

李怀没有开口，只是点了点头，他这个年纪的人对唱跳歌手并不关心，也不感兴趣。

他不喜欢用不专业的演员，觉得现在演员这个行业的门槛越来越低，只要背后有人捧，什么人都能来演戏。

很明显，姜寻和制片人都感受到了李怀那不友好的态度。

姜寻的脸上仍旧保持着笑意，制片人很快便反应过来："寻寻，来，我继续跟你介绍，周途，咱们这部电影的男主角，你们可能之前没合作过，不认识……"

不等他的话说完，旁边的女演员便笑道："他们合作过好几次了，上个星期还因为拍双人杂志封面上过微博热门话题榜呢。"

制片人闻言有些惊讶："真的吗？"说着，他拍了拍额头，又说："不好意思，我最近每天忙得连轴转，都没注意到这些，抱歉抱歉。"

制片人说话的时候，姜寻抬头，正好对上了男人的黑眸。她趁其他人不注意，悄悄朝他吐了吐舌头，然后一本正经地开口："很高兴这次能和周老师一起拍戏。"

不过，话刚说出口，姜寻就有些后悔，她很怕周途回她一句"有多高兴"。

周途的眼底闪过一抹极淡的笑意："我期待很久了。"

比她想象的回答要好很多。

姜寻忽然觉得自己转型当演员似乎是一个错误的选择。作为一个唱跳歌手，她的专业能力还是不错的，但在演戏方面，她真的不在行。

虽然现在也有了点小成就，但她转型之后拍摄的第二部作品就是和得了大奖的实力派演员合作，现场的状况肯定会惨不忍睹。关键是，这个实力派演员还是她的前男友和现……暧昧对象。

她从前好不容易找回的一点尊严眨眼间就化为了乌有。

制片人将主创人员一一介绍完，大家便坐到了餐桌前。

姜寻坐在之前说话的女演员身边，周途则坐在李怀身边。

听着他们聊剧组的事，姜寻也插不上什么话，只好静静地坐着。

姜寻发现，虽然周途没怎么说话，但看得出来，李怀很喜欢他，和刚才对她的态度截然不同。

一顿饭结束，就在大家陆续离开时，制片人说："李导，你和寻寻对一下明天要拍的戏吧。"

李怀却道："我看了她的戏份，只有几场，台词也不多，回去先把剧本台词背熟，有什么问题，明天到了拍摄现场再讨论。"

姜寻知道李怀对她有意见，不愿意给她讲戏，便没有去找不痛快，只是安静地站在一旁。

制片人有些尴尬："这……"

他知道李怀是想趁机挫挫姜寻的锐气，好让她知道演员不是这么好当的。可姜寻也不是没有能力的关系户，进入娱乐圈这么多年，她的专业能力是唱跳歌手里是排名第一的。

就在制片人骑虎难下的时候，周途开口道："我给她讲吧，明天大部分都是我和她的戏。"

李怀闻言，颇为意外地看了一眼周途，大概是没料到他会主动揽下这个差事。从开机到现在，李怀觉得周途虽然没有架子，也从来不要大牌，但他性格冷淡，平时在片场，除了拍戏，很少和人有过多的交流。

而制片人听了这话，脸上密布的愁云顿时散开了，他笑容满面道："好好好，这样最好不过了！"说话间，他又转过头去看姜寻："寻寻，有周老师和你对戏，你可要好好向周老师学习呀，这是多少人梦寐以求的事呀。"

姜寻干笑了两声："哈哈，那就麻烦周老师了。"

"不麻烦。"

不知道是不是自己的错觉，姜寻觉得他好像隐隐勾了一下嘴角。

为了避免传出不必要的绯闻，制片人给他们在楼下的咖啡厅找了一个安静的包间，而后坐在角落里，竭力降低自己的存在感，给他们更多的对戏空间。

由于有制片人在，姜寻很快把脑子里乱七八糟的想法都抛开了，认认真真地跟周途对起戏来。

但是很显然，不论是专业能力还是专注度，周途都比她强很多。

两个多小时下来，姜寻觉得自己上了一堂非常严谨的表演课。

不知不觉，就连制片人都被吸引了，听得非常入迷。

姜寻忍不住有些走神，莫名想到了后面的那场戏……

"姜寻。"

她迅速收回思绪："抱歉，我……"

周途单手支在桌面上，挑了挑眉："在想什么呢？"

姜寻刚要回答，却发现制片人不知什么时候已经出去了，包间里只剩他们两个人。

她鼓了鼓腮帮子，吐了一口气："在想周老师怎么这么厉害。"

从周途进入娱乐圈拍电影到现在，只有三年的时间，但他表演的专业能力超过了许多科班出身的演员。

她觉得，如果给她三年，甚至是五年，她也达不到他这个程度。

周途盯着她，缓缓地说道："你指的是哪方面？"

姜寻："呃……"

等到姜寻意识到他话里有话的时候，制片人已经推门进来了。

她只能涨红着一张脸，生硬地移开了视线。

制片人说："不好意思，不好意思，刚刚接了个电话，两位老师继续吧……"

周途起身说："今天差不多了。"

"那行，就到这里吧。"制片人转头对姜寻说，"寻寻，李导就是那个脾气，他其实对你没意见，只是这几年转型的艺人越来越多，有些人纯粹是图影视行业赚钱快，对演戏非常敷衍。李导还不了解你，所以才会……"

姜寻明白制片人的意思，笑着说："我知道的，我会好好拍戏，让李导认同我。"

制片笑着点了点头："对，李导是一个非常有实力的导演，如果得到他的指导，对你一定非常有帮助，说不定以后还能有更多的合作机会。"

说话间，他们已经进了电梯。

由于制片人的房间和演员的房间不在同一层，他打了声招呼便出了电梯。

电梯里只剩下姜寻和周途两个人。

姜寻伸出一根手指，轻轻戳了戳他的掌心。

就在周途要收拢掌心的时候，她却快速把手收了回去，然后扫了一眼所在楼层，随即看向周途，一脸正经地说道："到了，周老师不走吗？"

周途舔了舔薄唇，轻笑了一下："走。"

姜寻觉得不妙，赶紧出了电梯。

周途迈着长腿，不急不缓地跟在她身后。

姜寻拿出房卡开了门，转过头看向周途，刚想要说什么，旁边突然传来了一阵脚步声。

她怕又是秦一乔拿着手机乱拍，顾不得许多便连忙把周途拉进了房间，用最快的速度关上了门。

房间里黑漆漆的，没有一丝光线。

姜寻的手还撑在门板上，面前是男人温热的身体。

她忽然反应过来，迅速把手收了回去，咳了一声："周老师别误会，我只是……"

没想到，男人的手环上了她纤细的腰身，阻断了她所有的退路。

周途："误会什么？"

姜寻没敢说话。

"嗯？"

黑暗中，她抬头望向他，眨了眨眼睛："我是找你来我房间讨论剧本的。"

周途的胸膛轻轻颤了两下，仿佛在笑。

姜寻噘嘴，心想，有什么好笑的？

她趴在他怀里："周老师，我的演技是不是很差啊？"

"还好，有进步的空间。"

"可是李导还没看过我演戏，就直接否定我了。"

这给了她很大的心理压力。

周途柔声道："没关系，你只要把自己的工作做好，就不用在意其他的。"

姜寻更加沮丧了："可是，万一我做不好怎么办？"

"你可以求我教你。"

求他……怎么可能！

姜寻刚想离开，男人放在她腰上的手收得更紧了。周途轻笑出声："确定要放弃这次机会？"

姜寻："我觉得，还是靠自己的努力比较好。"

谁不知道他在打坏主意……

见他始终没有要松开手的意思，姜寻的眼珠子转了转，抬手在他的腰上挠了挠："周老师，我给你买了礼物，你不想看看吗？"

黑暗中，她感觉到周途的身体微微一僵，几秒之后，他缓缓放开她，嗓音比之前低哑了几分："好。"

姜寻退了一步，把房卡插在卡槽上，瞬间原本漆黑的房间里溢满了灯光。

姜寻适应了两秒才睁开眼睛，她转身朝卧室跑去。

她在一堆行李里翻出了一个黑色的小方盒，而后扬了扬嘴角。

姜寻从卧室里出来，见周途正在喝水，喉结上下滑动着，下颌线十分完美。

姜寻舔了舔唇瓣，看得有些渴。

周途感受到一道灼灼的目光，他放下水杯，转过头看向她。

姜寻看着他被水浸湿的薄唇，觉得目光被烫了一下，连忙收回思绪走了过去，把手里的东西递给他："我在巴黎逛街的时候看到的，觉得挺好看，就买了。你看看喜不喜欢。"

虽然她已经在竭力控制自己的情绪，把这番话尽量说得云淡风轻，可周途还是从她的语气里听出了一丝紧张和期待。他勾了下嘴角，接过盒子打开，看了几秒后，抬头盯着她："我很喜欢。"

姜寻被他看得有些不自在，伸手摸了摸鼻子，移开视线道："我是问你喜不喜欢礼物，你看着我干吗？"

周途把盒子放在茶几上，身体微微靠在沙发上，他抬了抬眉："不能都喜欢吗？"

姜寻的嘴角忍不住上扬，想了想，又说："那如果必须选一个呢？"

周途握住她的手腕，往前一拉，从盒子里拿出胸针，别在她的衣服上："这样还用选吗？"不等姜寻回答，他便抚上了她的后颈，吻了上去。

狡猾的男人，竟然企图用这种方式蒙混过关。

不知道过了多久，周途才放开她。

姜寻的脸红红的，轻轻喘着气，忍不住道："看来周老师没少拍吻戏。"

周途用舌尖舔了一下牙："其他戏也拍得不少，要教你吗？"

姜寻飞速地拒绝了："谢谢，这种事都是要天赋的，我不行。"

周途用长指轻轻弹了一下她的额头："时间不早了，睡吧。"

闻言，姜寻又警惕了起来："怎……怎么睡？"

周途忽然倾身靠近她，轻声问道："你想怎么睡？"

"我……我……"

看着周途近在咫尺的那张俊脸，姜寻的视线不自觉地移到了他的薄唇上，脑海里闪过的是刚才他喝水的那一幕，还有他亲她时传

213

来的那种令人心颤的温度。

见她半天也说不出个所以然，周途轻笑了一声，不再逗她："早点睡吧，我回房间了。"

周途离开后，姜寻抱着枕头在床上翻来覆去，怎么想都觉得不应该。

以前都是她想方设法地去撩周途，怎么现在反倒是他在掌控他们之间的进度？

局势对她非常不利。

她一定要找准机会，扭转这个被动局面。

第二天早上九点，姜寻准时到了片场，等待开工。

可没想到的是，她在人群中看到了一张熟悉的面孔。

对方也看到了姜寻，冷嗤了一声后便不屑地收回了视线。

吱吱在姜寻旁边看到了这一幕，小声骂了一句："她有病吧？"

姜寻收回视线："她一直都是这样，别管她。"

吱吱忍不住说："我真的觉得，你在团队里的那半年能从她们手里'逃生'，真是太不容易了。"

姜寻也没想到会在这里同时遇到秦一乔和陆晚晚，如果余水也来了，那才是真的精彩。

很快，拍摄开始了。

今天的戏基本都是在酒吧里拍摄的，拍摄内容是，发生命案后，警察的第一次调查。和她对戏的就是周途饰演的犯罪分析师。

可等到开始拍摄时，姜寻见陆晚晚走了过来，她才逐渐意识到不对劲。今天的拍摄内容里，有一个女人会告诉她受害人死了，而这个女人正是陆晚晚扮演的角色。

虽然她们只有两句对话，但包含的情绪却很复杂。

故事背景本来就是一场错综复杂的凶杀案，因此，每个人看上去都有嫌疑。

她和陆晚晚要在这两句台词里把人物的性格和看待这起案件的

态度都表达出来。

姜寻深深吸了一口气，调整好自己的状态。

摄影人员和灯光师准备设备时，姜寻在化妆台前默默背台词，陆晚晚阴阳怪气地开口：“这时候还临时抱什么佛脚啊？装模作样这个词形容的就是你这种人吧。”

姜寻侧过身，不愿意搭理她。

陆晚晚见状更来劲了：“哟，你还不乐意了，明明是个歌手，非要来当演员，有人捧就是好啊，想怎么样就怎么样。”

姜寻觉得，陆晚晚今天不仅阴阳怪气，话里还藏了刀。

她放下剧本，问：“你到底想说什么？”

陆晚晚：“我一个没有背景的人，哪儿敢说什么啊？”

这时候，不远处的李怀开口了：“别聊天了，大家准备好，开始拍戏了。”

陆晚晚随即换了一副笑脸，转过头说道：“李导，我在和姜寻对戏呢，我看她还在背台词，有些担心。”

姜寻不得不在心里佩服陆晚晚的手段。

李怀微微皱眉，神色有些不耐烦：“早干吗去了？先拍一条再说吧。”

陆晚晚收回视线，看向姜寻，挑衅地抬了抬下巴。

姜寻面无表情地看着她，冷笑了一声。

“卡——”

随着李怀的声音落下，姜寻调整了一下状态，轻轻吐了一口气。

李怀拿着剧本走了过来，对陆晚晚说：“情绪不对，比如说这句台词，你的语气应该是逐字递进的，就像我这样，而不是一整句话都在一个调上。”

这部电影是现场收声的，在台词方面要求非常严格。

陆晚晚点了点头：“好的，导演，我明白了。”

紧接着，李怀看向了姜寻。

站在旁边的陆晚晚见状，勾了勾嘴角，正准备看好戏，却听李怀说了一句："你勉强还行，不过别高兴得太早，这场戏才刚开始拍，之后，人物的内心情绪会更复杂。"

虽然导演说的是"勉强还行"，姜寻却从他这一长句话里听出了对她的夸奖。

她嘴角上扬："谢谢导演，我会更加努力的。"

随即，她朝陆晚晚挑了挑眉，后者恨得牙痒痒，却也没办法。

李怀又给她们讲了其他需要注意的部分，声音里带了几分严厉："我们先拍一条全景，把整场戏过一遍。如果有谁没记住台词，那就别怪我不客气了。"

等到开始拍摄前一分钟，姜寻转过头，下意识地扫了一眼身后，发现周途不知道什么时候来了，正站在不远处看着她。

姜寻抿着嘴，收回了视线。

陆晚晚抱着胸道："别看李导刚才没骂你，我告诉你，演员这行没有你想的那么容易，我劝你还是回去唱你的歌，跳你的舞，不然，小心你的粉丝都跑光了。"

姜寻："哦。"

面对姜寻一副"油盐不进"的样子，陆晚晚气得咬牙切齿。

其实，姜寻演的这个角色本来应该是陆晚晚的。陆晚晚和制片方聊得好好的，都快签合同了，姜寻却突然被塞了进来。

陆晚晚得知这个消息的时候十分生气，但她又不甘心，毕竟这是一部大制作电影。先不说李怀的拍戏功底，单说周途的人气都可以给这部电影带来巨大的热度和曝光度。

哪怕只是一个小角色，也能获得前所未有的关注度。

陆晚晚想了不少方法才把她这个角色原本定的演员挤下去，不然凭她现在的名气和实力，是绝对不可能来演这种角色的。

陆晚晚本想借着拍戏的时候打压姜寻，让姜寻知道歌手和演员的差别，谁知道，和姜寻对戏的那一瞬间，反倒是她心里没了底。

从姜寻跟她拍的那场戏来看，她就知道姜寻的演技比她想的要高出许多。

可姜寻至今不是只拍过一部戏吗？怎么会这样？

陆晚晚越是着急想要表现自己，越是错漏百出。拍戏的过程中，李怀接连喊停了几次，她明显能感觉到他的脸色难看了许多。

姜寻倒是没陆晚晚想得那么多，她只是在这一瞬间忽然觉得，周途获奖的含金量实在高，她叫了这么久的"周老师"，果然没白叫。

谁也没想到姜寻和陆晚晚这场戏会拍一个上午，而且问题还全部出在陆晚晚身上，面对李怀的低气压，大家连大气都不敢出。

陆晚晚好歹拍了三年戏了，虽然不火，但也有一定的表演基础，此刻却表现得一塌糊涂。

好在她的戏份不多，除了和姜寻的这场戏，其他部分都是和配角的对手戏，可以交给副导演去拍。

中午休息的时候，姜寻坐在房车里，一边吃着午饭，一边和周途发消息。

没过一会儿，吱吱慌忙跑了上来："寻寻，我打听到了。"

姜寻放下手机，问道："什么情况？"

吱吱："事情是这样的，陆晚晚本来是演你这个角色的，但制片方觉得她的形象不适合，可是她有背景，制片方又不好拒绝，就先拖着她。后来，乔总跟制片方接触了好几次，制片方觉得你比较适合这个角色，就定下来了……"

闻言，姜寻算是明白了。

难怪陆晚晚的话里藏着刀子，原来她以为是自己抢了她的角色。

吱吱又说："不过，陆晚晚也有点本事，不知道耍了什么花招，还是挤了进来。但从她今天上午的表现来看，把她招进来的那个人估计肠子都悔青了。"

姜寻把叉子放下："其实她的演技比我好，如果不是急于表现自己，也不会这样。"

"说到底，如果不是她太小心眼，又嫉妒你，她哪至于啊。"顿了一下，吱吱话锋一转，用胳膊肘碰了碰姜寻，"下午就要和周老师拍戏了，你准备好了吗？"

姜寻移开视线，严谨道："这是工作，不论跟谁拍戏，我都要认真准备。"

吱吱肃然起敬："对不起，我收回刚刚的问题，太不专业了。"

姜寻笑了笑，仰头把杯子里的水喝完了："差不多了，走吧。"

下午第一场戏，由于姜寻始终找不到状态，第一条就被要求重拍了。

她仿佛和上午的陆晚晚互换了。

李怀见姜寻上午表现得不错，一直陪着陆晚晚重拍也没怨言，因此这会儿也没发脾气，甚至过来给她讲起了戏。

姜寻听得很认真，一点也没注意到身旁男人的靠近。

等李怀讲完后，她刚抬头就对上了一双沉静的黑眸，眼睛里似乎藏了一丝笑意。

他的声音很低："别紧张。"

姜寻："嗯……"

李怀："她上午演得还行，只是和你对戏时才这样，估计是有心理压力，毕竟你是拿了奖的啊。"

姜寻下意识地问："别人和他拍戏，都是这样吗？"

"分情况吧，有些人不一定能接得上他的戏。"

姜寻鼓了鼓腮，心想，也是，多亏周老师昨晚给她开了小灶，她才能坚持到现在。

李怀对周途说："你再和她对对戏，五分钟后再拍一条。"

李怀离开后，周途站在姜寻面前问："你知道你的问题出在哪儿吗？"

姜寻用剧本挡住小半张脸，抬头望着他，眨了眨眼："哪儿？"

周途勾了勾唇："你不敢看我的眼睛。"

闻言，姜寻心虚地说："我哪有……"

"就像现在。"

姜寻不得不承认，周途说得很准，一针见血。

她每次对上他的眼睛，心跳仿佛都会快半拍，视线便不由自主地避开了。

有一句话说得对，喜欢一个人时，最藏不住的就是眼神。

这里有那么多人，还有摄像机在拍摄，她怕自己的心事藏不住，被人看出来。

周途抬手揉了揉她的脑袋，语调缓慢："你演你的，其他的，交给我。"

姜寻往后退了一步，她快速看了一眼四周，见所有人都在忙自己的事，没有在意他们这边，才小声说："我知道了。"

周途收回手，轻笑道："还用我给你对戏吗？"

"不用，我自己可以。"

五分钟后，拍摄重新开始。

姜寻虽然不是一条就过，但已经比之前好了许多。

李怀在屏幕前看了看，没什么意见，只是说："再来两条。"

一下午很快就过去了，由于上午的那场戏浪费了太多时间，直到晚上九点才收工。

回到酒店后，姜寻趴在沙发上，累到根本不想动。

吱吱说："寻寻，我已经和表演老师说了，你休息一会儿，半个小时后再上课。"

姜寻点了点头，声音有气无力地说："好。"

就在这时，姜寻的手机振动了一下，是周途发来的。

周途："要对明天的戏吗？"

姜寻："我一会儿要上表演课！"

发完之后，姜寻便把手机扔到了一边。

这个别有所图的男人，心思太明显了，她都不想戳穿他。

刚躺了两分钟，吱吱便说："寻寻，你又上微博热门话题榜了。"

姜寻猛地从沙发上弹了起来："我看看！"

该不会是，今天她和周途在片场的举动被人拍到了吧？

姜寻拿过吱吱的手机，胆战心惊地点进去，发现热门话题榜里的内容是她抢了陆晚晚的角色，一颗心又放了回去。她把手机还给吱吱，重新躺下："我还以为什么呢，小事，只要不是……就好。"

吱吱却生气地说道："陆晚晚的粉丝都在骂你呢，这件事还不小啊？"

"她的粉丝以前也经常骂我，无所谓，伤害不大。"

这个话题是两小时前突然冒出来的。

事件的起因是，陆晚晚下午接受了一个采访，有记者问到，她能参演这部电影以及和周途合作是什么样的心情。陆晚晚的神情很忧伤，她说："其实我也很遗憾，本来我有机会能和周老师演对手戏的，可是……只能说我没有这个运气吧，希望之后还有跟他合作的机会。"

记者紧接着问："听说姜寻也有参演这部电影，作为前队友，你们私下有交流吗？"

陆晚晚勉强地笑道："有倒是有的，可是，毕竟我们也有三年没见面了，她又正当红，我也不好耽误她的时间，就没聊几句。"

"其实，业内人士对于姜寻转型的事情还是有些争议的，以你的经验来看，你觉得唱跳歌手转型演员这条路难吗？"

"我觉得主要还是看一个演员的敬业程度吧。除了我，还有许多转型的前辈都非常成功，但我还是希望靠自己努力。有些人不擅长这件事，却非要掺和进来，就算再有人捧也没用。"

记者马上追问："你的意思是，姜寻之所以能得到这个角色，是被人捧的？"

陆晚晚的脸上保持着笑容："我不是这个意思，我只是对事不对人。”

“那你刚才说，你本来是有机会和周途演对手戏的，那言下之意，是不是你原本的角色被人抢走了？最晚进组的是姜寻，抢你角色的人是她吗？几年前，有一次，你们在后台闹矛盾，听说姜寻打了你，这是真的吗？”

面对记者穷追不舍的提问，陆晚晚没过几秒就哭了。

经纪人连忙给她递上纸巾，安慰道：“晚晚，没事的，都过去了。”

当晚，微博热门话题是“陆晚晚被记者问哭”。

虽然标题里没有提到姜寻，但点进去后，铺天盖地都是“姜寻”两个字。

采访的视频微博下全是陆晚晚粉丝的评论。

“姐姐别哭，我们会一直陪着你的，抱抱。”

“我实在是忍不下这个口气！姜寻也太过分了，仗着自己红就可以为所欲为吗？”

“那会儿她们才十八岁吧？姜寻就敢出手打人，真把自己当什么不得了的人物了啊？这样的人还能火，实在是震惊！”

“姜寻现在也总是贴着周途传绯闻啊，之前还说别人蹭她的热度，真是双重标准。”

“姜寻出来道歉，敢动手打人，连道歉都说不出口吗？”

这时候，有网友评论：“不是……有点乱了吧？我在余水那里听到的是她和陆晚晚在后台打架啊，关姜寻什么事？”

这条评论发出后，回复瞬间多了几千条。

“余水也不是什么好东西，只有脑子有问题的人才会信她说的话。”

“没想到姜寻的粉丝这么快就来澄清了。余水现在全靠着蹭姜寻的热度才有了一点话题度，她怎么可能自砸饭碗？”

“我看你的微博没少点赞姜寻的微博，真是笑死人。”

这个事情闹得很大，甚至有人发现了当时几人在台上面合心不合的证据，硬说是姜寻仗着自己是团队里的中心人物，和其他两个人一起排挤陆晚晚。

加上陆晚晚这么一哭，更加"坐实"了姜寻欺负过她。

因此，陆晚晚的粉丝都在心疼陆晚晚，嚷嚷着让姜寻出来道歉。

吱吱翻看着那些评论，十分生气。

"陆晚晚的粉丝和她一样，脑子都有病。"

姜寻没说话。

吱吱一边打着字，一边说："寻寻，你别担心，乔总那边已经在处理这件事了，公司今晚就会出声明。"

姜寻倒是不担心，她一向不把这些事放在心上，何况还是这种莫须有的罪名。

她只是在想明天要拍的戏。

她今天能发挥超常，都要归功于周途昨晚和她对戏。只是，一会儿，她就要去上表演课了，等到课程结束，时间肯定不早了，也没办法和周途对戏了。

姜寻又发了一会儿呆，觉得时间差不多了，正要起身离开，却见吱吱还在用微博小号跟陆晚晚的粉丝吵架，她笑道："行了，你就消停会儿吧，我去上表演课了。"

吱吱的眼睛都气红了："你去吧，我非得骂赢这个人！"

姜寻拿了件外套，去了表演老师的房间。

她按响了门铃，等了几秒后，来开门的却是周途。

姜寻瞬间瞪大了眼睛："你怎么会……"

周途笑了一下，朝她偏了偏头："先进来。"

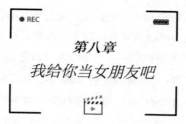

第八章
我给你当女朋友吧

半个小时后，星耀娱乐发出了声明。

声明中指出，姜寻目前参演的角色是星耀的老板在和剧组接触好几次后才定下的，她没有抢任何人的角色，并强调有人说姜寻曾经在后台欺负陆晚晚这件事也是造谣。

星耀娱乐将对这次造谣的人追究法律责任。

声明一发出，姜寻的粉丝就纷纷占领了评论区。

"眼睛没瞎的人都来看看，这可是白纸黑字的声明。再胡编乱造，不是蠢就是坏。"

"我笑了，第一次见越级碰瓷还能这么理直气壮的人。这么能哭，演技怎么那么差啊？用作品说话吧，姐姐。"

"进入娱乐圈多年，归来仍是素人，不蹭姜寻的热度，谁知道她是谁？"

"这姐演了什么电视剧啊？按理说，她拍戏也有几年了，多多少少有些作品吧，我怎么对她什么印象都没有？"

"她最大的作品可能就是这次碰瓷姜寻吧。估计她就是想卖卖惨，博取众人的关注度，谁知道事情闹得这么大，连星耀娱乐都出来辟谣了。"

就在舆论发生巨大反转的时候，余水没放过送上来的热度，敲锣打鼓地发了一条微博。

余水："陆晚晚的粉丝，你们是不是有病？你们可真能够给人扣帽子的。老娘再说一遍，当年和陆晚晚在演唱会后台打架的人是我！原因是什么，我再告诉你们一遍，是因为她不要脸，抢我的男朋友，还死不承认！你们以为陆晚晚是什么冰清玉洁的人？她从来都是当面一套背后一套的龌龊小人。就她这样的还好意思哭？我被她抢了男朋友都没哭呢！再说，她不就是嫉妒姜寻比她红，想要蹭姜寻的热度吗？我看了都觉得恶心！陆晚晚的粉丝别来我这里澄清，来一个我骂一个，来两个我骂一双。虽然我也蹭姜寻的热度，但我是明目张胆地蹭，敢作敢当！总比某些人在背地里偷偷摸摸好多了！"

随后，这条微博火速登上了热门话题榜。

一众网友评论——

"这姐……厉害，第一次见带大名开骂的。"

"不得不说，真的好精彩啊，可以看出她和陆晚晚曾经虚假的姐妹情了。"

"可以，蹭热度蹭得坦坦荡荡，确实比那些背后使坏的人好多了。"

"我发现最惨的还是姜寻，难道这年头，红也是原罪了吗？红就活该被人碰瓷，被人阴阳怪气吗？那些嚷嚷着让姜寻道歉的陆晚晚的粉丝们，是不是也该给姜寻道个歉啊？"

"搬个板凳，坐等陆晚晚方回复。"

……

酒店房间里。

姜寻虽然全神贯注地上着表演课，但视线总是忍不住往坐在一旁的男人身上瞥。

她做梦也没有想到，她的表演老师在某个颁奖典礼时和周途有过一面之缘，而周途今天是专程过来与老师打招呼的。

姜寻根本不相信周途的目的这么单纯。

"今天的课就上到这里吧，你的演技已经进步很多了。"表演老师推了推眼镜，打开保温杯盖，缓缓道，"时间还早，你们正好可以对对明天的戏。"

姜寻收回思绪，一时没有反应过来："啊？"

表演老师："小周非常优秀，多和他对戏，比上课更有用。"

难怪他等在这里不走。

周途起身道："那就不打扰老师休息，我们先走了。"

"去吧。"

姜寻朝表演老师微微弯腰："老师辛苦了。"

表演老师笑着点头："听说你今天在片场的表现不错，明天继续加油。"

这还是姜寻第一次被表演老师夸，她有些不好意思，摸了摸鼻子之后点头致意，转身离开。

出了房间，姜寻问："周老师，我们去哪儿对戏啊？"

周途回过头看她："你想去哪儿？"

姜寻被他看得有些不自在，移开视线，咳了一声，才一本正经道："那就找个适合工作，不容易被人误会的地方吧。"

"好。"

见他答应得这么快，姜寻反倒觉得不正常了。

走了两步后，她忽然反应过来，她和周途单独出现，不论是去哪儿，做什么，都很容易传出绯闻！

姜寻瞬间反悔了，她拉住他的手："等等……还是找个没人的地方吧。"想了想，她又说："吱吱在我房间，去你房间吧。"

周途勾了一下嘴角："你想清楚了？"

她明明是在说正事，他一开口，怎么就变得怪怪的？

为了不落下风，姜寻硬气道："就……对对戏，有什么好想的，快走吧。"

说着，她闷着脑袋匆匆往前走。

周途立在原地，轻笑了一声："走反了。"

姜寻停下脚步，咬了咬牙又折了回来，站在他面前，将头发撩到耳后，云淡风轻道："那麻烦周老师带路吧。"

晚上十二点，见事情不断发酵，陆晚晚的工作室才不得不发了一个声明。

这则声明避重就轻，说陆晚晚当时只是在接受记者的采访，没有阴阳怪气的意思，她被记者问哭也是因为想起过去的辛酸。

声明最后提到，做演员不容易，陆晚晚也是经过打拼才有现在的成就，请各位粉丝不要抠字眼，得理不饶人。

很快，陆晚晚也转发了工作室的声明。

网上又炸开了锅。

"我给大家总结一下声明的意思——虽然我们卖惨博关注，可我们没有错，你们也不准骂我们，否则就是网络暴力。总结得没错吧？"

"楼上总结得精辟，下次，她的公关文案不是你写的，我不看。"

"挺搞笑的，说是经过自己的打拼才有现在的成就，好像只有她才努力一样。"

"她不也是觉得当唱跳歌手太苦了，没什么出路，才转行去当演员的吗？当时数她的业务能力最差吧。演了几年戏，也没拿出一部像样的作品，到底是怎么打拼的，又取得了什么成就啊，姐姐？"

"她们是不是得了一种叫作'不蹭姜寻的热度就会死'的病？当时转行的转行，退圈的退圈，只有姜寻坚持了下来，现在看到姜寻火了就开始眼红了。"

......

陆晚晚工作室发出声明后不仅没有达到想要的效果，网友们反而骂得越来越凶。

在这种情况下，余水也没闲着，她特地跑到陆晚晚那条微博下接连骂了好几条，又发了不少她的负面消息。

对完戏后，姜寻看了看时间，已经十二点半了，她说："周老师，那我就先走了哟。"

周途："等一下。"话毕，他起身进了厨房。

姜寻闲着无聊，掏出手机看了看，正好看到陆晚晚转发的那条声明。

评论区里全是骂陆晚晚的。

随后，姜寻又看到了余水的微博。

现在，全网几乎都在讨论这件事，看了好一阵，都没看到其他有意思的东西。

姜寻放下手机，刚准备去厨房看看周途在做什么，却见他端了一杯热好的牛奶出来。

周途走到她面前，把牛奶递给她，温柔地说："喝吧，温度正好。"

见状，姜寻噘了噘嘴，嘟囔道："这么晚了，喝牛奶会长胖。"

"脱脂的，少喝点没关系。你这两天不是失眠吗？"

姜寻疑惑说："你怎么知道？"

刚问出口，她就有答案了。

肯定是吱吱那个叛徒说的！

周途抬手揉了揉她的头发："乖，听话。"

"哦。"姜寻接过杯子，喝完牛奶，舔了舔嘴唇，"周老师明天几点开始工作？"

周途的视线停在她沾了牛奶的嘴角上，喉结上下滚动着，嗓音低了几分："八点半。"

闻言，姜寻有些得意，炫耀道："真的吗？我要到十点，又可以多睡一会儿了。"

"嗯？"

听着这个语调，姜寻感到了一丝危险，她当机立断道："既然这样，我就不打扰周老师休息了，你明天还得早起呢，晚安啦！"

可她才刚走了一步，手腕就被人握住，拉了回来。

姜寻抬头望着他，眨了眨眼，没说话。

周途缓缓抬手，姜寻下意识地闭上了眼睛。

但落在她唇上的不是预想中的薄唇，而是温凉的手指。

周途拭去她嘴角的牛奶渍，眸子里含了笑："你闭眼做什么？"

姜寻狡辩道："……我什么时候闭眼了？我那是……是眼睛里进了灰尘！"说着，姜寻义正词严道："我要走了，请周老师不要拉拉扯扯的，影响不好。"

周途扬了一下眉，松开了她。

姜寻转身就走。

走了两步后，她又突然折回，用最快的速度踮脚，在他的脸上亲了一口，而后迅速跑走。

看着她离去的背影，周途黑眸里的笑意更深了。

出了周途的房间，姜寻拍了拍胸脯，松了一口气。

还好还好，总算扳回了一局。

姜寻正要离开，身后便传来一道声音："你在这里干吗？你的房间不是在那边吗？"

还真是怕什么来什么。

姜寻转过身，看到秦一乔没有拿手机乱拍之后，她那紧绷的神经才放松下来。姜寻随便找了一个理由："我随便走走，透透气。"

秦一乔的脸上露出了匪夷所思的表情："你没毛病吧，这都快一点了，透什么气？"

姜寻也觉得这借口有些蹩脚，便没有再争论，只是问："那你这么晚在这里做什么？"

秦一乔无所谓道："捉奸啊，还能做什么。"

姜寻无话可说。

秦一乔抱着胸，又说："这你就不懂了吧——时间越晚，人的内心才越松懈。这个时候突然出现，往往能让他们措手不及。"

姜寻干笑了两声："那你加油。"

见她要走，秦一乔连忙拦住她："你急什么，我有话要问你呢。"

"有什么事明天再说吧，我想睡觉了。"

"不行。"秦一乔说，"你不是出来透气的吗？这么着急回去做什么，心里有鬼啊？还是说，你刚刚在跟谁私会？"

姜寻深深地吸了一口气："你想要问什么？"

秦一乔抬了抬下巴："陆晚晚跟你在一起拍戏？"

姜寻点头，"嗯"了一声。

"你觉得她怎么样？"

"什么怎么样？"

"变漂亮了吗？是不是那种容易让男人疯狂心动的类型？"

姜寻的太阳穴跳了跳："难道你怀疑她？"

"我不是跟你说过了吗？只要是长得漂亮的女人，都是我怀疑的对象。你也别急着高兴，你还没洗脱嫌疑呢。"

姜寻不想理她。

秦一乔又自顾自道："这两年，我只在网上见过陆晚晚。不过，现在的美颜滤镜太厉害，所以我才问你。你还别说，我老公就喜欢她那种清纯型的。"

"那你怎么不直接去找她问问？"

"那可不行，我现在去不就打草惊蛇了吗？我得有了确凿的证据之后，再去突袭，争取把那对狗男女捉奸在床。"

姜寻敷衍地笑了笑："那祝你成功。"

姜寻没走两步，再次被秦一乔拦住了。

姜寻觉得自己的眼皮都在抽："大姐，你到底想干什么？"

秦一乔："现在既然怀疑到陆晚晚身上了，那我就更需要你帮我了。"

"你怀疑她总得有个切实的理由吧？难不成就因为你老公喜欢清纯型的，你就觉得每个长相清纯的人都和你老公有染吗？"

"那怎么能一样？"秦一乔说，"陆晚晚有前科，她不是抢过余水的男朋友吗？"

　　见姜寻不说话，秦一乔不屑地开口："像陆晚晚这样的人，有过一次就会有第二次、第三次，被发现也只是时间问题。"秦一乔有些不耐烦："你就说帮不帮我吧。"

　　姜寻想也不想就拒绝道："不帮。"

　　"行。"秦一乔转身站在一个房间门口，"你刚才是站在这里透气的，那我就敲这个房间的门，我倒要看看是谁住在这里，值得你大半夜跑出来透气。"

　　秦一乔刚伸手做出敲门的动作，就被姜寻捂住嘴巴拖走了。

　　姜寻房间里，吱吱还在和陆晚晚的粉丝战斗着，听见开门的声音，她头也不抬地道："寻寻，你回来啦，今天课怎么上得那么……"

　　话说到一半，吱吱下意识地看了过去，发现进来的人不止姜寻一个。

　　秦一乔双手环胸，依旧是那副高冷不屑的模样。

　　吱吱放下手机，心想，这是什么情况？

　　扫了一圈后，秦一乔说："你这住宿条件不错嘛，都快赶上我了。"

　　姜寻扯了扯嘴角："我和陆晚晚的对手戏已经拍完了，我真帮不了你。"

　　秦一乔皱眉，神色不悦道："你这人是怎么回事？张口闭口就是帮不了。但凡你上点心，有什么事是做不成的？"

　　她求人竟然这么理直气壮。

　　"再说了，这是帮我的问题吗？陆晚晚今天这么对你，你难道不应该给她个教训吗？"

　　姜寻："有这个时间，我还不如多背两句台词呢。"

　　秦一乔摇头，恨铁不成钢道："你这个人真没劲。"

　　姜寻看向她："你要说就说你自己，别把我扯进你们的是非里，也别想利用我帮你做什么，我找不找陆晚晚算账那是我的事。"

　　秦一乔嗤了一声："看不出来，你还挺聪明的。"

她确实是打算用激将法让姜寻帮她，谁想到她居然不上钩。

秦一乔又说："这样吧，你想想办法帮我拿到陆晚晚的手机，我看看她的通话记录，只要没有我老公的手机号码，就没什么事了。"

"你能想点正常的方式吗？"

"我能怎么办？想要不打草惊蛇，只有这样。"说着，秦一乔缓缓垂下头，"还有两天就要开庭了，我没时间了。嫁给他这几年，我什么都没得到，还受尽了他家里人的脸色。况且，是他出轨在先，我只是想在离婚时为自己争取一点应得的利益，难道这也有错吗？"

看着她泛红的眼眶，姜寻一时说不出话来，心里有些五味杂陈。

这次，她好像不是装的。

不得不说，秦一乔从一个骄傲的白天鹅变成深闺怨妇，和她那段失败的婚姻脱不了干系。

当时，她们几人的关系虽然不好，可是好歹住过一个房间，一起通宵练过舞，一起为了同一个目标努力过……

这时候，一旁全程围观的吱吱缓缓举起了右手："不好意思，打扰一下……"

秦一乔神色一变，将眼泪收回去，不悦地看了过去："怎么还有人？"

吱吱："我一直都在，只是你没注意到我。"

"你要干什么？"

吱吱小声开口："我是想说……如果你怀疑陆晚晚是你老公的情人，完全不用这么麻烦，只需要找一个手机以陆晚晚的名义给你老公发个约会短信就行了。如果他看到短信后来见你了，说明他们之间肯定有一腿，如果他没来，误会不就解除了吗？"

秦一乔皱眉道："万一我老公不相信，给她发消息确认呢？"

吱吱拍了拍胸脯，保证道："这个你放心，一切交给我。"

等秦一乔和吱吱离开后，姜寻进了浴室。

洗完澡出来，已经一点多了。

姜寻打了个哈欠，躺在床上，打算再看一会手机就睡，她当打开手机，却看到山和影视的官方微博点赞了星耀娱乐的官方微博发布的那条内容。

在这件事上，有些人故意让周途掺和进来，说是姜寻一直在和周途传绯闻，试图挑起两家粉丝的矛盾。可还没等事情发酵，星耀娱乐就发了声明，于是所有人都去骂陆晚晚了。

评论区十分精彩——

"哈哈哈，现在回过头来看看那些跳脚的人都觉得好笑。"

"两位老板都出面了，说明两家关系好着呢，挑拨离间的人都散了吧。"

"山和影视和星耀娱乐，莫名有点意思了。"

"'山星'小情侣，不错。"

……

看了一会儿，姜寻又去了她和周途的超话，看看最近有什么有意思的内容。

没多久，她就看到有一条猜测贴："姐妹们，你们有没有发现，每次寻寻出了什么事，周老师那边都会立即回应？上次，寻寻和陈忱上微博热门话题榜没多久，下午寻寻和周老师拍的双人封面杂志就预售了。这次也是，有人说寻寻蹭了周老师的热度，山和影视就立即出来辟谣了，也太有安全感了吧！他们一定是真的，呜呜呜！"

"姐妹，不瞒你说，我早就发现了！一想到上次他们拍的双人杂志，我就认定了他们肯定是真的！很明显是周老师吃醋了。"

"你们还在怀疑他们是不是真的，而我已经在存份子钱了。"

"这些都不算什么，关键还是那次，姜寻那边染了粉色头发，周老师这边就晒出酸奶戴粉色帽子的照片！这是什么甜蜜爱情？！"

……

姜寻看了一圈下来，发现网友们竟然分析得很有道理。

上次两人拍的双人封面杂志的预售来得太突然了，在此之前，她都没有听到杂志社那边的消息。

这的确像是周途能干出来的事。

至于这次山和影视官方微博点赞的事，也不是没可能。

想到这里，姜寻嘴角的笑意忍不住扩大。

其实，周途真的没怎么变。他还是那样，不会一时冲动。他永远都会站在她的角度来考虑问题，冷静地去分析事情的利弊。

不管是杂志预售的事，还是山和影视官方微博点赞的事，他都是以官方的名义来处理的，避免了许多麻烦。

姜寻退出微博，给周途发了一条消息。

姜寻："周老师，睡了吗？"

周途："还没，怎么了？"

姜寻："男人要早点睡觉，不然对身体不好。"

周途："哪方面？"

姜寻："每个方面。"

周途："我身体很好，下次你可以试试。"

姜寻："呃……"

第二天，拍摄现场。

陆晚晚坐在化妆镜前，看着网上骂她的评论，越看火气越大，而后直接将手机扔到桌面上："这些人真是有病，跟他们有什么关系？骂得那么起劲！还有余水，哪里有热度就往哪里蹭，哪里都少不了她！"

经纪人在旁边玩着手机："这有什么好生气的？我还嫌她们骂得不够厉害呢。"

"你是认真的吗？你看看我都被他们骂成什么样了！"

经纪人："你还是不懂这一行。你瞧瞧人家余水，比你聪明多了。你以为骂她的人少吗？她压根就不在乎。你看看，自从她蹭上姜寻的热度之后，这几个月都上过多少次热门话题榜了，以前有过吗？"

陆晚晚皱着眉，没说话。

"妹妹，你还是太年轻了。你知不知道经过昨晚的事情，我今天给你接到了多少资源？你的片酬也涨了一倍，知足吧。"

"真的吗？"

"当然了，不过，也要多亏了你那一哭，要不然也没有现在这样的效果。之前拒绝你的那部戏的制片方见你有热度了，今天回过头来找我了。"经纪人又说说，"余水不是靠传播队友负面消息来维持热度吗，你也是其中之一。正好，最近有个综艺节目的制作方找我了，到时你过去后再哭上两次，旧事重提，再散布几个姜寻的负面消息，热度不就又来了吗？"

陆晚晚重新拿起了手机，看着那些骂她的评论，冷笑了两声。

确实是这样，有人骂才会有热度。

以前，她的微博评论最多才几百，可这一晚上，她转发工作室声明的那条微博下面已经有几十万的评论了。

没过一会儿，经纪人起身道："化妆师怎么还没来，我去看看，你在这儿等着吧。"

等经纪人离开，陆晚晚去了趟洗手间，回来时，却见桌上多了一杯奶茶。

陆晚晚以为是经纪人买来安慰她的，想也没想就喝了。

可没过一会儿，她的肚子就咕咕叫了起来。

经纪人带着化妆师进来时，陆晚晚正捂着肚子跑出来，她疼得直冒冷汗："我……我先去一趟卫生间，你们等我一下。"

经纪人不耐烦地挥了挥手："去吧去吧。"

几分钟后，陆晚晚从卫生间出来了。

谁知道，陆晚晚刚走到门口，肚子里又是一阵翻江倒海，她又急忙折回去。

不远处，秦一乔挑着眉问："你往她的奶茶里放泻药了？"

吱吱："怎么可能？我才不做那种缺德的事。"

紧接着，她又补了一句："只不过，奶茶里的冰块多了些，肠

234 ⑥

胃不好的人喝了能拉一天肚子。娱乐圈里的女明星都节食减肥，没几个肠胃好的。"

秦一乔又问："那接下来，你打算怎么办？"

"厕所没信号啊，你还愣着干吗？"

随即，秦一乔拿出提前准备好的手机，以陆晚晚的语气和名义给自己老公发了一条短信，约他今晚来酒店见面。

下午五点，姜寻拍最后一场戏，中途补妆的时候，她一直没看到吱吱。

化妆师说："我刚刚看到有个挺漂亮的女生来找她，不知道她们干吗去了。"化妆师给她补着口红，继续说道："那女生背了个限量款包包，走路时眼睛都快到天上去了，傲慢得很。"

听她这个形容，姜寻猜到了那人是秦一乔。

她们真的去找陆晚晚了？

姜寻补完妆，导演组那边还没有准备好。

姜寻拿着手机走到旁边，拨通了吱吱的号码。

很快，电话被接通了，吱吱捂着话筒小声说道："喂，寻寻，怎么了？"

姜寻问："你和秦一乔在一起吗？"

"对，我们已经成功了，现在在守株待兔。"吱吱又说，"有人来了，我先不和你说了啊，你先拍戏，我马上就回去。"

姜寻收起手机，正准备回去，却见身后站了一个人。

因为在想事情，姜寻没有防备，吓了一跳，整个人往后一仰，眼看着就要摔下去时，腰却被人轻轻地搂住了。她惯性地朝前一扑，直接趴进了对方怀里。

这真是让姜寻始料未及，等她反应过来的时候，周围的工作人员都在看着他们，目光诧异，又带着几分八卦的神情。

姜寻迅速从周途的怀里挣脱出来，她镇定地整理了一下头发，然后十分正式地开口："谢谢周老师。"

周途收回手，扬了一下眉："不客气。"

姜寻与他装作不熟，朝他微微点头致意后便离开了。

周途看着她离去的背影，勾了勾嘴角。

剧组工作人员的视线跟随着他们，然后握紧了拳头，满脸兴奋。

他们肯定是真的！

另一边，陆晚晚已经在厕所待了快一个小时了，经纪人来催了好几次，语气越来越不耐烦："你到底是怎么回事，还要多久？"

陆晚晚的声音有些虚弱："我也……不知道，我一站起来就……"

紧接着，一阵奇怪的声音传来了。

经纪人满脸嫌弃地走开，在外面说："我去跟剧组请个假，就你这样子也没法拍了。"说着，她一边走一边嘀咕："好不容易有了热度就开始出岔子，看来还真是没有红的命。"

等她走远后，吱吱看向秦一乔："剩下的事，你自己处理吧，我要回去了。"

秦一乔拉住吱吱："那怎么行？！你现在和我可是一条船上的人。你没听说过一句话吗？帮人帮到底，送佛送到西。等我打赢了这个官司，好处少不了你的。"

吱吱："……我还要工作呢。"

"有什么好着急的，不就是给姜寻打杂吗，你放心，姜寻跑不了，我会叫她过来的。"

"不是，你这个……"

秦一乔理直气壮道："你见谁单枪匹马去捉奸的？人多才有气势。"

剧组其他人还要去另一个地方拍夜戏，姜寻拍完最后一场戏就准备收工回酒店了。

今天收工挺早的，回去也没什么事，姜寻正犹豫着要不要跟他们一起去，顺便在旁边学习一下他们拍戏的经验。

这时候，一个工作人员过来了："寻寻，还要十分钟，我们就出发了，你要一起去吗？"

姜寻一眼认出这个女生是刚才看到她和周途抱在一起的其中一个，她想也不想就拒绝了："我就不去了吧，我……还要回去上表演课。"

"好的，那明天见。"

姜寻微笑着点头道："加油。"

那个女生离开后，姜寻呼了一口气。

幸好她没去，否则很有可能会传出她是为了周途才去的。

虽然事实上……也有这个原因，但好在及时将传言扼杀在摇篮里。

回去的路上，姜寻无聊地看了看她和周途的超话，半个小时前，有人投了稿。

投稿第850条："在剧组，他们抱了，很明显，是周老师主动的。"

评论区十分和谐——

"我就知道，周老师想这么做想了很久了吧？在《职业挑战》里，我就发现他看寻寻的眼神不一般。"

"很难想象周老师那么冷淡的一个人主动起来会是什么样，呜呜呜，光是想想，我就好激动。"

"双人杂志的封面上，周老师看寻寻的眼神就很……反正，我没见过他用这样的眼神看其他女艺人。"

当然，也有不一样的声音——

"别当真了吧，他们怎么可能当着那么多人的面在片场拥抱？想想就得了，别给人扣帽子，说得跟真的一样。"

"楼上的姐妹，你走错地方了吧？这是二人超话，我们也没带两边的人名，本来就是一个不知道真假的投稿，那么较真干吗？再说，还有人说他们几年前就在一起了呢。"

"对啊，这种事不就是图个大家乐呵吗？我沉浸在我的世界里，又没说要让他们真的怎么样。而且，我们这是二人超话，你这样来泼冷水真的很没意思。"

姜寻看着看着，发现她们竟然吵了起来。

还好吵架持续时间不长，大多数粉丝都不想给两人带去麻烦，纷纷噤声。

姜寻松了一口气，她拿起手机，给周途发了条消息。

姜寻："周老师，你刚才找我有事吗？"

等了几分钟，周途都没有回复，估计是还没看手机。

姜寻正打算眯一会儿，手机却突然响了。

是秦一乔打来的电话。

电话接通后，秦一乔问道："你收工了吗？"

"有事说事。"

"你助理在我手上，要想把她赎回去，就帮我盯着陆晚晚那个狐狸精。"

姜寻沉默了。

刚下电梯，她就看到秦一乔站在不远处等着她，吱吱站在旁边，一副心虚的样子。她走过去，没好气地问："陆晚晚呢？"

"回房间了，现在，我们只需要守株待兔就可以了。"

姜寻："那你打算怎么办？难道我们要一起冲进去吗？"

秦一乔双手环胸："当然不会这么简单。我会联系记者，到时候，他们会和我们一起进去的。"

吱吱连忙说："昨天不是说好了只是试探吗？你叫记者一起进去，万一猜错了怎么办？"

秦一乔无所谓道："这有什么？她不是想火吗，正好给她增加曝光度。"

吱吱严肃地拒绝道："不行，如果你非要这样做，那你自己去吧，反正我和寻寻不能再帮你了。"不让艺人卷入这样的纠纷是她最基本的职业素养。

秦一乔见她态度坚决，不耐烦地挥了挥手："好啦好啦，我不叫记者了，我拿手机录视频总可以吧？"

吱吱征求着姜寻的意见："寻寻，你觉得呢？"

姜寻无声地叹了一口气："随便她吧。"

听到姜寻的回答，吱吱继续跟秦一乔沟通起来，确认着每一个环节。

秦一乔有些无语："你当我在这儿跟你对接工作呢？这也不能，那也不能。"

"本来就是，我们才和陆晚晚的团队闹了一场。你真捉到奸了还好，没捉到的话，陆晚晚肯定会拿这件事大做文章，说我们欺负她，侮辱她……"

"好了好了，真是烦死了，我知道了，我绝对不拍到姜寻就是了。"

这时候，电梯门打开了，一个戴着帽子和围巾的男人走了出来。

秦一乔连忙把她们拉到一旁："来了来了。"

姜寻远远地看了一眼："你确定那是你老公吗？"

"捂得那么严实，那我哪能看出来？"

姜寻无话可说。

为了不放过任何一个机会，也为了让姜寻相信，秦一乔睁着眼说瞎话："不过，从身形和穿着来看，肯定就是他。"

姜寻不怎么相信，反问："真的吗？"

"我的老公，我能看不出来吗？"秦一乔说，"别废话了，快跟上去，只要他去的是陆晚晚的房间，那就没跑了。"

几个人跟过去的时候，刚好看到陆晚晚给那个男人开门，陆晚晚撒娇道："你怎么才来呀，人家等你好久了。"说话间，两人搂搂抱抱地关上了房门。

见状，秦一乔眼里的火都快喷出来了，她怒吼道："这个贱人，我非得把她的皮扒了！"

吱吱正准备上前，却被秦一乔拉住了。

秦一乔沉了沉气："现在还不能进去。"

吱吱不解道："为什么？不都已经确认了吗？"

"你懂什么叫捉奸在床吗？"

三个人在门口站了半个小时，秦一乔才深吸了一口气，打开手机的录像功能走了过去。

吱吱拉过姜寻，轻声说道："寻寻，你站到我后面。"

等会儿万一打起来了，不知道场面得有多混乱。

姜寻觉得自己的太阳穴跳了跳，看着正在按门铃的秦一乔，也不知道自己为什么会答应她来做这么疯狂的事。

门铃声响了几下后，门被打开了，陆晚晚的声音随即传来："谁呀？"

秦一乔用力推开门，用镜头对着陆晚晚的脸，一边拍视频，一边骂道："来来来，大家快来看看，狐狸精就长这个样子！"

陆晚晚连忙用手挡住脸，骂道："你是神经病吧！别拍了……"

拍够陆晚晚之后，秦一乔又举着手机往里面走。

吱吱和姜寻也跟着走了进去。

见床上躺着一个人，秦一乔冷笑了一声，冲上去就开始拽被子，疯狂咒骂道："老东西，到这个时候了还死不承认呢，老娘等你好久了，你的狐狸尾巴总算露出来了！你和那个小贱人是从什么时候勾搭上的？！你们完了！我马上就去找媒体曝光你们，你就等着净身出户吧！"

拉扯间，被子终于落了下来，从里头露出的脸却是一个女人的。

正是陆晚晚的经纪人。

秦一乔蒙了："你是谁？那个老东西呢？他藏到哪里去了？把他给我叫出来！"

说着，她开始在屋子里乱找。

姜寻见状，忍不住伸手按了按太阳穴。

完了，她就知道会这样。

陆晚晚站在一旁，抱胸道："别找了，这里没有你要找的人。"

秦一乔的怒气正没处可撒，闻言，她立即破口大骂道："我就知道是你这个贱人！你老实交代，那个老东西去哪儿了？！"

"我不知道你在说什么。"

“你装给谁看呢！”

陆晚晚笑着说道：“秦一乔，你有病吧？大晚上跑到我房间里说些莫名其妙的话，你又是什么好东西？谁不知道你是为了钱才嫁给一个比你大十五岁的老男人。现在要离婚了，开始满世界找他出轨的证据了？麻烦你胡搅蛮缠也有个限度，这件事和我有什么关系？”

说着，她又转向姜寻：“还有你，我真没想到你也来跟着凑这个热闹，还是你觉得我昨天蹭了你的热度，今天你就故意联合这个女人来陷害我，往我的身上泼脏水……”

陆晚晚话音未落，脸上就狠狠挨了一个耳光：“你才有病！”

挨了一巴掌，陆晚晚自然不甘示弱，转头就和秦一乔扭打在一起。

吱吱正要上前帮忙，却见陆晚晚的经纪人拿着手机在录像，她想也不想便冲上去制止那个经纪人。

一时间，两人也拉扯起来。

姜寻已经不是第一次见这么混乱的场面了，她只觉得自己的太阳穴突突地跳。

她错了，她从一开始就错了，她就不该遇到秦一乔，更不该到这里来和她一起捉奸。

最后，房间里的动静惊动了酒店的保安。

等保安把打起来的几个人拉开时，陆晚晚想也不想地喊道：“我要报警！这几个人半夜三更闯到我房间，嚷嚷着什么捉奸，一言不合就开始打我！”

最后，她们被警察带到了警局。

秦一乔坐在一旁，头发凌乱，气得不轻，眼里仿佛在喷火。

姜寻比她也好不到哪里去，因为拉架，她的脸上也或多或少带了伤。

陆晚晚在不远处和警察绘声绘色地讲着今晚的遭遇，把自己说得十分可怜。

秦一乔闻言忍不住冲了上去，如果不是被警察拉住，两人估计又得打起来。

眼看这件事大概调节不了，又牵扯到捉奸，警察也觉得头疼，于是让双方都冷静一下，再去协商。

秦一乔喘着粗气说道："这次我可以肯定，绝对就是这个贱人！她肯定和我老公串通好了，故意演了这么一出戏。这对狗男女最好不要让我逮到什么证据，不然，他们就死定了！"

姜寻一言不发地看着秦一乔，什么话都没说。

秦一乔被她看得毛骨悚然，有些不自在地说道："你那是什么表情？我……"

"你不是说你认得出你老公的身形吗？"

"这个……"见谎言被戳穿，秦一乔也不觉得尴尬，反而理直气壮地反驳道，"谁都有认错人的时候，你就敢保证你永远不会看走眼吗？"

姜寻闭了闭眼，不再理她了。

她认栽。

这时候，吱吱从外面走了进来，小声说："寻寻，我和乔总说了这件事，他说他会尽快处理的。"

姜寻轻轻点头："知道了。"

吱吱："寻寻，对不起啊，如果不是我，你也不会被牵连进来……"

姜寻："和你没多大关系，再说了，始作俑者还在那儿坐着呢，你干吗抢着道歉？"

秦一乔不服气地说："我又没有错，本来就是那对狗男女……"

说话间，她扭过了头。

过了半个小时，走进来两个人，是剧组制片人和李怀。

不知道制片人和陆晚晚说了什么，原本得理不饶人的陆晚晚顿时安静了下来，同意和解。

反倒是秦一乔不同意了，她高声道："凭什么？明明就是……"

吱吱连忙捂住她的嘴，快速在和解书上签了字。

出了警局，李怀看了姜寻好几眼，没忍住问道："你到底是怎么想的？"

姜寻垂下头，满脸愧疚地说道："对不起，李导，给你们添麻烦了。"

"你到底知不知道，不管是谁，一旦牵扯进这种社会新闻里，前途就全毁了？"

这时候，制片人连忙上前道："李导消消气。"他说着，又看向姜寻："寻寻，这件事可大可小，好在陆晚晚是咱们剧组的，我也把她劝住了，但类似的事情再也不能发生了。"

陆晚晚和经纪人坐另一辆车走了，姜寻和吱吱则是跟制片人和李怀坐了一辆车。

到了酒店，制片人把姜寻拉到一边，告诫她下次不要再管这种对自己不利的闲事。

即使陆晚晚真的当了谁的情人，姜寻也不能去管这件事，否则，这件事就会从简单的出轨事件上升到其他层面。万一有人引导着舆论，姜寻就完全变成了过错方，有理也说不清。

姜寻点头道："我知道了，谢谢。"

"没事，今天辛苦了，早点休息吧。我和李导商量过了，你的戏往后推一推，等你的伤好了再拍。你之后的行程没什么问题吧？"

"没有没有，这次是因为我的原因耽误了剧组的进度，我会积极配合的，你们有什么要求，尽管跟我说。"

制片人笑道："好，这两天你就在附近玩玩吧，正好散散心。"

制片人离开后，姜寻在原地站了一会儿，才垂头丧气地往房间走。

她刚拿出房卡，准备开门的时候，却发现不远处有个人静静地站着。

姜寻看了过去，问："周老师？"

周途迈着长腿，朝她走近："进去再说。"

姜寻闷闷地"哦"了一声。

进了房间，姜寻刚想要去给他倒水，就被他按到了沙发上。

周途单腿屈膝，蹲在她的面前，嗓音低沉道："有医药箱吗？"

姜寻："在你后面。"

周途微微侧过身，拿出医药箱，从里面找出了棉签和碘伏，轻轻地涂在她的伤口上。

姜寻忍不住"咝"了一声，下意识地往后退了退。

周途轻声说："乖，忍一忍。"

闻言，姜寻不动了，看着周途，小声地说："周老师。"

"嗯？"

"你也觉得我做错了吗？"

周途继续给她清理着伤口："为什么这么问？"

姜寻："其实一开始我没想帮她的，可是她好像真的很可怜。你说，一个女人因为结婚就完全失去了自我，还变成了自己以前最讨厌的样子。面对老公的背叛，还要时刻打起十二分精神去找证据……结婚的意义是什么呢？"

"你是觉得她可怜才帮她的？"

"也不是，我只是觉得她不该是这样的，她明明可以更好。"

周途："姜寻，每个人都有自己的选择，这是她选择的路。"

姜寻低着头："是啊，路是她自己选的，我去瞎掺和什么呢？"

周途抬手揉了揉她的脑袋："她有她的选择，你也可以有你的判断。这个世界上的事，本来就没有标准答案。"

姜寻一时没有明白他的意思，目光有些茫然。

周途笑了笑，继续说："只要是你认为正确的事，都可以去做。"

闻言，姜寻觉得眼眶湿湿的。

被人无条件信任，无论对错都站在她身边的感觉，她从来没有过。

从小到大，不论是她和同学起了争执，还是被人欺负，姜明远都只会让她找自己的原因。姜明远严厉又倔强，即便事后发现是他的错，他也从来不会向她道歉。所以，姜寻和周途谈恋爱时只想找一个宠着她的男朋友，而不是跟她讲一堆大道理的人。

姜寻：“可是不管怎么说，我都给剧组和公司带来了麻烦。”

“这件事的问题不是出在你身上，所以，不会有人生你的气。”

“可是……”

周途：“相信我，我可以解决剩下的事情。”

姜寻皱了皱眉头：“我不希望你也被卷进来。”

周途轻笑了一声：“现在你担心我了吗？”

姜寻噘着嘴，不再说话。

“你知道自己错在哪里吗？”

姜寻小声嘀咕：“你刚刚还说我没错。”

周途：“你本身没有做错，但你应该早点告诉我，而不是自己擅自行动。你有没有想过，如果你们进去时，床上躺着的真的是一个男人，会有什么后果？”

姜寻明白他的意思，如果捉奸成功，一旦打起来，女人只会是弱势的一方。她态度良好地认错，没有再狡辩：“没有下次了。”

“你想做什么都可以，但一定要提前让我知道。”

姜寻抬头看着他：“周老师不怕我惹出你解决不了的麻烦吗？”

周途勾了勾嘴角：“不怕。”

他进入娱乐圈就是为了保护她。

姜寻觉得好不容易被压下去的酸意又涌了上来。她伸手搂住他的脖子，整个人扑到了他的怀里：“周老师，你真好，我给你当女朋友吧。”

周途抱着她坐在地毯上，挑了一下眉毛：“真的？”

“比真金还真。”

过了几秒钟，周途才笑着说：“那是我的荣幸。”

姜寻把脑袋埋在他的怀里，突然感到有些害羞。

都怪她之前老是玩文字游戏，不然也不会有现在这一出了。

不过，这样一来，他们的关系也算是正式确认了，谁也别想逃避。

这次，如果他再对不起她，她一定会在网上曝光他，控诉他的种种"罪行"。

过了一会儿，姜寻抬起头来，眨了眨眼睛："周老师。"

"嗯？"

"你明天几点开始工作？"

"九点。"

姜寻："啊……真不好意思，我明天休息。"

周途盯着她，眉毛微微挑起，似乎在等她接下来的话，而姜寻没有再说下去，只是低头亲了他一口，小脸上露出明媚的笑容，声音甜甜的："晚安。"

"时间还早，睡不着。"

"我不是跟周老师说过……"话说到一半突然停了下来。

周途却引导着她继续说："说过什么？"

姜寻的耳朵有些红，不自然地移开了视线："什么都没有！"

话毕，她想起身离开，可刚有动作，就被周途拉了回去。

姜寻这才发现，他们现在的姿势有多暧昧。

这会儿，他盘腿坐在地上，而她正对着坐在他的双腿上。

姜寻重新看向他，眨了眨眼，小声问道："干吗？"

周途的手抚上她的后颈，吻了上去。

姜寻慢慢闭上眼睛，开始热情地回应他。

窗外，不知道什么时候下起了雪，银白色的光点漫天飞舞，房间内的温度却持续上升。

姜寻环住他的脖子，眸子湿漉漉的："周老师。"

"嗯？"他的嗓音带了几分沙哑。

姜寻也不知道怎么想的，重复了一句："我明天休息。"

话说出口，她又有些后悔。

太主动了，得找点话补救一下。

不等姜寻继续说话，他便重新吻了下来。

正当姜寻神经紧绷时，他却吻了吻她的眉心："晚安。"

都到这个节骨眼儿上了，他居然停下了？！

周途刚要离开，却发现姜寻还抓着他的衣服，没有要松开的意思。

对上她不满的眼神，周途笑了一下，而后抬手捏了捏她的耳朵："姜寻，我没准备……"

姜寻猛地坐了起来，不自然地摸了摸脖子："周老师不是要走吗？快走吧，我突然好困，晚……"她话音未落，唇便再次被盖住。

片刻后，周途放开她，黑眸里满是笑意，说出了她没说完的话："晚安。"

直到关门声传来，姜寻才长长呼了一口气。

今天又冒进了，下次，她绝对不可能再主动！

回到房间，周途从冰箱里拿出一罐啤酒，打开之后，仰头一口气喝完，随手将瓶子丢到了垃圾桶里。

过了一会儿，周途拿出手机拨通了一个号码，开门见山地问道："怎么样了？"

"我已经联系了陆晚晚的公司，他们不敢把视频放出去。不过，我发现了一件事，陆晚晚的背后确实有人。"

周途"嗯"了一声："知道了。"

"对了，姨妈前几天找我打听姜寻了，她是不是知道你们的关系了？"

"她都问了些什么？"

"也没什么，只是问我姜寻现在的资源怎么样，她在星耀娱乐有没有受到苛待，有没有人为难她，还说姜寻一个女孩子不容易，让我有机会就多帮衬一点。"

周途："……我没跟她说过。"

"那就奇怪了。"

周途："你告诉她了？"

电话那头讪笑了一下："除非我想年底参加你的婚礼。"

周途舔了舔唇，隔了几秒才说："先别跟她说。"

"我知道，我有分寸。"

挂断电话，周途又开了一罐啤酒，坐在沙发上，他拨通了顾宁的电话。

电话接通后，顾宁的声音传来："这么晚了，怎么突然想起来给我打电话了？"

周途："听沈未说，您认识姜寻。"

顾宁停顿了一下才开口："你也认识她？"

"有合作。"

"我就说嘛，都在娱乐圈，你们应该是认识的。"

顾宁简单地把她和姜寻认识的过程说了一遍，然后说："对了，我见她给她男朋友买东西呢，她男朋友是不是娱乐圈的？他们在一起多久了？"

周途勾了勾嘴角："这是别人的隐私。"

顾宁一听，只能作罢。过了会儿，她又自顾自道："我真挺喜欢姜寻那小姑娘的，你说，我认她做干女儿怎么样？"

"……不行。"

"为什么？你多个妹妹多好，我从小就想要一个女儿，只可惜没能……"

周途抬手按了按太阳穴："她男朋友不会同意的。"

顾宁皱了皱眉，周途倒是提醒了她。她倒不是在考虑姜寻的男朋友会不会同意，而是在想姜寻会不会同意。

看来，她得抽时间去问问姜寻愿不愿意。

顾宁刚要开口，周途便说："我还有事，您早点休息。"

顾宁向来是行动派，认姜寻做干女儿的想法一旦产生，便会迅速行动起来。

她先是给叶素之发了个消息，告诉了她这件事。

叶素之很快便打了电话过来，笑道："你是认真的？"

"这种事还能有假吗？"顾宁说，"那个小姑娘真的很漂亮，我本来是想……可她已经有男朋友了。就我儿子那个性格，谁能受得了他？当女儿也蛮好的。"

叶素之："小途从小跟着顾老长大，又一直从事文物工作，性格冷淡也很正常。"

"他的脾气简直跟他外公一模一样，固执又不知变通，只认理，不认人。我有时候都怀疑他是不是我生的。不过这两年，他好多了，据说是被人甩了。"

叶素之："……你听谁说的？"

"这不重要，总之，他进娱乐圈好像也是为了找那个女孩子，难得他还有这份心。"

叶素之："如果他们重新在一起了呢？"

顾宁想也不想便说："肯定是让他们赶紧结婚啊，不然，万一他又被甩了怎么办？有些事，可一可二不可三，他要是再错过，说不定别人就不会再给他机会了。"

陆晚晚回到房间，确认了门外没人跟着她才关上门。

她坐在沙发上，拿出手机拨了一个号码。

很快，一个男人的声音传来："都处理好了吗？"

"处理好了，不过，我没想到姜寻居然也跟来了，这倒是让我有了不小的收获。"

男人没在意其他的，只是叮嘱她道："她不会就这么轻易放弃的，这几天你小心点，只要她抓不住我的把柄，她就威胁不了我。"

"我知道了。"

挂断电话，陆晚晚坐在床头，脸上露出了一抹得意的笑容。

她知道秦一乔最近疯了似的在酒店里捉奸，她最开始怀疑自己拉肚子的事情是姜寻搞的鬼，但又觉得事情没有那么简单。

果不其然，回酒店的路上，她接到了一个男人的电话。最近，他和秦一乔正在打离婚官司，所以比以往更加谨慎。突然收到陌生号码的短信，自然不会轻易相信。

所以，到了酒店楼下，他再次打了陆晚晚的电话和她确认。陆晚晚知道这个消息后，她自然不可能就这么轻易放过秦一乔，便和经纪人联手演了一出大戏。

只是把姜寻扯进来完全是她意料之外的惊喜。

现在，她的手里有了姜寻的把柄，完全可以找星耀娱乐提要求了。

陆晚晚冷笑了一声。

第九章
不解风情

房间里。

姜寻刚洗完澡出来，就听到门铃声不停地响着。

她走过去，透过猫眼看了看，门外站着的是秦一乔。

姜寻把门打开，却没让她进去，只说："有事说事。"

秦一乔："你再帮我一次。"

姜寻伸手关门。

秦一乔从门缝中挤了进来，嚷嚷道："你听我的，这次，我向你保证，陆晚晚绝对是我老公的情人！她肯定是提前收到了风声，才会让她经纪人扮成那个样子，引我们上当！吃了一个闷亏，你能忍得了吗？"

"我跟你说过了，激将法对我不管用，如果你还怀疑她，可以自己想办法，我无能为力。"

"你怎么这样，做事情哪能半途而废？我们眼看着就要抓住那个狐狸精的尾巴了，现在放弃不觉得可惜吗？"

姜寻抿了抿嘴："你今天也看到了，我代表的不是我自己，还有我的工作团队和公司，现在还有剧组人员，我要对他们负责。我不能因为我一个人耽误所有人的工作进程。"

秦一乔皱了皱眉，言语之间颇有不满："所以我说，待在娱乐圈有什么好的，成天被人管着，一点都不自由。"

姜寻沉默了。

正当姜寻要关上门时，秦一乔突然拉住她的手，神色里多了几分乞求："姜寻，我是认真的，我有证据，我在楼下看到我老公的车了。"

"那你怎么不冲上去揭穿他？"

秦一乔立刻接话："那怎么能行？我现在直接冲上去不就暴露了吗？"

姜寻没好气道："你觉得你今晚暴露得还不够彻底吗？"

"所以我才需要你帮我啊。"

姜寻没见过比秦一乔更理不直气还壮的人。

姜寻："秦一乔，其实你不是想找我帮忙吧，你只是在向我宣泄你在这段婚姻里所承受的痛苦和不幸。"

秦一乔张了张嘴，一时不知道该怎么反驳姜寻的话。

余水做直播去了，天天在直播间里感谢大哥。

陆晚晚做演员三年，依旧没有丝毫名气，唯一一次上微博热门话题榜，还是蹭了姜寻的热度。

而她本来以为嫁进豪门，终于可以扬眉吐气，到头来却一无所有。

姜寻无疑是她们四个人里过得最好的一个。她被公司力捧，拥有几千万的粉丝，各大晚会活动都抢着让她去。只要她出现在舞台上，就会引来台下无数的尖叫声。

她想要把姜寻变得和她一样，一个彻头彻尾的疯子，所以才不遗余力地把姜寻搅进这件事里来。

见她没有回答，姜寻知道自己猜对了，继续说："秦一乔，虽然每个人的路都是自己选的，但是，当你在这条路上头破血流的时候，就应该另寻出路了。"

过了一会儿，秦一乔才"哼"了一声："说得轻巧，你头破血流过吗？"

姜寻笑了笑："我只知道，从头再来还有无限的可能。"

秦一乔没说话，站了几秒后转身离开了。

她想，这个世界上，可能只有姜寻那个傻子才会相信只要努力就会有结果，也只有姜寻才有从头再来的勇气。

秦一乔离开后，姜寻回到房间，刚准备上床休息，就接到了乔晏的电话。

乔晏在电话里把她骂了个狗血淋头。

姜寻被他吼得耳朵都要聋了，她把手机拿远了一点，等他骂完，才说："乔总消消气，我保证以后绝对不会再犯这种低级错误了。"

"以后？你还敢有以后？"

"没有没有，以后什么都不会再发生。"

乔晏顺了顺气，没再多追究，只是问道："你这几天在剧组怎么样？"

姜寻："还可以吧。"

"李导是国际知名导演，肯定有脾气，他骂你你就忍着，多学点东西比什么都管用。"

姜寻嘀咕道："李导夸我还不错。"

乔晏没好气道："这是给你面子，你真当自己不错了？周途还在那儿呢，你不知道对比对比？行了，我不跟你废话了。马上就到年底了，各类活动都多了，我明天发一份这个月的行程表给你，你先看看，心里好有个数。"

"知道了。"顿了一下，姜寻试探着问，"我……会和周途同台吗？"

她听吱吱说过，有不少活动主办方想要撮合她和周途同台。

乔晏："想什么呢，周途拍戏几乎不请假，年底的活动应该都不会参加了。"

这几天，姜寻虽然没有去剧组，但行程也被安排得满满当当。

上午练舞，下午上表演课，晚上……还要忙着谈恋爱。

不过，她这个恋爱谈得没有多大意义，与其说是谈恋爱，倒不如说是继续上表演课。

周老师尽职尽责，严谨又认真，有时候，她连开个小差都会被他发现。

姜寻脸上的伤恢复得差不多了，终于重新进组拍摄。

李怀导演本来还因为之前的事生气，等到开拍却什么话都没了。

最近，姜寻的表演肉眼可见地进步了。

李怀也遇到过不少歌手转型当演员的，不过，大部分人都只把演员这份职业当成另一条赚钱的渠道，很少有人像姜寻这么认真努力地演戏。

按照姜寻现在的名气，即使她站在镜头前随便摆几个动作，也会有不少粉丝买账。

李怀："这条可以了，下一条。"

姜寻本以为今天等着她的会是一声声痛骂，没想到这么轻松就过关了。

开心之余，她朝站在不远处的男人偷偷眨了眨眼睛。

周途勾了勾唇，黑眸里隐隐有笑意。

李怀拿着剧本，走到姜寻面前给她讲下一场戏。

休息时，姜寻刚坐到椅子上，吱吱就过来了，说有人给姜寻打电话。

姜寻问道："谁啊？"

吱吱小声道："坐劳斯莱斯的、家里有矿的那个阿姨。"

姜寻差点被水呛到，她放下杯子，接起电话："顾阿姨。"

听见她的声音，顾宁笑着道："我听你的助理说你在拍戏，有打扰到你吗？"

"没有，我刚好拍完了，正在休息。"

"那就好。"顾宁又说，"你看你什么时候有时间，我们一起吃个饭？"

"顾阿姨，我最近在外地拍戏，下个星期回B市，等我回去再联系您吧。"

"可以。"

简单聊了几句后，顾宁问道："礼物送给你男朋友了吗？"

大概是没料到她会突然提起这个，姜寻一时间有些不好意思，她摸了摸鼻子："送了。"

"那他肯定很喜欢吧？"

"还……还行吧。"

顾宁说："我就说嘛，不管你送什么，你男朋友都会喜欢的。"话说到这里，顾宁忍不住多问了一句："你男朋友是圈内的还是圈外的？"

"他……"

这时候，有工作人员说："寻寻，李导叫你过去一下。"

姜寻抬头道："好的，马上来。"

回答完后，姜寻又对着手机说："顾阿姨，不好意思，我还有点事，一会儿我再给你打过去。"

顾宁听到了刚才的对话，连忙说："你忙你的，不用管我，你回B市了记得联系我就行。"

"那行，顾阿姨再见。"

姜寻起身朝李怀走去。

等走近，她才发现周途也在。

李怀对姜寻说："下午的戏临时改了，演员请假了，我们先拍你明天要拍的那场。"

姜寻点头道："好……"

话音未落，她猛地瞪大了眼睛。

明天的那场？！

见姜寻愣在原地，李怀问道："有什么问题吗？"

"没……"

她和周途没对过这场戏，她不知道该怎么演。

李怀也是想到这个原因才把她叫过来，让她和周途一起把内容过一遍。

对戏过程中，姜寻满脑子都在想对应的表演和肢体动作，台词念得磕磕巴巴的。

刚好有其他工作人员来找李怀，他把剧本放下，说道："你们先继续。"

李怀走后，姜寻拿着剧本长长地呼了一口气，鼓着腮帮子，急道："怎么办啊？"

周途鼓励她："不用紧张，像之前一样演就可以了。"

姜寻垂着脑袋没说话，浑身上下都透着一股不自信。

周途："你这段时间进步很大，李导也夸你了。"

"可如果没有你每天提前和我对戏，我演得肯定很差。"

周途笑了一下，抬手揉了揉她的脑袋："姜寻，这都是你自己努力的结果，即使没有我，你也可以做得很好。"

姜寻的语气闷闷的，不自信地说道："你不用安慰我，我知道自己是什么水平。"

"正是因为你不知道，所以你才会否定自己。"周途又说，"你的表演老师应该也和你说过，表演不是千篇一律的，没有固定的模板可以套用。每场戏，每个演员都会有自己的发挥。"

姜寻动了动嘴，却不知道该说什么。

他说得好像很有道理，但她还是不能放松下来。

"下午的戏，你可以按照自己的理解先试一次，有什么问题，我们再一起讨论。嗯？"

姜寻点着头，心想，只能这样了。

等周途收回手，姜寻才突然反应过来，等等，他刚刚都做了些什么？

姜寻猛地抬起头，四下看了看，再三确认周围没有人注意到他们后才松了一口气。

她往后退了一步，拉开和周途的距离，义正词严道："周老师怎么能在工作的时候对我动手动脚呢？被人看见了，影响多不好。"

周途勾了下唇，眉梢微抬："我以为我只是在让你提前适应下午的拍戏氛围。"

姜寻不得不承认，她之所以这么紧张，一是因为她没有提前和周途对过戏，二是因为这场戏本身是调情戏。

她知道这是工作，放在以往，她也会用平常心去对待，哪怕是换成任何一个男演员，她都不会这样。偏偏，跟她演这场戏的人，是周途。

大庭广众之下，面对着那么多的镜头，对于姜寻来说，这场戏仿佛就是要把她过去对周途做过的那些举动公开让人审判。

下午的这场戏在审讯室里拍摄，密闭的空间本身就有些压抑，加上有那么多人在，姜寻怎么调整状态都觉得紧张。

就在她默默念台词的时候，吱吱给她拿了一个盒子过来。

姜寻问："这是什么？"

吱吱打开盒子，里面是五颜六色的糖和巧克力，她说："周老师的助理刚刚给我的。"

闻言，姜寻忍不住弯了弯嘴角。

她放下剧本，从盒子里拿了一颗葡萄味的水果糖，剥开糖纸，将糖果放进嘴里，水果的清香瞬间在口腔中蔓延开来，甜甜的味道充斥着每一根神经。

过了两分钟，李怀和周途走过来，李怀问："准备好了吗？要开始拍了。"

姜寻把嘴里的水果糖嚼碎咽下后，轻轻点头道："准备好了。"

这场戏演下来，姜寻发现其实周途说得很对，表演并不是千篇一律的，剧本上的许多设定都只是辅助内容，人物的情绪是需要凭借演员的理解去带动的。

一旦演员掌握了这个角色，他在镜头里所体现出来的便是这个角色本身，而如果演员无法和这个角色共情，那他的表演只会是生硬别扭的，始终无法和角色融为一体。

"好，这条过了，切近景。"

听到这句话，姜寻觉得压在心底里的那块石头终于安全落地。

拍完审讯的部分，李怀走了过来，他先是看了看周途，又看了看姜寻，似乎想说什么，但最终只是说："下一条，你们自由发挥吧。"说完，他便去和摄像人员沟通机位问题了。

姜寻愣住了。

周途单手托着脑袋，笑道："要再对对戏吗？"

姜寻轻哼一声："李导说了让我们自由发挥，我是没问题，只要周老师不出差错就行。"

"好，我很期待。"

姜寻咳了一声，清了清嗓子，试图缓解尴尬："周老师以前……演过这种戏吗？"

周途："没演过。"不等姜寻继续，他又开口："不过，看姜寻老师这么有把握，你教教我？"

姜寻没敢说话。

很快，李怀和摄像人员、灯光师都沟通好了，喊道："好了，来，3——2——1，开始！"

早在中午，姜寻就已经想好这场戏应该怎么演了。

虽然有些难以启齿，但她又不是没做过这些事。

她只当这里没有镜头，也没有其他人。

只要能把她的部分呈现出来，其他的让周途去接就好了。

开机后，姜寻迅速进入状态。

她拿起面前的水杯喝了一口，然后把有唇印的一边推向周途，眼睛弯弯的，明媚又动人。

她语调慵懒，带了几分暧昧："既然你想从我身上得到线索，那我是不是也该从你身上得到些好处？"

周途垂眸看了一眼水杯，又轻轻抬头看向她，眸子幽深，情绪不明。

姜寻在对上他视线的时候轻微挑了一下眉，眼神像是一道钩子，在人心底最深处的地方轻轻划了一下，不疼，却激起无数涟漪。

下一秒，周途不着痕迹地错开了目光。见状，姜寻乘胜追击，坐在桌子上，用细嫩的手指触到了他衬衣上的第一颗纽扣，却没有解开，只是一下一下地打着圈，不知道是有意还是无意，她的手指轻轻擦过男人突起的喉结。

两个人都没有再说话，但审讯室里的气氛肉眼可见地暧昧了起来。

显示屏前的一众工作人员纷纷屏住了呼吸，生怕打扰到他们。

不得不说，姜寻这场戏的发挥超出了所有人的预料。

一开始，他们怕她放不开，已经做好了重来的准备，没想到的是，"性感小腰精"果然名不虚传。在她面前，可能只有周途才把持得住了。

这场戏突出的就是周途所饰演的角色的内心变化及情感起伏。

一个表面明目张胆，实际上是小心翼翼的试探。

一个表面不为所动，眼神却有藏不住的欲火。

两人的状态完美契合。

不过，姜寻对这个部分没什么把握，毕竟，她曾经洗完澡从浴室里跑出来，那时候，周途也没有被她的美色所吸引，只是叮嘱她别感冒了。

想到这里，姜寻的情绪又上来了。

融合了人物的情绪以后，她已经完全忘记了这是在拍戏。

姜寻的手指贴着他冰凉的衬衣，一点点地往下滑，故意停留在他的腰部，暧昧地戳了一下。

忽然，她的手腕被人握住了。

她抬头对上周途沉黑的眸子，眼尾依旧带笑，眸光却暧昧不明。

周途的喉结上下滑动着，薄唇微动，可等了好几秒，都没有声音传来。

姜寻微微歪开了下脑袋，似乎是在等着他说台词。

周途缓缓松开她："抱歉，忘词了。"

"好，停。"

随着李怀的话音落下，姜寻马上恢复正常，跳下了桌子。

四周逐渐传来了工作人员的声音，李怀也去重新确定机位了。

大家都很默契，没有一个人走到这边来。

姜寻四处看了看，然后坐在周途对面，双手撑在桌子上，托着腮，眼睛弯弯的，调侃道："周老师要再对对戏吗？"她的脸上满是得意的笑。

周途舔了下薄唇，没有说话，拿起面前的水杯仰头喝了下去。

等他把杯子放下，姜寻却有些笑不出来了。

他喝的就是她推到他面前的那杯水，他的唇印正对着她的唇印。

相比于周途的冷静自持，姜寻瞬间觉得脸上烧得慌，神色不自然起来。

她心虚地转过头，却刚好发现有两个工作人员正在偷偷看他们。

触及她的视线后，他们又快速看向了其他地方，装作什么都没有看到。

这时候，周途低沉的声音从对面传来："表现很好。"

姜寻咳了一声，谦虚道："哪里哪里，都是周老师教得好。"

"那今晚再教你点别的。"

下午的这场戏，除了周途的忘词让所有人都出乎意料，整体拍摄过程都非常顺利。

于是，姜寻和周途的二人超话里又多出了许多投稿。

假料投稿："寻寻就是个'小腰精'，连周老师都把持不住。不多说，到时候你们就知道了。"

假料投稿："继'搂腰杀'之后又出了'摸头杀'，不得不说，周老师太会了！"

假料投稿："周老师和寻寻说话真的太温柔了，可能这就是爱情的力量吧。"

评论区的众人也十分兴奋——

"今天怎么突然有这么多'糖'？赶上了！"

"这种'糖'再来上十吨吧，我不嫌多，齁死我得了！"

"今年年底能等到他们同台吗？各位主办方们，求求了。"

……

超话里讨论得正热闹时，剧组人员已经坐上了回酒店的车。

车上，吱吱和姜寻说了一下之后的行程安排。

一直到过年的前几天，姜寻的工作都是满的。

姜寻想了一会儿，才说："等工作结束后，帮我订一张去 C 市的机票吧。"

吱吱点点头，一边在备忘录上记下来，一边问道："C 市？是去旅游吗？"

"不是。"姜寻看向窗外，缓缓说道，"回家。"

吱吱闻言有些诧异，她跟着姜寻已经两年了，之前她隐隐听说姜寻和家里闹翻，好几年都没回去了。不过具体的，她没问过。

这是她第一次听姜寻说要回家过年。

吱吱没有多问，只说："那我跟乔总汇报一下，如果他那边没有新的工作安排，我就直接给你订机票了。"

"好。"

处理完工作后，吱吱又凑上前问道："你回家过年的话，岂不是很长时间都见不到周老师了？"

这部电影至少要拍到明年三月份，而姜寻的戏份还有两天就拍完了，再加上姜寻之后的工作已经安排得满满当当，一直到过年，他们都不会再有机会见面了。

乔晏说过，周途拍戏的时候不会请假，照这样的话，二人的见面时间更得往后推了。

想到这里，姜寻不免有些疑惑："为什么他追我的时候每天有那么多时间？怎么现在……"

吱吱十分八卦道："现在怎么了？"

姜寻咳了一声："没什么，我是想说，成大事者不拘小节，怎么能因为这些儿女私情影响到工作呢？"

"你说得对，就算是谈恋爱了也不能影响工作，男朋友随时都在，钱却随时会进别人的口袋。"

姜寻一本正经地点了点头。

谈恋爱是一回事，工作是另一回事。

不能厚此薄彼，更不能顾此失彼。

回到酒店，姜寻照常去上表演课，表演老师夸道："你最近进步很大，看来，乔晏让你来拍李导的戏果然是有用的。"

姜寻："李导确实是一个非常优秀的导演，这段时间，我也学到了许多。"

表演老师又问："我不是让你没事的时候去向周途请教吗？你去了吗？"

姜寻试探着开口："去……了吧……"

表演老师打开保温杯盖，喝了一口茶，缓缓说道："你也知道，周途不是科班出身，但他现在的成绩是有目共睹的，你知道这是为什么吗？"

姜寻怔了怔，她倒是没有仔细想过这个问题，只是觉得周途做什么都很轻松，不管是做文物修复还是当演员，他都是业内顶尖。

有些人，好像从出生就自带光环。

表演老师继续说："哪有你们想的那么轻松啊？每一份成功都来之不易，就像你一样，观众只看到你在舞台上的精彩演出，又有谁知道你有多少个夜晚都练到偷偷哭呢？"

姜寻觉得有点奇怪。

老师怎么会知道她练舞练到偷偷哭？

表演老师见自己说漏了嘴，就咳了一声："是你们乔总告诉我的，他也是关心你的。我想跟你说的是，演员这个行业没有外界看上去那么容易，要付出的努力不比你之前的少。"

姜寻抿着嘴没说话，她知道，不管是歌手还是演员，路都不会好走。

可只要是她选择的路，她就不会轻易放弃。

表演老师又说："行了，课上完了，还有一些时间，你去找周途讨教一下经验吧。"

离开前，姜寻忍不住回过头小声说了一句："我不是因为练舞练得太累才哭的。"

表演老师没听清楚，问道："什么？"

姜寻摇了摇头，朝她微微鞠躬，说道："谢谢老师。"说完便离开了。

站在门口，姜寻长长地呼了一口气，想起了往事。

被乔晏签下后，姜寻知道，她等了那么久的机会终于来了。

为了紧紧抓住机会，她没日没夜地练习舞蹈，虽然很累，但也不至于偷偷流泪。

她之所以哭，完全是因为夜深人静的时候会想到周途。

姜寻觉得自己怎么都不能接受。她这么漂亮、可爱，又努力，为了实现梦想，哪怕荆棘遍地，也可以毫不犹豫地从上面踩过去。

结果到头来，她居然沦落到被人欺骗感情。

她越想越委屈，眼泪便止不住地往下落。

可姜寻不知道的是，乔晏竟然看到了。

不知不觉间，姜寻已经走到了周途的房间门口。

其实也怪她，如果当初，她没有听信别人的片面之词，认定周途是个骗人感情的浑蛋，连问都没有问过就单方面地和他分手，也不会这样。

大概是因为那时候太年轻了，所以她看不到周途的好。

现在回过头看看才发现，他不知道包容了她多少任性。

姜寻觉得，分开的这三年，对于她和周途来说，可能也不是坏事。

就算当初没有孟忻出现，他们也没有因此分开，矛盾也有可能越来越深。

之前，她说他们之间的问题都出在周途身上，但不可否认的是，她也有很大的责任。

她年纪小，又是第一次谈恋爱，太渴望被人无条件地宠着了。而周途又是一个有自己的原则，对待任何事情都严谨又认真的人。

幸运的是，一切都刚刚好。

门铃声过后，周途打开门，见姜寻站在门口朝他笑。

"上完课了？"

姜寻点头，语气十分正式："表演老师让我过来向周老师讨教一下表演经验，不知道周老师方不方便。"

"我在等我的女朋友，可能不太方便。"

姜寻："那我就先走了，不打扰周老师和……"

话还没说完，她就被人拉了进去。

随着门关上，姜寻眼前一暗。男人微凉的薄唇压下来，牙齿轻轻咬着她的唇瓣。

姜寻踮起脚，环住了他的脖子，热情地回应着他，气息微喘："周老师不是说今晚教我点别的吗？"

周途闻言轻笑了一声："确定要学？"

姜寻硬气道："学啊，怎么不学？"

他都这么问了，估计是料定了她会退缩。

她临阵脱逃岂不是就输了吗？

周途抱起她，把她放在沙发上，捏了捏她的耳朵，说道："等我一下。"

姜寻看着他的背影，不自觉地将手放在了腿上。

他上次说没准备好，这次……应该准备好了吧？

姜寻闻了闻头发，心想，还好，她早上才洗了头，没有异味。

听到脚步声，姜寻又连忙坐好，拿出手机胡乱地滑动着，以此掩饰内心的紧张。

令姜寻没想到的是，周途从房间出来后，蹲在电视机前，放了一张碟片进去。

过了几秒，姜寻看到屏幕上出现了极为显眼的大标题："近代电影的发展史与传统戏剧的演变。"

姜寻努力保持着微笑："周老师？"

男人转过头："嗯？"

姜寻："我忽然想起我还有一些工作没做完，我就先走……"

她刚想走，周途就站在了她前面。

姜寻猝不及防地撞到他怀里。

周途搂着她的腰："我问过了，你今天的工作已经结束了。"

姜寻连忙道："刚刚乔总给我打了电话，说是很重要的事，让我立即录个视频发过去。"

"我帮你录。"

姜寻沉默了。

她觉得，今天她说什么都逃不掉了。

她鼓了鼓腮帮子，重新坐回沙发。

早知道周途要教她的是这个，今晚她说什么都不会来找他。

而且，她有充分的理由怀疑他是故意的。

随着视频里的讲座开始，周途也在她旁边坐了下来。

姜寻一开始有些赌气，紧紧靠着沙发扶手坐着，和周途离得非常远。

没过一会儿，她借着喝水开始找各种各样的借口往他那边偷偷挪动。

周途目光平静地看着屏幕，似乎没有察觉到她的靠近。

貌美如花的女朋友就在旁边，全世界可能只有周途才会把注意力放在"近代电影的发展史与传统戏剧的演变"上了。

周途真是一点儿都不解风情。

这时候，姜寻的手机刚好振动了一下。

是尤闪闪发来的消息，问她和周途进展得怎么样了。

姜寻开始和尤闪闪聊天。

姜寻："我真是搞不懂，男人到底都在想什么？"

姜寻："是我不够漂亮？"

虽然她有一颗虚心求教、提升演技的心，但他也不必如此。

看着姜寻接连发过来的消息，尤闪闪激动地回了一条五十秒的语音消息。

姜寻不用点开都知道这条语音消息里起码有四十秒都是尤闪闪的尖叫，剩下十秒，要么是让她讲讲过程，要么是继续尖叫。

姜寻放下手机，看着前方的电视屏幕无声地叹气。

算了，既然这是无法改变的命运，她还是好好学习吧。

姜寻睁大眼睛，可没过一会儿，她的眼皮就开始打架了。

睡意如同海啸般袭来。

周途转过头时，她正在用力地拍脸，试图让自己清醒一点。

他轻声问道："困了？"

姜寻倔强地说道："没有，我打蚊子呢。周老师不用管我，继续看吧，这个还挺好看的，我以前上学的时候都没这么认真地看过讲座。"

周途关了电视机，说道："以后再看吧，我先送你回去。"

"别啊，看完吧，反正大晚上的，也没什么事。"

姜寻的上半身微微倾着，越过他的腿想去拿遥控器。

可她的手刚触碰到遥控器的边缘，腰就被人环住了。

天旋地转间，她已经躺在了沙发上。

周途悬在她的上方，控制住她乱动的手："乖，别闹了。"

姜寻撇了撇嘴："我是觉得，周老师难得这么有兴致，怎么能因为我让你扫兴？"

周途低声询问："生气了？"

"没有。"

她只是觉得，美色当前，周途竟然把持得住，这让她对自己产生了很大的怀疑。

周途理了理挡在眼前的几根头发，轻声说道："明天还要拍戏，早点睡。"

闻言，姜寻总算明白过来了。

原来不是她不够有魅力，而是这个环境太尴尬。

虽然她只是客串演员，但毕竟是正经的工作。周途是这部电影的男主角，真在这种情况下和他发生什么……感觉怪怪的。

这些因素，她之前确实没有考虑到，周途却想到了，而且比她想得更深远细致。

姜寻觉得有些尴尬，想要找理由把这一页翻过去，说道："说着说着，又困了，那我先回……"

还没说完，她便被按住了。

周途并没有打算放过她，亲了她好一会儿后，才送她回了房间。

拍完那场重头戏后，姜寻的心理压力小了许多，之后两天的拍摄也顺利了很多。

剧组本来给她安排了一个杀青宴，但姜寻的工作临时有变动，必须提前离开。

她离开时，剧组人员正在拍戏。

周途的助理抱着一束花远远地跑了过来，说道："姜寻老师，这是大家送你的杀青礼物。"

紧接着，他又神秘兮兮地塞了一个礼物给她，说道："这是途哥单独送的。"

姜寻摸了摸鼻子，笑容灿烂地接过了那束花，说道："谢谢。"

半个小时后，姜寻抱着一个玩偶出现在机场的候机厅。

不少送机的粉丝拍下这一幕，又在网上引起了热烈的讨论。

"寻寻，我的宝贝，几天不见，又漂亮了！"

"寻寻怀里的那个独角兽玩偶好可爱啊，求同款！"

"那个独角兽玩偶好像是某品牌定制的限量款吧？我之前看到过，品牌方把这个玩偶送给寻寻，是不是代表他们要合作了？"

……

而姜寻和周途的二人超话里也多出了许多声音。

"姐妹们，我已经得到答案了，东西不是品牌方送的，是某位老师送的，我有证据！"

这条微博下附带了一条整理时间线的视频。

上个月，周途受邀去了这个品牌方举办的发布会，他离开后，那只一直放在展示柜里的独角兽玩偶消失了。

视频最后有一段话："网上说，独角兽象征着爱情，寓意忠贞不渝、勇气、美好、高贵、高傲和纯洁。我只是爱情的搬运工，大家自己判断真假吧。"

这条微博下的评论都是："谢谢，追到真的了。"

姜寻坐在飞机上，并不知道超话里的评论。

她抱着独角兽自拍了几张，想把照片发给周途，却觉得不满意，又放弃了。

等她转过头，却发现吱吱正坐在旁边，举着杂志，偷偷地看她。

察觉到被姜寻发现后，吱吱立即把杂志往上挪了挪，挡住了整张脸："我什么都没看见，你继续、继续。"

姜寻放下手机，试图做最后的挣扎："我就是随便拍拍照，存一点……发微博的素材。"

躲在杂志后面的吱吱连连点头。

姜寻见解释也是白费工夫，甚至越描越黑，干脆不说话了。

这次，剧组那边一直都没有正式公布演员阵容，捂得很严实，如果不是陆晚晚之前故意闹那一出，也没人知道姜寻来客串了一个角色。

所以，这次杀青，她不能发微博，只好单独发了独角兽的照片。

过了一会儿，吱吱放下杂志说道："对了，寻寻，乔总说没有新的工作安排给你。回 C 市的机票我已经订好了，你年后的工作是从初七那天开始的，差不多可以休息十几天。"

姜寻点了点头："知道了，谢谢。"

姜寻刚要收回视线，目光却落在了吱吱用来挡脸的杂志上。

而杂志的封面人物是叶素之。

这本杂志是两年前拍的，也是叶素之退圈前拍的最后一本杂志。

吱吱见她有些出神，伸手在她面前晃了晃，问道："寻寻，怎么了？"

姜寻收回思绪，笑了一下："没事。"

吱吱翻了翻杂志，感叹道："叶素之真是圈内隐婚第一人了，这么多年都没被拍到过任何蛛丝马迹，没想到连女儿都那么大了。"

姜寻想了想，才问："你喜欢她吗？"

"她可是我童年的女神呢！真想知道什么样的男人才能把女神娶回家，太好奇了。"

上次记者拍的照片不清楚，只能看清叶素之，并借此猜测身边站着的人是她的丈夫及女儿。

姜寻小声说了句："我也想知道。"

四个小时后，飞机在 B 市国际机场降落。

接下来的几天里，姜寻一直忙得连轴转，几乎没好好休息过。

等到忙完，姜寻总算有了一天的休息时间。

她睡到中午才起来，拉开窗帘后伸了个懒腰。

冬日里的阳光暖洋洋的，透过落地窗洒进来，让人有些睁不开眼睛。

姜寻趴在阳台上晒了一会儿太阳，才打着哈欠回了房间，拨通了顾宁的电话。

姜寻："顾阿姨，您今天忙吗？"

"不忙不忙，你回 B 市了？"

"回来有几天了，只是之前的工作有点多，今天我刚好休息。"

"行，正好我也没什么事，这样，你给我个地址，我让司机去接你。"

姜寻连忙说："顾阿姨，不用那么麻烦，我们直接见面就行了。"

姜寻到底还是没有拗过顾宁，只能答应了她。

挂了电话，她进了浴室洗漱。

两个小时后，黑色的劳斯莱斯停在了姜寻的公寓楼下。

姜寻上车时才发现顾宁也在，顾宁说："等很久了？上来吧。"

姜寻没想到顾宁会亲自来接她，她有些不好意思，连忙弯腰坐了上去。

等车缓缓上路后，顾宁看着她，忍不住皱眉道："最近很辛苦吧？我看你都瘦了一圈了。"

姜寻摸了摸脸，发现确实瘦了点。

拍戏的时候，周途老是给她吃东西，她才胖了点，现在又瘦回来了。

姜寻解释道："这段时间一直有活动，要面对镜头，所以饮食上会控制一些。"

顾宁："也是，年底是各行各业最忙的时候。"

没过多久，她们进了一家高端私人会所。

两人在观景阳台上坐下后，立即有服务员过来问："顾女士，今天还是和之前一样吗？"

顾宁摇头道："我今天带了客人来，把菜单给我吧。"征询了姜寻的意见后，顾宁点了几个菜，而后对姜寻说："这里的食物都是低热量的，你可以放心吃。"

姜寻朝她笑了笑："谢谢顾阿姨。"

姜寻还是第一次来这种顶级的私人会所，这个私人会所里里外外都透着一种奢侈感。

果然，有钱人的生活就是这么简单充实，绚丽多姿。

她们所坐的位置正处会所的正中间，放眼望去，可以将外面的风景尽收眼底。

姜寻觉得，她可能得再奋斗十年，坐在这里的时候，手心才不会紧张得出汗。

服务员上菜后，顾宁喝了一口茶，缓缓放下茶杯，开始切入正题："你的家人都在 B 市吗？平时和你一起生活？"

闻言，姜寻连忙收回思绪，笑着摇头道："我家在 C 市，我现在是一个人住。"

"那你一个女孩子，你的父母不担心吗？"

姜寻抿了一下嘴，然后笑道："我家里只有我爸爸，他……一直都挺反对我进娱乐圈的，所以，他之前和我断了联系。"

顾宁没想到会这样，顿了一下，又问道："那现在呢，你和你爸爸的关系怎么样了？"

"我爸爸让我今年春节回家过年，应该是爸爸想通了。"

顾宁点着头："这样最好不过了，孩子和家长有矛盾很正常，毕竟不是一个时代的人，有代沟，说开了就好。"紧接着，顾宁继续问："那你什么时候回去啊，我和你一起吧？"

姜寻没料到顾宁会这么说，整个人都蒙了："啊？"

顾宁知道自己吓到她了，很快找了个合适的理由："我儿子过春节不回家，我也没什么事，正好我还没去过 C 市呢，想趁这个机会去旅游。"

喝完下午茶，顾宁又带着姜寻去逛街，只要是她觉得适合姜寻的东西，她都让导购直接打包，送到车里。

姜寻目瞪口呆道："顾阿姨，不用了，我……我的衣服够穿的。"

作为艺人，姜寻家里的衣柜都快装不下了。何况，无功不受禄，她没理由去收这些。

顾宁继续挑选着："这有什么的，女孩子的衣服永远都不够。"

"谢谢顾阿姨，真的不用了，我们随便逛逛吧，再说，我作为晚辈，也没给您准备礼物。"

顾宁见她态度坚决，只好作罢，不过她对姜寻的喜欢又多了几分。

她要是有这么漂亮、懂事又乖巧的女儿，一定当作心肝宝贝来疼。

看来，她是非去 C 市不可了。

晚上，顾宁把姜寻送到公寓楼下，跟姜寻道别："下次有时间，我们再约。"

姜寻站在车前说："今天麻烦顾阿姨了，下次我请您。"

"你请我请的，不都一样吗？别说这些见外的话。"顾宁朝她挥了挥手，"外面冷，别站着了，快回去吧。"

姜寻笑着点头："顾阿姨再见。"

等那辆黑色的劳斯莱斯驶离之后，姜寻才拎着顾宁给她买的东西上楼。

　　她刚打开门，吱吱就打了电话过来。

　　姜寻一边换拖鞋，一边接通了电话。

　　吱吱激动的声音从话筒里传来："寻寻，你看微博了吗？！"

　　"还没，怎么了？"

　　"叶素之丈夫的正脸被人拍到了，网上有人发现，他好像是财经界的某位大老板！我就说嘛，难怪他能娶走女神！"

　　姜寻握着手机的手顿了一下，一时无言。

　　吱吱又问："寻寻，我刚刚听到开门的声音了，你要出去吗？"

　　"不是，今天约了人，我才回来。"

　　"是不是家里有矿的那个阿姨啊？"

　　姜寻一边走到冰箱前，打开冰箱门拿了一瓶红酒出来，一边说："对，就是她。"

　　"你们今天都去哪儿了？"

　　"喝了下午茶，然后逛了一会儿街。"这时候，姜寻又接到了一个电话，她看了看，对吱吱说，"我有个电话要接，一会儿给你打过去。"

　　吱吱不用想也知道是周老师打来的，连忙说道："你和周老师好好聊吧，不用给我打过来了。寻寻，明天要拍广告，我早上九点来接你。"

　　"好。"姜寻挂了电话后接通了周途的电话。

　　她用一只手艰难地开着酒，另一只手举着手机，问道："周老师今天这么早就收工了？"

　　周途："还没有，晚上有场夜戏。"

　　姜寻顿了一下："要拍到很晚吗？"

　　"要看拍摄情况。"

　　"那你要趁现在睡一会儿吗？"

　　"睡不着。"

姜寻的嘴角轻轻上扬，说道："对了，周老师，我今天出去了。"

"嗯？"

"我好像还没和你说过，我之前在巴黎遇到了一个超级好的阿姨，她……"

姜寻把之前在巴黎发生的和今天发生的事都告诉了周途。

电话那头，周途顿了一下："姜寻。"

姜寻终于把红酒瓶的塞子打开了，她问道："怎么啦？"

周途轻声说："你遇到的那个人，是我妈。"

姜寻愣住了。

她怀疑自己的耳朵出了问题。顿了顿后，她把手机换到另一边，不确定地问："你说什么？"

不等周途开口，她又说："不是，你让我缓缓……你说，顾阿姨是你妈妈？就是我认识的那个顾阿姨吗？"

"是。"

姜寻觉得，这个消息给她带来的震撼程度完全不亚于当初周途的假未婚妻告诉她周途家是 B 市有名的豪门世家。

周途低声说道："抱歉，一直想告诉你，但是没有找到合适的时机。"

隔了好一会儿，姜寻才慢慢接受这个事实，但她始终有些无法接受这么快就见到了周途的妈妈，她顿时紧张又羞赧："那……顾阿姨是不是知道我们在一起了？"

"我暂时还没有告诉她。"

姜寻蒙了："啊？那她怎么对我那么好？"

周途："她很喜欢你，想认你做干女儿。"

姜寻显然没有料到这种情况，她怔了好几秒后，突然忍不住笑出声，然后一本正经地开口："我觉得挺好的，如果我给顾阿姨当女儿，那我的下半辈子都不用奋斗了。"

"就算不认她当干妈，你下半辈子也不用奋斗，你还有我。"

姜寻："呃……"

姜寻的手指在红酒杯上打着转，小声问道："周老师，那现在怎么办？顾阿姨还说春节的时候要跟我回 C 市呢，现在看来，我猜她是想见我爸，聊这件事。"

"不用担心，我会解决好。"

"你……打算怎么解决啊？"

电话那头安静了几秒，周途的声音再次传来，带了几分小心翼翼："姜寻，你想结婚吗？"

姜寻不可思议地瞪大了眼睛："啊？"

这也太快了吧？她还完全没有准备好！

更何况，结婚目前还不在她的计划里。

她现在才二十四岁，正是努力拼搏的年纪，而且她才刚开始跨行做演员，未来还不知道面临着什么，她和周途也才刚复合不久……

太多太多的因素导致她根本没有想过结婚这件事。

周途也考虑过这些，所以他才一直没有告诉顾宁。

周途继续说："如果她知道你是我的女朋友，她估计会让我们月底就结婚。"

姜寻想了想，觉得周途不是在危言耸听，按照顾阿姨的性格，确实像是她能做出来的事。

周途："你不用担心，都交给我来处理。"

姜寻轻声道："那我这段时间先不见顾阿姨了，我害怕。"

闻言，周途轻笑道："害怕什么？"

当然是害怕表现得不好，给顾阿姨留下不好的印象。之前不知道顾阿姨是周途的妈妈，现在知道了，怎么可能还装作什么都不知道的样子？

周途轻声安慰道："别怕，在你准备好之前，我会一直等你。"

挂断电话，过了许久，姜寻觉得自己的双颊滚烫，心也跳得飞快。

她没想到周途会突然跟她提起结婚这件事，而且还用了这么一句话收尾。

实在是太令人……心动了。

姜寻揉了揉脸，然后倒了一杯红酒，仰头饮尽。

酒精迅速在体内挥发，密密麻麻地侵蚀着她的神经。

姜寻蜷缩在沙发上，找出之前周途去看她演唱会的那张侧脸照片，并发了一条朋友圈，配文："我的男朋友"。

很快，评论区便多出了几条评论。

好友一号："巧了，撞男朋友了。"

好友二号："支持姜寻追周途，入股不亏。"

好友三号："呜呜，寻寻，你也喜欢上周途了吗？他太帅了！"

星耀老板："让你合作，没让你做梦。"

姜寻用最快的速度删除了那条朋友圈。

幸好没有几个人看到。

可是，这一切都逃不过尤闪闪的眼睛，她立即发来了贺电，兴奋地说道："要公开了吗？！是要公开了吗？！"

姜寻倒在沙发上，头有些晕，问："你是住在朋友圈里了吗？"

"那当然了，绝对不错过任何一个八卦就是我活着的宗旨！"

姜寻想了想，忽然说："问你一个问题。"

尤闪闪立即回复："问吧！我看了那么多爱情电影，就是为了在这种时候给你答疑解惑的！"

"……你正常一点，每天脑子里都在想些什么呢。"

尤闪闪正经地说道："说出你的困惑，尤老师给你指引人生的方向。"

姜寻翻身坐起来，抱着膝盖说道："你说，我和周途看起来就那么不搭吗？"

"你想听哪种回答？"

"正常人的回答。"

尤闪闪觉得这有些为难她了。

她"啐"了一声，说道："这么跟你说吧，当初你追到周途的时候，我就觉得不可思议了。"

姜寻不解道："为什么？"

"我也说不上来，就是觉得，像周途那样的人就该是断情绝欲的，用世俗眼光去看他，只会玷污了他。"

姜寻认真地问："你最近是在研究佛学，准备出家了吗？"

尤闪闪："你想想，你和他在一起之前，你能想象到他谈恋爱会是什么样子吗？好像无论把谁放到他身边，都是不搭的。"

姜寻想了想，确实是这个道理。

当初，要不是周途给她的感觉太高冷，她也不会铆足了劲去追他。

尤闪闪又说道："不过，这些都不重要！等他们看到你是怎么缠着周途撒娇的，就不会这么觉得了！"

姜寻觉得，和尤闪闪聊完之后，她更睡不着了。

正当她准备再去喝点红酒的时候，乔晏发来了一条消息："你再乱发朋友圈，小心我把你的微信没收了。"

姜寻心虚地说道："这不是马上删了吗？"

乔晏："谁知道你下次又会发些什么。"

姜寻："我什么也不发了，每天分享一个单身小妙招。"

乔晏："……你是不是有病？"

姜寻："好好好，我保证不再发那些乱七八糟的内容了。"

乔晏没再理她了。

姜寻放下手机，重新倒在沙发上。

她觉得，要想从根本上解决这个问题，自己必须戒酒。

每次她只要喝了酒，就喜欢乱发朋友圈。

不过，话又说回来，乔晏对她挺不错的，现在一些艺人的微博、微信都在工作团队的手里，而她的，乔晏却一直都没要过。

平时，她发些什么心情照，他也不会过多干涉。

想到这里，姜寻拿起手机，把乔晏单独拖到了一个分组，这才终于放了心。

第十章
长期借住

　　第二天，广告拍摄的空隙，姜寻拿出手机，她本来是想打发时间的，却在看到微博热门话题榜时被呛到，差点将刚喝进嘴里的水喷出去。

　　她和周途拍摄的那个双人杂志今天正式开售，开售前半个小时，杂志方发布了她和周途在拍摄杂志时的花絮视频。

　　经过后期剪辑、调色、配乐，现场的暧昧感被渲染得更加浓烈了。

　　"我的天！这是我免费能看的吗？！删掉重发，让我去充个会员再来！"

　　"等了好久终于等到今天，我爱杂志！"

　　"既然求到了双人杂志封面，那双人同台应该也不远了吧？跪求主办方！"

　　"寻寻，别害羞！他都用那种眼神看你了，你怎么能忍得住？上啊！"

　　"这也太甜了吧！周老师那么清心寡欲的人，为什么看寻寻的眼神炙热又浓烈啊？！这可能就是爱情吧！"

　　……

　　随着讨论度越来越高，话题热度一路飙升。

妙不可言的是，之前一起参加《职业挑战》的裴思泽、喜剧演员及综艺明星都点赞了这条花絮视频微博，有的甚至还转发了。

粉丝纷纷评论——

"呜呜呜，我怎么感觉他们也在关注这两个人啊？看来当时录制节目的时候真的很甜。"

"姐妹们，我也感觉到了！而且，我现在越来越怀疑，周途之前从来没有参加过综艺节目，却偏偏去了《职业挑战》……而且，这也是姜寻的第一个常驻综艺节目！"

"终于有人说了，我之前就注意到了，只是怕有人说我不尊重他们的工作。还是那句话，随便说说，勿当真，勿当真！"

……

姜寻忍不住嘴角上扬，心想，还是有很多人觉得他们很搭的。

这时候，吱吱喊道："寻寻，要继续拍了。"

"好，来了。"

姜寻和周途的双人杂志早在预售期间就卖断货了，这次正式开售后，杂志方又印了几百万本，依旧是上线即卖空。

于是，不少综艺节目制片方和大型活动主办方都蠢蠢欲动，向她抛来了橄榄枝。

之后的几天，姜寻不是跑各种活动就是接受采访，大多数时间都是在飞机上度过的。

别说谈恋爱了，她连睡觉的时间都没有多少。

去参加某个活动的路上，吱吱不知道看到了什么，突然激动道："寻寻，快看微博，有大八卦！"

姜寻连忙拿出了手机。

而这次八卦的当事人，她并不陌生，又是秦一乔和陆晚晚。

秦一乔发了一条微博控诉陆晚晚，说陆晚晚早在两年前就勾引她的老公，并且还整理出了时间线。

长文一经发出，不管是点赞数还是评论数都噌噌往上涨。

"真没想到，有生之年还能看到这种八卦。陆晚晚是个惯犯吧？她之前就勾引余水的男朋友，后来又勾引秦一乔的老公，等等，忽然替姜寻担心。"

"楼上的姐妹说出真相了，陆晚晚真是太恶心人了，她这样的人，早点退圈吧。"

"有一说一，想要撬姜寻的墙脚，陆晚晚还没那个本事。"

"俗话说，家里的再好，也比不上外面的香。秦一乔的长相和气质不输陆晚晚吧？她老公还是出轨了。"

"其实我觉得，出轨这种事，责任并不在女方身上，就算妻子美得像天仙，只要男人想出轨，就有千万个理由。"

"我们家寻寻暂时还没有男朋友，谢谢各位的关心，抱走了。"

……

很快，陆晚晚的粉丝开始占领评论区。

"陆晚晚真是够倒霉的，刚有红的苗头就被人打压，到底是挡了谁的财路？"

"放过我们十八线演员吧，不就是在媒体前说了一次真话吗？居然被人记恨成这样。"

"没办法，谁让人家红呢。人家可是星耀小公主，谁见了不说一句厉害？"

……

姜寻大大的眼睛里充满了疑惑。

这件事跟她有什么关系？她怎么就成了罪大恶极的人了？

在陆晚晚的粉丝发了那些评论后，又有不少博主发文："陆晚晚得罪姜寻不久之后就被爆出勾引别人老公的丑闻，你怎么看？"

"还能怎么看？用脑子看啊。这件事和姜寻有什么关系？不带她没饭吃是吗？"

"这已经是我见过第五个这么说的博主了，你们的文案都不换一下吗？"

"陆晚晚急了，她开始转移视线了，姜寻好惨，这也能中枪。"

"嚷嚷着陆晚晚勾引别人老公的人，你们才是真正的恶毒吧，那种时间线，你要多少我就能给你整理多少。"

……

随后，陆晚晚的粉丝又跑到秦一乔的微博下骂了起来。

陆晚晚的粉丝没等到秦一乔的回复，倒是和余水的粉丝互骂起来。

陆晚晚的粉丝骂余水长得丑，整容怪，成天只知道蹭热度；余水的粉丝骂陆晚晚没作品，只会勾搭男人。

就在双方骂得不可开交的时候，秦一乔又发布了一段视频，视频中是陆晚晚和秦一乔老公一起出现在陆晚晚家地下车库的画面。

画面中，虽然陆晚晚戴着口罩和帽子，但她穿的外套和鞋子都对应了当天她在机场被拍摄到的一组照片。

"姐姐干得漂亮，陆晚晚的粉丝没话说了吧？！"

"陆晚晚的粉丝继续说啊！我还想要看更多八卦！"

"这下看陆晚晚的粉丝还怎么说！我早就看陆晚晚不爽了，又没作品，又爱搞幺蛾子。"

……

看了一个多小时，姜寻觉得眼睛疼，她放下手机捏了捏鼻梁。

吱吱凑了过来，问道："寻寻，你有没有发现秦一乔这一出，好像有人在背后指导？"

姜寻一时有些没反应过来："啊？"

"你想呀，如果秦一乔早有这些，还用像无头苍蝇一样去酒店捉奸吗？她虽然嫁进了豪门，但身边连半个朋友都没有，也没人能帮她，所以她才会对你死缠烂打。"

吱吱继续分析："而且，我觉得，按照她一根筋的脑子，这种既能让陆晚晚又恨又怕，还能不断保持热度的做法不是她能想出来的。"

姜寻想了想，觉得是这个道理。

秦一乔这次显然是带着十足的准备来的，现在陆晚晚那边肯定在想该怎么紧急处理了。泼脏水是转移视线的第一步，因为这个，姜寻上了一次微博热门热话题榜。

但明眼人都清楚，陆晚晚这是急疯了，姜寻的粉丝压根没理她，避免再给她热度。

像这种事，姜寻和团队一般都是不会理睬的，直到晚上，陆晚晚发了澄清声明。

陆晚晚的澄清声明里说，关于秦一乔指控她勾引她老公及时间线都是不实的，也请某些艺人团队不要为了一己私欲煽动粉丝情绪，还给大众一个健康干净的网络环境。

陆晚晚的粉丝本来就觉得是姜寻主导了这件事，见陆晚晚发了微博，明里暗里的意思都是她被人陷害了，粉丝更是不依不饶，跑到姜寻最新一条微博下开骂。

姜寻最新一条微博是她前两天出席活动时拍的一组照片。

原本，这条微博下面都是姜寻粉丝的留言，可瞬间便被陆晚晚的粉丝搅得乌烟瘴气。

随后，"姜寻、陆晚晚"这一词条再次登上了微博热门话题榜。

吱吱看着这一幕，瞬间心如死灰："上次陆晚晚蹭了你的热度，片酬直接翻了一倍，还接到了几个综艺节目邀约，我估计她是尝到甜头，准备彻底赖上我们了。"

姜寻放下手机，问道："乔晏那边怎么说，要回应吗？"

"乔总说别着急，估计是想看看秦一乔那边还有没有什么证据，如果秦一乔的证据足够有力，事情的真相自然就会浮出水面。我们先等等看。"

果不其然，随后，秦一乔又发了一条微博骂陆晚晚不要脸，有胆子勾引她的老公，却没胆子承认。秦一乔最后特别说明，这件事跟别人没有关系，希望大家的关注点不要跑偏。

之后，不管秦一乔再怎么说，陆晚晚都没有回应过，估计是想冷处理。

姜寻也不想再关注下去了，她翻开面前的双人杂志，弯了弯嘴角。

姜寻本来以为拍摄的时候有些紧张，呈现出来的效果可能没有那么好，可是现在看来，还挺不错的。

不得不说，她和周途看起来确实……挺般配的。

想到这里，姜寻重新拿起手机，从工作群里把杂志社发给他们用来做宣传的图一一保存了。

正当她犹豫着要不要将两人的合影设置成手机屏保的时候，吱吱凑了过来："你们结婚的时候完全可以把这些照片拿过来用，可以省一笔拍结婚照的钱了。"

姜寻闻言，连忙把手机屏幕关掉，耳朵微微泛着红晕，不自然地咳了一声："瞎说什么？谁……谁要结婚了？"

吱吱接话道："也是，现在说结婚确实太早了，你才刚过二十四岁生日，正处在事业上升期，不过，周老师快三十岁了，他家里会不会催婚啊？"

这下，姜寻不知道该怎么回答了。

按照周途之前跟她说的，估计是……已经催过了。

姜寻调整了一下坐姿，一本正经地说道："放心，在周老师眼里，没有什么比工作重要，他是不会妥协的。"

第二天，姜寻在一个新年晚会后台遇到了季瑶。

季瑶跟没事儿人似的上前打招呼："寻寻，好久没见，你最近还好吗？我看到《明月几时有》的预告了，你演得很好。"

姜寻微微笑了笑，礼貌地回答："谢谢。"

季瑶又说："我本来想约你出来吃饭的，可是年底了，你的工作这么多，也没时间。"

其实，自从上次姜寻的生日会，季瑶被几家艺人的粉丝骂了一通后，团队消停了很久。这次季瑶能参加这样的大型晚会，也是经纪人找了关系的。

"姜寻。"

两人转过头，发现来人是裴思泽。

季瑶率先打招呼："思泽哥，好久不见。"

当时录制《职业挑战》的艺人里，数裴思泽团队和季瑶团队闹得最不开心。

贴着已婚男艺人传绯闻这件事，让季瑶在粉丝心中的好感度急剧下降。

因此，裴思泽对季瑶也没有什么好感，他点头致意之后，便对姜寻说："你跟我来一下，我介绍一个朋友给你认识。"

姜寻点了点头，跟了上去。

季瑶站在原地，有些不甘心地咬了咬唇。

裴思泽给姜寻介绍的是圈内的金牌制片人，他制作过不少口碑很不错的电视剧，现在正在筹备一部古装大戏，叫做《长安赋》。

这部戏确定了好几个有实力的老戏骨，男主角是裴思泽，女主角也是实力演员，可以说是一等一的配置。

目前，女二号的人选还没定下来。制片人和导演见了好几个艺人，都觉得不满意。

裴思泽知道这件事后便想起了姜寻，他之前跟剧组提过，制片人对姜寻的外形很满意，觉得与角色的贴合度很高。刚好今天姜寻也在这里，他便带着人过去引荐。

介绍完后，制片人跟姜寻聊了几句，便把裴思泽拉到了一边，皱着眉头道："这不行啊，她只主演过一部剧，还是一部言情剧，我这部戏对演员的演技要求很高，时间也很急，没办法现场教。"

裴思泽似乎猜到了制片人会这样说，笑道："演技方面，你不用操心，她才从李导的剧组出来。"

"哪个李导？"制片人想了想，忽然问，"李怀？"

"对，而且，跟她对戏的是周途，他们对她的评价都不错。她虽然是歌手转型演员，但是作为演员的可塑性很强。"

制片人闻言有些心动，但还是有些犹豫。

他的剧是冲着口碑和获奖去的，之前根本没考虑过要用什么人气明星。

不过，能被李怀和周途同时夸奖的人确实少之又少。

他思考了一会儿："这样吧，你让她明天过来试一场戏，我得看看戏再做决定。"

裴思泽答应得很爽快："行，我跟她说。那说好了，按照正常的标准来评判，你不能因为她是人气明星就挑她刺。"

姜寻站在原地，脑袋微微垂着，手指有一下没一下地拨弄着旁边月季花的枝丫。

这时候，她包里的手机轻轻振动了一下。

她拿出手机，见是周途发来的消息，忍不住弯了弯嘴角，然后快速回复。

这几天，剧组一直在拍夜戏，工作饱和度很高，她白天也都在跑通告，跟周途的休息时间完全是错开的。

没聊几句，裴思泽便走过来问："姜寻，你明天有时间吗？"

听到裴思泽的声音，姜寻连忙锁上手机屏幕："明天下午有个广告需要拍摄，上午没什么事。"

"那你明天上午能去试戏吗？"裴思泽说，"如果能，我一会儿回复他。"

姜寻抿了一下嘴角，点了点头："可以的，谢谢裴老师。"

这种机会不常有，既然来了，说什么她都要紧紧抓住。

裴思泽笑道："跟我客气什么。对了，由于剧组要求严格，事先不能给你剧本，要考验你的临场发挥。我看过你的表演，爆发力很强，到时候你正常表演就行，不用紧张，也不要有压力，今晚回去好好休息。"

话是这么说，可不紧张是假的。

裴思泽又问："周途所在的剧组过年会放假吗？"

大概是没料到他会突然问这个问题，姜寻愣了愣："……啊？"

裴思泽见状，笑了笑，没再继续问，只说："没什么，我就随口问问，你去忙吧。"

说完，他便离开了。

姜寻看着裴思泽的背影，摸了摸鼻子，才意识到他刚才说的话是什么意思。

他该不会是……已经知道她和周途的关系了吧？

可是，她和周途在一起的事，除了尤闪闪和吱吱，她没有告诉过任何人。

正当姜寻百思不得其解的时候，吱吱走了过来，问道："想什么呢？"

"没……"姜寻收回视线，"轮到我上台了吗？"

"还要等一会儿。"吱吱撇嘴说，"我刚刚看到季瑶了，她可千万别来跟你打招呼。"

姜寻："已经打过了。"

"……对了，刚才乔总跟我说了关于陆晚晚给你泼脏水的这件事。据说，她之前谈好的资源全部没了，这也算是业界给她的一个警告吧。"

闻言，姜寻有些不解："这么狠？"

吱吱却觉得有些解气："这都是她应得的！身为演员，不认真琢磨演技，整天只知道耍手段，哪个剧组想要这样的人？"

姜寻点了点头，觉得吱吱说得对。

陆晚晚的话题结束后，吱吱小声调侃道："周老师也知道这件事了，我猜他今晚就会来找你。"

姜寻听后，脸瞬间红了，她不自然地咳了两声："那个什么……快要上台了，我还得再练一下……"

找了个借口之后，姜寻迅速走了。

番外
生日礼物

自从姜寻凭借《春深几许》这部电影拿下某电影节最佳女主角奖项，所有人都以为她会减少工作量，去和周途过二人世界。

可令人没想到的是，姜寻每年都会有两部作品播出，并且口碑和质量都很不错。

除此之外，姜寻每年依旧会腾出时间举办演唱会，只是不像以前那样到处巡演了。

最开始有质疑声说姜寻又要拍戏，又要开演唱会，想要的未免太多了，这种人往往两头都做不好。

然而，随着姜寻参演的作品播出，以及她在演唱会上的表现，非议声逐渐小了。

事实证明，只要够努力，够用心，永远都能给自己的人生一张满意的答卷。

而每次演唱会门票所得盈利，她都会以后援会的名义全部捐赠给慈善机构。

也就是说，她甚至自己贴钱举办演唱会。

但由于她的重心都在工作上，导致外界频频传出她和周途婚变的谣言。

一开始，姜寻辟谣了两次，后来也就懒得管了。

周途已经退圈了，她不想把他搅进这些无关紧要的小事里。

哪个艺人还没点谣言了？

某次活动结束后，姜寻回到家里，只看到懒洋洋地趴在沙发上的酸奶。她把东西放回卧室，看着自己离开时随手放在床边的抱枕还在原处，便猜到周途这几天都没回来。

姜寻看了眼时间，洗完澡，换了身衣服，戴上帽子和口罩便出门了。

她开车去了附近的汤锅店，打包了几份菜品，才朝着博物馆的方向驶去。

博物馆的工作人员几乎都认识姜寻，让她做了个登记后便把她放了进去。

姜寻已经不知道来过这里多少次了，她轻车熟路地来到周途的工作室外，隔着落地玻璃窗，看着里面正专注于工作的男人。

姜寻见状，脑袋微微靠在墙上，嘴角扬起。

不论见过多少次，她永远会为这一幕心动。

果然，认真工作的男人最帅。

周途在工作室待了几天，手里的文物也快修复完成了。他抬手看了眼时间，摘下了护目镜。同时，他看到站在外面向他招手的姜寻。

周途的目光顿住了，他随即摘下手套，起身打开了工作室的门。

他走到姜寻面前，低声问："什么时候回来的？"

姜寻回答道："刚到一会儿。"说着，她提起纸袋："我想着你肯定还没吃饭，就给你带来啦。"

周途弯了弯嘴角，一只手接过纸袋，另一只手握住她的手，把她带到了吃饭的地方。

坐在餐桌前，姜寻双手托着腮，看着周途打开食盒，问道："周老师，你是不是这几天都没回家？"

周途："手上的这个东西比较着急。"

姜寻撇嘴道："再急也不能忙得连饭都不吃，每次我不在你都这样。"

她在家的时候，即使周途手上有要紧的工作，也会每晚回家，第二天和她一起吃了早饭再去博物馆。

周途把鸡汤放在她面前："你这次活动结束后不是会休息几天吗？我和你回C市看看爸。"

姜寻微愣，心想，所以他是因为这个才要赶进度的吗？

她确实不是一个孝顺的女儿。这几年，大多数时候都是周途在跟爸爸联系，主要还是因为每次聊着聊着，他们的话题就到了她听不懂的深度。

鸡汤很香，姜寻捧起来喝了两口，又推给了周途。

周途问她："新歌作好了吗？"

姜寻点了点头："差不多了，过两天我去录音棚试试音，刚好能用在下个月的演唱会上。"

其实，姜寻也不能真正做到两者同时兼顾。每次，她都是等戏拍完，在空闲的那几个月里认真准备新歌和舞台动作。

拍戏和唱跳分工很明确。

周途吃完饭，收拾起餐盒，起身脱了实验服，对她说："走吧。"

姜寻抬头道："那你的工作……"

"没剩多少了，明天再来。"

姜寻挽着他的胳膊，眼睛弯弯的："回家啦。"

两天后，姜寻去录音棚试了音，周途也完成了手里的工作。当晚，两人便坐飞机回了C市。不凑巧的是，姜明远在参加一个研讨会，第二天下午才能回来。

回到家，姜寻躺在床上，滚了两圈，抱怨道："好累啊。"

周途打开行李箱，把两个人的东西都拿了出来。

姜寻看着男人的背影，突然趴到他的肩上，对着他的耳朵吹了吹气，小声喊道："周老师？"

周途："嗯？"

姜寻环着他的脖颈，脑袋微微歪着，问道："下个月，你的生日就要到了，你想要什么生日礼物呀？"

"你下个月有时间陪我过生日？"

"当然了，我特地把演唱会的时间安排在了你的生日后面。这次，我一定好好陪你过一个生日，就我们两个人。"

前几年周途的生日，她要么是在拍戏，要么是在准备演唱会，两人都没什么独处的时间。

周途侧过头看她，两人的鼻尖几乎挨着。

姜寻眨了眨眼睛，往后退了一点。

男人追上来，手撑在床边，吻上了她的唇。

姜寻慢慢闭上眼睛，轻轻回吻着。

这个房间是她从小住到大的地方，承载了她少女时期对未来的所有美好幻想。

之前每次回来，姜明远都在，所以姜寻总是觉得很不自在，也没有在这张床上做过什么，只是安安稳稳地睡觉。

不过，这张床有点小，姜明远提过给他们换一张，但立即被姜寻以回来的次数少给拒绝了。

她还挺喜欢这种翻个身就能钻进周途怀里的感觉。

第二天下午，姜明远回来时，一眼看见姜寻窝在沙发上打游戏，而周途在厨房里做饭。

他走到姜寻旁边坐下，问道："都回到家里来了，你怎么还让他做饭？"

姜寻："你们要是吃了我做的饭，进了医院，不是更麻烦吗？"

姜明远沉默了。

姜寻打完游戏，放下手机，坐直了几分："爸，你的研讨会还顺利吗？"

"还行。"姜明远打开保温杯，吹了吹上面漂浮的茶叶，看了姜寻好几眼，欲言又止。

姜寻不明所以。

姜明远放下保温杯，犹豫着问道："我听人说，你怀孕了？"

姜寻蒙了。

这些年来，除了她和周途婚变的谣言，也有不少说她怀孕的，但没想到这次，谣言都传到姜明远这里了。

姜寻拿了个抱枕抱着，说道："没有，你别听那些人乱说，都是假的。"

姜明远回过头看了一眼周途，又对姜寻说："你们结婚也有几年了，不打算要孩子吗？"

姜寻："我挺忙的，他也挺忙的，所以……"

说起这个，之前姜寻还有点担心周途的妈妈会不会想要抱孙子，但前两年，顾宁和她说："你还年轻，别着急要孩子，多玩两年再说。"

从此以后，姜寻便无所顾忌了。

姜明远："你现在年纪也不小了，如果真的想要孩子就趁这两年，再晚几年，身体恢复得慢，生产风险也更大。"

姜寻轻轻点了点头。

姜明远以前从来不会跟她谈及这些事情，就连小时候她来例假，都是邻居阿姨告诉她注意哪些事项。

在 C 市住了两天后，姜寻和周途回到了 B 市。

坐在飞机上，姜寻靠在周途怀里，想起姜明远说的话，微微有些走神。

大概是察觉到她的异样，周途握住她的手，问道："怎么了？"

姜寻仰头看着他："我们要不要生个孩子呀？"

周途顿了一下，低头对上她的视线，问道："你想生吗？"

姜寻把玩着他衬衣上的纽扣，小声道："我之前没考虑过这个问题，想着先打拼事业，现在事业也算稳定了……可是我又觉得，我还没做好准备。"

她觉得生孩子算得上是最重要的人生大事了，不能想生就生，生了就要对孩子负责一辈子。

周途轻轻吻了吻她的头顶："那就等你做好准备再说。"

姜寻将脑袋贴在他的胸膛上，手环住他的腰，心情也好了不少。

不过，生孩子这件事，可以从现在开始纳入她对未来的规划中了。

之后的一个月，姜寻都在为演唱会做准备。

新的两首单曲已经录制完成，她将会在演唱会上首唱。

顾宁知道姜寻最近很辛苦，让人送来了不少营养品。

演唱会开始的前两天，不知道是排舞累着了，还是营养品吃多了，姜寻总感觉胃有些不舒服，吃不下东西，甚至还有点想吐。

吱吱关心地问道："寻寻，你要不要去医院看看啊？"

姜寻以前犯过肠胃炎，严重到半夜去医院挂水。所以，此刻姜寻以为自己肠胃炎又犯了，就没有往别的地方想。

姜寻摇了摇头，拧开水瓶喝了两口水："没事，演唱会结束再说，也不急于这一两天的。"

姜寻又叮嘱吱吱道："你别跟周老师说啊。"

周途这两天去外地出差了，也不知道什么时候才能回来。

吱吱连忙在嘴巴旁边做了一个拉拉链的手势。

姜寻呼了一口气，休息了一会儿后便继续练舞。

演唱会那天，姜寻在后台听到粉丝热情高涨的欢呼声和尖叫声，瞬间觉得之前的不舒服都烟消云散了。

随着音乐声响起，她站在升降台上，缓缓出现在所有人的视线中，现场的欢呼声更大了。

姜寻仿佛是为了舞台而生的精灵，只要站在聚光灯下，便能不遗余力地散发所有的光芒，并且照亮那些喜欢她的人。

两个小时下来，场内的气氛一刻也没有冷下来过。

等到最后一首歌结束，姜寻对着台下深深鞠了一躬。

全场再次爆发出尖叫声："姜寻！姜寻！姜寻！"

姜寻取下耳返，拿过话筒，脸上的笑容十分明媚："谢谢大家今天能来看我的演唱会，很开心你们每年都能陪在我身边。"

"我们会一直在的！"

姜寻再次鞠了一躬："那我们明年见啦。"

音乐声再次响起，姜寻站在缓缓下降的升降台上和粉丝们挥手告别。

升降台降到一半时，姜寻意外地看到了站在后台的男人，嘴角笑容扩大："你什么时候回来的？"

周途走近她："半个小时前下的飞机。"

姜寻弯下腰，从升降台上扑到了他的怀里。

周途连忙接住她，低声说："危险。"

姜寻搂住周途的脖颈，满脸都是笑意："反正你会接住我的。"

现场的工作人员看见这一幕，纷纷移开了视线。

姜寻换完衣服，拿着自己的东西说："周老师，我们回家吧。"

周途把她外套的拉链拉到最顶上："先去医院。"

姜寻看向吱吱时，发现告密者已经走了。

姜寻："可能就是前两天肠胃不舒服，现在已经没事了。"

周途："要医生说没事才算没事。"

姜寻撇了撇嘴，心想，她还想着今晚能好好过二人世界呢。

到了医院，医生诊断后给他们开了检查单，让他们去做检查。

虽然已经舒服多了，但做检查时，姜寻还是有些害怕，尤其是抽血的时候，此刻她将头埋在周途的怀里，不敢去看针管。

周途搂着她，握紧了她另一只手。

半个小时后，检查结果出来了。

医生："就是有些劳累过度，好好休息一下就行了。"

姜寻松了一口气，对周途说："我就说吧，已经没事了……"

医生继续说："不过，你怀着孕，不能太劳累，今后可得多注意点。"

姜寻愣在了那里，扭过头看向医生："啊？"

医生见她一脸茫然，放下检查报告，继续说道："看来我还得说一声恭喜，你怀孕了。"

姜寻一度以为自己出现了幻听，直到她感觉到周途握着她的那只手握得更紧了。

周途对医生说："知道了，谢谢医生，我们以后会注意的。"

出了医院，姜寻还有些恍惚，她看向周途："周老师，大概是什么时候的事啊？"

有时候，姜明远骂她还是挺有道理的，周途都把她宠得没边儿了，她像个甩手掌柜一样，他什么都给她安排好了。

周途给她系上安全带，想了想，说道："看妊娠日期，应该是在 C 市的那次。"

姜寻震惊地瞪大了眼睛。

周途揉了揉她的脑袋："抱歉。"

姜寻虽然在备孕，但没想到会这么快，多多少少有些慌……

她拉住周途的手："你道什么歉？这种事本来就应该顺其自然，才不会有心理压力，现在这样也挺好的。"

姜寻满脸诚恳地继续说道："最重要的是，我不用再费心去给你准备生日礼物了，现在这个礼物就是最好的。"

周途神情认真地盯着她，半晌才低笑着开口："这是我收到过的最令人惊喜的生日礼物。"

三个月后，周途的微博主页突然更新了一张照片。

照片上是他和姜寻的背影，而姜寻的旁边放着一只小熊。

很快，便有人反应过来，这似乎是在公布喜讯，姜寻应该是怀孕了。评论区下是一片祝福声，他们用行动彻底地打破了有关他们婚变的谣言。